Vergessen

F.W.G. Transchel

Vergessen

Bibliografische Information der Deutschen Nationalbibliothek:
Die Deutsche Nationalbibliothek verzeichnet diese Publikation in der
Deutschen Nationalbibliografie; detaillierte bibliografische Daten sind im
Internet über http://dnb.dnb.de abrufbar.

Illustration: Vadim Motov, vadim-motov.com

Korrektorat: Sabine Maria Steck

Herstellung und Verlag: BoD – Books on Demand, Norderstedt

ISBN: 978-3-744-87122-8

Prolog

Weißer Kies lag auf der aschgrauen Marmorplatte. Die Krähen hatten ganze Arbeit geleistet, denn die Platanen an den schmalen Mauern des Stöckener Friedhofs spiegelten sich nur zum geringsten Teil in der makellos glatten, doch hoffnungslos von aufgewirbelten Steinchen befleckten Oberfläche – unruhig, genau wie ihre Gedanken. Ines Schultheiss trat noch ein Stück näher, seufzte und nahm die vertrockneten Blumen aus der silberfarbenen Vase.

»Michel Hansen, 25. November 2038 - 7. Mai 2082« stand in ebenso silberfarbenen Lettern auf der Platte. Achteinhalb Jahre war es her. Achteinhalb Jahre, in denen sie den Sinn nicht hatte finden können. Sich wieder und wieder gefragt hatte, ob sie es hätte verhindern können. Verhindern *müssen*. Sie hätte ihn nicht bitten dürfen, über die DNA-Samples zu sehen. Dann könnte er noch am Leben sein.

Sorgsam nahm sie den frischen Friedhofsstrauß aus dem Papier und stellte ihn in die Vase. Nein, das war noch nicht richtig.

Sie trat ein paar Schritte zurück, gab das Wasser dem trockenen, leicht frostigen Boden und sah sich nach den Wasserhähnen um. Ein seltsames Gefühl der Spannung überkam sie. Die jugendlichen Rückenwirbel kribbelten, ehe ihr genetisch jung gehaltenes Gehirn endlich die Störung fand, die es stach.

Mit zielsicherem Blick lugte sie in die Blumenvase in ihrer Hand und sah das kleine Schächtelchen auf deren Boden, das dort nicht hingehörte. Ein Schütteln der Vase half nicht, es war sicher und fest verklebt. Versuchsweise griff sie mit den Fingern danach, doch sie konnte das Schächtelchen nicht erreichen - die Vase war zu schmal und zu lang.

Unruhig drehte sie die Vase um ihre Achsen. Wehmütig dachte sie daran, wie sie die Vase, verwirrt und vom frischen Eindruck der Unsterblichkeit übermannt, in dem kleinen Lädchen an der Fuhsestraße gekauft hatte, unfähig ihre Trauer - nein, die Ungerechtigkeit der Welt - zu kanalisieren, geschweige denn zu verarbeiten. Wie also kam eine Schachtel jetzt dort hinein, noch dazu eine zunächst unerreichbare? Neugier schwang um in Ungeduld, und Ines ertappte sich, dass sie die Vase einfach zu

Boden werfen oder gegen eine Wand schlagen wollte. Doch das wäre nicht die Ines Schultheiss gewesen, die sie zu sein hatte. Unbeherrscht und leidenschaftlich – darüber war sie hinaus. Sie war eine Alte. Allein ihre körperliche Anwesenheit an diesem Ort der Sterblichen war nonkonform genug, um erhobene Augenbrauen bei all denjenigen Alten zu erzeugen, die man mit etwas Wohlwollen als Freunde hätte bezeichnen können. Noch einmal drehte sie die Vase um ihre Achse. Unter dem Boden indes gab es einen winzigen Kratzer in der sonst fehlerfrei eloxierten Oberfläche. Nachdenklich fuhr sie mit dem Zeigefinger darüber, als die Vase kurz vibrierte und ein hochfrequentes Fiepen von sich gab. Einen geisterhaften Augenblick später war es wieder still in Stöcken, ehe ein knirschendes Geräusch Ines ihren spontanen Triumph verdeutlichte. Irritiert nahm sie das kleine Kästchen auf, das sich von der Vase gelöst hatte und zu Boden gefallen war.

Starr blickte sie die winzige Pillendose an, die auf ihrer Hand lag. Es war ihre eigene. Seit Jahren hatte sie sie nicht mehr verwendet, denn Alte brauchten keine Medikamente. Alle Stoffe, sogar noch so exotische Antikörper, konnte die angepasste DNA selbst herstellen. Früher hatte sie Schmerztabletten für ihren nur von Titanplatten zusammengehaltenen Rücken in diesem Döschen aufbewahrt. Wann immer der Stress des Kriminalpolizeialltags es erforderte, hatte sie mehr oder weniger ungeniert zugegriffen. Wenn der Kaffee nicht ausgereicht hatte. Ines schloss die Augen und dachte nach, wann sie die Dose das letzte Mal bewusst gesehen hatte. Bedauerlich, dass die strengen Regeln des Programms keine Verbesserungen wie gutes Gedächtnis erlaubten, denn dann hätte sie nicht in Gedanken die letzten Jahre durchgehen müssen, nur um sich dann doch einzugestehen, dass es keine Erklärung für das Kästchen gab. Wie lange lebte sie jetzt schon in der großen Wohnung an der Ihme? Sie blickte erneut auf das Datum auf dem Grabstein. Der seltsam drohend scheinende Schatten der Vergangenheit wiederholte die nüchterne faktische Erkenntnis: achteinhalb Jahre.

Ines musterte die kleine Dose nochmals. Sah die selbst eingravierten Initialen auf der Rückseite an und war wie benommen vor Wehmut. Seltsam. Sie dachte eigentlich niemals an die Zeit vor der Unsterblichkeit. Es war nicht so, dass alle

2

Erinnerungen verblasst wären … Dies war nur einfach nicht die Art, mit dem Leben vor dem Leben umzugehen. Es war selbstverordnete Abstinenz von der Erinnerung an den Gedanken, dass alle, die sie kannte, irgendwann tot sein würden, während ihr nicht einmal ein einziges Haar ausgefallen sein würde. Mit der Präzision eines Herzchirurgen nahm sie die Dose zwischen Zeigefinger und Daumen. Motorisches Gedächtnis konnte erstaunlich sein, und in diesem Fall bedeutete es, dass sie noch immer in der Lage war, das Kästchen so elegant zu öffnen wie viele Jahre zuvor.

Ihre Fingerkuppen kribbelten vor Spannung, doch als die Augen das Innere absuchten, war augenblickliche Enttäuschung die Folge. Die Dose war leer. Hier gab es keine Abenteuer. Nur verschwendete Neugier.

Melancholisch blickte Ines zurück auf die von forsttechnischer Meisterhand geformten Äste der Friedhofsbäume, die regelmäßig angeordnet den breiten Weg zum Mausoleum einrahmten.

»Hallo Ines.«

Sie erstarrte, als Eis ihre Glieder gefrieren ließ und ihr Herz in den Würgegriff nahm. Die Dose hatte offenbar eine akustische Projektion geladen. Doch das allein war nicht der Grund für den Schock.

Die Stimme gehörte ihr selbst und schien nicht aus der Dose, sondern aus ihrem Verstand zu kommen. Atemlos, unfähig zu denken oder sich zu bewegen, starrte sie auf die Pillendose, der schließlich ein Geist der Vergangenheit entstieg.

»Was ich zu sagen habe, wirst du mir nicht glauben, schließlich kenne ich mich selbst ganz gut. Wenn meine Vermutungen richtig sind, wirst du dich nicht an das erinnern, was ich weiß. Was du wusstest, doch vergessen hast. Aber es gibt eine Möglichkeit, dies einwandfrei zu beweisen. Nicht, indem du es liest oder hörst oder erzählt bekommst. Sondern, indem du es erlebst.«

Mit dem letzten Wort schloss sich die Schachtel selbsttätig und gab Ines einen winzigen Stromstoß. Neu Hamburg verschwamm vor ihren Augen.

Es begann.

1.

Sie saß auf der großen Terrasse ihres Penthouse in der obersten Etage des hypermodernen Ihmepalastes. Beinahe lautlos legte die Postdrohne, die sie ihrerseits bereits selten genug zu Gesicht bekam, eine Nachricht direkt auf den kleinen Tisch neben der Liege, auf der sie zu jener Zeit Charles Dickens' frühe Werke zu studieren pflegte.

Unruhig brummte das Technikwunder, bis Ines endlich erkannte, dass es auf eine DNA-Bestätigung des Erhalts wartete. Gelangweilt zog sie den Daumen über die dafür vorgesehene Sensoraussparung am Kopfteil des Schweberoboters, der daraufhin die seltsam gefaltete, auf altmodischem Papier abgefasste Nachricht zu Boden sinken ließ, ehe er wieder in die Weite des Neu Hamburger Himmels verschwand.

Nachdenklich musterte Ines Schultheiss das Papier. Der Umschlag war edel, doch abgegriffen. Außerdem waren Fingerabdrücke in Tinte darauf zu sehen. Wer immer den Brief geschrieben hatte, musste in großer Aufregung gewesen sein. Ihre kriminalistische Ausbildung tadelte sie dafür, das Papier mit den Fingern berührt zu haben, doch sie beruhigte sich damit, dass es keinen Grund gab, Beweise zu sichern. Sie war immerhin seit Jahren nicht mehr im Dienst. Alte arbeiteten nicht.

Der Umschlag war sorgsam gefaltet und nur ganz leicht zerknittert. Nachdem der schreckliche Gedanke an verschwendete Fingerabdrücke überwunden war, konnte sie sich dazu aufraffen, das Kuvert einfach aufzureißen. Es fühlte sich gut an, ein altmodisches Medium altmodisch zu behandeln. Ungläubig starrte sie auf das Papier, das zum Vorschein kam. Es war noch hochwertiger und schwerer als der Umschlag, und die Schrift, die sie ansah, war nicht anders als perfekt zu klassifizieren. In vollendeter Kunstfertigkeit lagen Kringel, Serifen und Schnörkel vor ihr, die sie in aufrichtiges Staunen versetzten. Zugleich war Dank der Tintenflecken klar erkennbar, dass dies nicht einfach nur ausgedruckte Meterware war, die aus falschem Anstand analog übermittelt wurde.

»Hochverehrte Frau Schultheiss,

wir sind uns nie begegnet, doch ich weiß um Ihre Meisterschaft. Mir ist klar, dass mein Wunsch, Sie zu treffen, töricht ist, doch lässt mir die Enge meines Herzens keine Ruhe. Vor einigen Tagen ist mein guter Freund Hieronymus Ballin verstorben. Er war im Programm so wie Sie und ich, sodass ich Ihnen nicht erläutern muss, dass es sich um einen Tod durch bedauerlichen Unfall handelt. Die Untersuchungen sind abgeschlossen, doch meine Unruhe besteht fort. Ich hoffe, dass vielleicht Sie mir die Ergebnisse der Ermittlung erklären können, sodass meine Zweifel beseitigt werden möchten.

Ich entschuldige mich für diesen unangemessenen Wunsch, hoffe aber, dass Sie mein Streben in Ihrem Inneren verstehen können. Bitte zögern Sie nicht, all Ihre Unannehmlichkeiten auf meine Kosten abzuwälzen.

Mit den besten Wünschen,
Der Ihnen tief ergebene

Constantin von Lorenz«

Verdattert drehte Ines das Papier herum. Die Rückseite war leer und ebenfalls mit Tinte gepunktet. Soweit zur Authentizität. Sie schnippte mit den Fingern. Kaum wahrnehmbar surrte die Terrassentür zur Seite.

»Sie haben gerufen?«

Ihr Haushaltsroboter stellte sich dezent neben den Beistelltisch und begann bei der Gelegenheit gleich damit, das Outdoor-Mobiliar zu säubern.

»Bitte stelle mit dem Holoemitter eine Verbindung zu Herrn Constantin von Lorenz her.«

Die Maschine verbeugte sich. »Wie Sie wünschen.«

Ines trank genüsslich ihren Morgenkaffee aus und legte den Brief zur Seite. Als sie aufstand, sah sie das prächtige Panorama der Nordseeküste vor den Wedemärkischen Inseln und dem Nordhafen Neu Hamburgs. Wellen umrissen wie tausend kleine Perlen die Neu-Halligen, die kaum ein Jahrzehnt alt waren und deren Fortbestand längst nicht als gesichert gelten konnte. Sie war nicht beeindruckt, eher gelangweilt, und ignorierte das allzu bekannte Schauspiel, als sie eilig den Teleholographieraum aufsuchte.

Ines fröstelte unter den exakt klimatisierten Bedingungen, die nötig waren, um die Ionen-Resonanz-Holographie zu ermöglichen. Bis auf den bequemen, doch einsamen Sessel in der Mitte des Raumes gab es keinerlei Einrichtung - nur kahle, leblose Wände. Doch gleich würde in pixeliger Approximation die Imitation ihres Wohnzimmers erscheinen, in der ihr Gesprächspartner Platz genommen hatte, obschon er weit entfernt in seinem eigenen Holographieraum saß. Es war die bevorzugte Art der Kommunikation geworden, denn persönlicher Kontakt wurde seltsamerweise als unrein und unkultiviert deklariert. Ines schüttelte den Kopf über die komplizierte Etikette einer Gesellschaft, derer sie so unverhofft teilhaftig geworden war, und setzte sich. Atmete kühle, ionisierte Luft.

Der Haushaltsroboter stand an der Kontrollkonsole und schüttelte resigniert den Kopf. Ines fand selten Gefallen an den simulierten Emotionen der Blechbüchse, doch diesmal wunderte sie sich.

»Was ist los?«

»Der Teilnehmer wünscht keine Verbindung. Stattdessen übermittelt er nur eine Textnachricht.«

»Wie bitte?«

Die Spracherkennung des Roboters vermochte die subtile Ironie in Ines' Stimme nicht zu deuten, sodass die primitive Nachbildung von Mimik aus seinem Gesicht verschwand und lebloser, technischer Gleichgültigkeit Platz machte. »Ich habe Sie nicht verstanden", sagte er freundlich, doch Ines durchschaute den Versuch der heuristischen Routinen, sie zu einer Neueingabe zu bewegen. Allein, das würde nicht geschehen. Ausdruckslos wartete sie, wann der Roboter begreifen würde, was sie wollte. Sie machte sich keine Illusionen - die Roboter würden immer strohdumm bleiben, aber es gab immerhin so etwas wie leidliches Maschinenlernen durch wiederholte Error-Schleifen. Auch wenn das bedeutete, dass sie jeden Tag ein bis zwei solcher Situationen erlebte, würde es mit der Zeit besser werden. Und Zeit ... davon hatte sie jede Menge.

»Soll ich die Nachricht vorlesen?«, fragte die weich surrende Maschinenstimme nun.

»Aber gern.«

»Kein elektronisches Gespräch. Direkt Treffen. 14 Uhr Maritim-Balkon angenehm?«

Ines stutzte. Das war wirklich merkwürdig. Es gab kein Gesetz gegen persönliche Treffen, und sie bildete sich sogar ein bisschen was darauf ein, nicht streng den Konventionen zu folgen, doch so eine direkte Aufforderung tangierte selbst ihr Intimgefühl. Es war einfach nicht üblich, Alte in personam zu treffen, erst Recht nicht mittags. Ein kleines Kribbeln bildete sich in Ines' Magen. Neugier stieg in ihren Brustkorb auf und ließ ihr Gehirn an der Seltsamkeit des Tages schnuppern. Na schön. Es würde sicher interessant werden.

»Antwort lautet: ›Angebot angenommen.‹«, diktierte sie dem Roboter und ging dann wieder ins Freie.

# # #

Der Weg in die sogenannte historische Innenstadt dauerte mittels Transportkapsel nur zweieinhalb Minuten. Zweieinhalb Minuten, die sich seltsam, ja sogar falsch anfühlten. Was ging in diesem Constantin von Lorenz vor, dass er ihr so ein Treffen abverlangte? Im Kopf spielte sie die Wahrscheinlichkeit von Verfolgungswahn durch, doch sie verwarf die Möglichkeit. Das Geneworks-Genom stellte natürlich von allein die perfekte Balance der Hirnbotenstoffe ein. Niemand hatte so etwas wie Stimmungsschwankungen, geschweige denn echte psychologische Probleme. Ines spürte das wohlige Kribbeln der Ermittlerin außer Dienst. Hier gab es ein Rätsel. Und auch wenn es sich nur als klein oder unbedeutend herausstellen würde, so ließ es sie sich doch auf seltsame Art und Weise lebendig fühlen.

Die transparente Alu-Abdeckung der Kapsel surrte und flutete Licht ins Innere des Individualtransportmittels. Der Geruch des frischen Leders im Inneren wich der Meeresluft der Oberfläche. Ines stand auf und wusste, dass sie sich unter dem Trammplatz befand, direkt zwischen Rathaus und dem Maritim.

Sie hatte auf ihren Antigravgurt verzichtet und auch die traditionelle weiße Gewandung nicht angezogen, um sich unbeschwerter bewegen zu können. Nicht, dass sie keinen Wert darauf legte, doch sie fühlte sich damit unter normalen Menschen unwohl. Mühelos erklomm sie auch so die Treppenstufen und erreichte die sonnengetränkte Oberfläche. Die mit transparenten Solarpaneelen überspannte Bausünde, die mehr als ein Jahrhundert überdauert hatte, lag wie ein schlafender, auf seine ganz eigene Weise hässlicher Moloch in der Mittagssonne.

Ines nickte dem Pförtner zu und betrat kommentarlos die Lobby. Sie wusste, dass es nicht so sehr darauf ankam, ob man tatsächlichen Einfluss besaß, sondern viel mehr darauf, dass man glaubhaft den Eindruck erwecken konnte, dass es so sei. So fiel es ihr nicht schwer, auch ohne Gottes-Uniform eine ordentliche Behandlung zu erhalten. Schon als sie noch durch die Lobby laufend den Lift suchte, bemerkte sie den Alten, der davor schwebte. Die makellose Stirn ging in die glatten Gewänder über, die seine perfekt ausbalancierten Proportionen verbargen. Demonstrativ stellte sie sich daneben, sagte aber nichts. Der Mann, von dem sie nicht wusste, ob es Constantin von Lorenz war, reagierte nicht. Wenn er sie für eine Junge hielt, würde er sie zurechtweisen, sobald sie denselben Fahrstuhl zu nehmen versuchte. Ines erinnerte sich, dass es an sich schon außergewöhnlich war, dass Alte ihre Wohnung verließen. Wie unwahrscheinlich musste es also sein, dass es sich nicht um den Mann handelte, mit dem sie verabredet war?

Der Innenraum des Hotels hatte den Brutalismus seiner Erbauer abgelegt und eine Verkleidung im Gründerzeitstil übergestülpt bekommen, sodass der Fahrstuhl leise pingte, als er sich öffnete, und ein befrackter Lobby-Roboter zum Vorschein kam, der den Fahrstuhl auf altmodische Weise bediente. Die Aufmachung diente zweifellos dazu, die Konsistenz des Auftritts zu betonen, doch Ines fand es angesichts von vollautomatisierten Wohnungen albern, so zu tun, als würden Roboter für die einfachsten Arbeiten benötigt werden. Es war eine ganz eigene Art der Dekadenz, die nichtsdestoweniger perfekt zur Örtlichkeit passte.

»Wohin möchten die Herrschaften, bitte?«

»Aussichtsterrasse des Restaurants«, sagte der Alte neben ihr ohne Zögern und ohne sie eines Blickes zu würdigen.

Ines nickte dem Roboter zu und stellte sich neben ihn in die Aufzugsgondel. Leise surrten die Türen zur Mitte. Als sie geschlossen waren, drehte der Alte sich zu ihr und hob beide Augenbrauen. Sein Ausdruck schwankte zwischen Anerkennung und Abscheu.

»Ich dachte, ich wüsste, worauf ich mich einließ, als ich Sie um Hilfe bat. Auch wusste ich um Ihren Hang zur … Exzentrik. Doch Ihre Erscheinung ist ganz und gar … unerwartet.«

Ines musste unwillkürlich lächeln. »Ich hatte nicht vorgehabt, Sie zu provozieren«, sagte sie. »Doch Sie haben Recht, ich halte nicht viel von der Aura der Unnahbarkeit, mit der wir uns zu umgeben pflegen.«

»Dann sind Sie die, nach der ich gesucht habe.«

Sie sagte nichts und stellte fest, dass Constantin von Lorenz starr nach vorn blickte. Es war ihm unangenehm, auf diese Weise mit ihr und ihrer Erscheinung zu interagieren, doch das war der Preis, den sie ihm abverlangte. Sie würde kein Geld wollen, auch keine Gefälligkeiten. Unbeschwert und natürlich zu sein, das war der Luxus, den sie plötzlich realisierte.

Der Fahrstuhl pingte erneut und die prunkvollen Türen schwebten zur Seite. Die Überdachung der inneren Bereiche der Restaurantterrasse, die aus Gründerzeitschmiedeeisen hervorging, war ein völlig grotesker Stilbruch mit ihren Elementen aus Glas und Stahl. Es mochte Menschen geben, die die Symbiose als mehr oder minder geschichtsbewusste Satire priesen, doch Ines' Auge vermochte es nicht zu gefallen. Das Maritim war teuer, da überraschte es nicht, dass zur Mittagszeit kaum Tische besetzt waren. Selbst die Geschäftsleute des Finanzquartiers östlich von hier bevorzugten gentrifizierte Szene-Bars, und so hatte Constantin von Lorenz abgesehen von echten und elektronischen Kellnern keinerlei Indiskretion zu erwarten.

Sie hatten einen prächtigen Blick auf das neue Rathaus und den Maschsee, der in letzter Zeit bisweilen gar ›neue Alster‹ genannt wurde. Ines konnte nicht verstehen, wie es möglich war, dass eine Stadt eine andere so vollkommen dissimilierte.

10

»Sein Bau jährt sich in Bälde zum zweihundertsten Mal«, sagte Constantin von Lorenz und deutete auf die mit der Zeit grün angelaufene Kuppel des Rathauses. »Zweieinhalb Zeitalter trennen uns von den Menschen, die es erbauten, und doch scheint es mir beinahe manchmal so, als wären es nur zwei Tage.«

»Ein klares Zeichen dafür, wie sehr die Unsterblichkeit das Zeitgefühl verfälscht«, entgegnete Ines spitz, doch nicht zynisch. Sie liebte es, ihre Gegenüber durch implizite Assumtionen zu durchleuchten. Es war beinahe so, als wäre sie die Ermittlerin und von Lorenz ein Verdächtiger. Die Kriminalistin in ihr, schloss sie, würde niemals schweigen.

»Wir sind doch nicht hier, um über Architektur zu philosophieren«, sagte von Lorenz schroff und deutete ein winziges Stirnrunzeln an. Seine Aura der Unnahbarkeit bröckelte kurz, doch dann schien er sich zu erinnern, dass er ein unfehlbarer, unsterblicher Alter war, und lächelte Ines an. »Was Sie hierher bringt, ist weit bedeutender als dieser alte Haufen Deistersandstein.«

»Durch die geweckte Neugier erst ließ ich mich umstimmen«, sagte Ines und deutete damit an, dass er sich glücklich schätzen könne, ihre Gesellschaft zu genießen.

»Ich entschuldige mich für meine Geheimnistuerei«, sagte Constantin von Lorenz, »doch ist es in Ihrem Interesse.«

Ines versuchte sich an einem raubtierhaften Lächeln. Von Lorenz schien es darauf anzulegen, ausgehorcht zu werden. »Fahren Sie nur fort«, sagte sie.

Von Lorenz atmete tief ein, viel tiefer als notwendig, um den Sauerstoffgehalt seines Blutes aufzufüllen.

»Vor vier Tagen«, begann er, »starb Dr. Hieronymus Ballin.«

»Ich hörte davon«, sagte Ines knapp. Das war untertrieben. Ballin war einer der ersten Alten Norddeutschlands gewesen. Sein Tod hatte große Bestürzung in der gesamten Gemeinschaft ausgelöst.

»Nun, sein Wagen ist aufgrund einer Fehlfunktion der automatischen Lenkung in das Fundament der Leinebrücke im Stadtteil Ruthe-Wilhelmsburg gerast und er selbst durch den Aufprall gestorben.«

Ines nickte. »Kannten Sie ihn?«

»Ich weiß, dass wir uns viel darauf einbilden, übermäßige Emotionen zu ignorieren«, sagte von Lorenz und legte die Stirn endgültig in Falten. »Doch diesmal ist es anders. Hieronymus und ich haben zusammen die Vorbereitung auf die Sequenzierung durchgemacht ... zu jener Zeit stellte sich heraus, dass es für mich noch keine Möglichkeit gab, ins Programm zu kommen, weil ich eine Inkompatibilität aufwies. Er fing mich auf, weil ich ob der Sterblichkeit beinahe von selbst aufgehört hätte, zu leben.«

»Mein aufrichtiges Beileid«, sagte Ines. ›Was für eine Ironie‹, dachte sie. Zwei Männer gingen gemeinsam den Weg der Unsterblichkeit und dann musste einer den anderen wegen eines Unfalls begraben. Unwillkürlich dachte sie an Michel Hansen. Wäre er irgendwann ins Programm gekommen? Womöglich schon. Viele Männer hatte sie kommen und gehen sehen, doch es lag in der Natur ihrer Arbeit, dass sie sich niemals gebunden hatte. Michael war nicht nur ihr Pathologe, sondern auch ihr Freund gewesen. Beide wussten sie, dass es niemals funktioniert hätte, und eines Tages dann hatte er Frau und Kinder und ein anderes Leben gehabt. Eines, das sie niemals hätte führen können. Und dann nahm ihre Torheit es auch ihm. Seltsam. Wieso vermisste sie ihn ausgerechnet jetzt so sehr?

»Ich danke Ihnen«, sagte Constantin von Lorenz nach einem Augenblick des Schweigens. »Sie fragen sich jetzt sicher, warum ich Sie hergebeten habe.«

Ines nickte. »Es gehört nicht viel Scharfsinn dazu, wenn Sie mir die Bemerkung erlauben.«

»Ich erlaube sie, wenn Sie versprechen, die aufgesparte Rechenleistung in meine Frage zu investieren.«

Man musste ihm lassen, dass er eloquent war, dachte Ines. Es gab auch Alte, die nur arrogant waren.

»Ich bin gespannt«, sagte sie und wartete.

»Ich habe Zweifel«, antwortete er.

»Woran?«

Von Lorenz lachte auf eine bittersüße, belustigte Art, die seine innere Zerrissenheit für eine Profilerin, wie Ines es war, ganz und gar offenbarte. »An ... wie sagt man, dem Ermittlungsergebnis?«

»Warum?« Ines machte sich langsam ein Bild von diesem Alten. Seine kontrollierte, arrogant-beherrschte Seite dominierte seine

Äußerungen, doch wenn er sich räusperte und innehielt, konnte sie in seinem Gesicht eine Welt voller Zweifel erspähen, deren Ursprung sie noch nicht erkannte. Die routinemäßige Typisierung brachte die Profiling-Ausbildung mit sich, und gewiss hätte von Lorenz das nicht gefallen. Doch entweder stellte er sich als schrullig heraus, dann spielte es keine Rolle, oder es war etwas an dem dran, was er behauptete, so würde er es ihr vergeben. All diese Gedanken geschahen mehr unbewusst und in Sekundenbruchteilen, sodass sie bereits seine Mimik lesen konnte, die Unsicherheit signalisierte, bevor er aussprach, was er fühlte.

»Ich weiß es nicht.«

Ines wartete ab, ob sein Gesicht noch mehr verriet, ehe sie antwortete, doch die kühle Arroganz kehrte in seinen Blick zurück.

»Ich bin nicht sicher, ob ich Sie richtig verstehe«, sagte sie vorsichtig. Sie durfte ihn nicht vor den Kopf stoßen, wenn sie mit ihrer Neugier diesen ›Fall‹, wenn es denn einer war, nicht zunichtemachen wollte.

»Ich auch nicht.« Vor Ines' innerem Auge spielte von Lorenz nervös mit den Füßen unter dem Tisch, doch in Wahrheit hatte nur ganz, ganz kurz seine linke Wade für einen Moment gezuckt. Er war wirklich unsicher. Doch warum?

»In Ordnung, Herr von Lorenz. Warum haben Sie mir diesen recht geheimnistuerischen Brief geschickt und mich hierher gebeten, wenn Sie nicht wissen, woher ihre Zweifel stammen? Sehen Sie das bitte nicht als Kritik an … Ich habe das Gefühl, dass dieser Aspekt uns voranbringen kann.«

»Vermutlich haben Sie Recht. Ich entschuldige mich für meine schlechte Vorbereitung.«

›Kein Problem‹, dachte Ines. ›Ich bin hier schließlich der Profi.‹ Sie hatte schon Kriminelle zum Sprechen gebracht, die gerade *nicht* wollten, dass sie etwas erfuhr. Und hier lag die Sache doch wesentlich einfacher, wenn sie nicht alles täuschte. »Gehen wir doch einmal von Anfang an alles durch«, sagte sie. »Wann haben Sie vom Tod ihres Freundes erfahren?«

Verwirrt blickte von Lorenz sie an. »Ich weiß nicht. Ich denke, dass ich einen Anruf bekommen habe. Mhh.«

Ines wurde schlagartig aufmerksam. Hatte sie zuvor angenommen, dass der Mann von seinen gesellschaftlich nicht akzeptierten Gefühlen für einen Freund übermannt war, stutzte sie jetzt. So wie jeder Alte noch genau wusste, wo er gewesen war, als die Bombe im Ulm-Stuttgarter Rathaus explodierte oder Seoung Lees Ultimatum durch die Kanäle ging, so hätte sich der Moment, da er die Nachricht über seines Freundes Tod bekommen hatte, eigentlich in sein Gedächtnis einbrennen müssen. Alte waren zwar nicht allwissend, aber sie hatten trotzdem ein normal funktionierendes Gedächtnis.

»Bitte überlegen Sie noch einmal genau«, sagte Ines aufmunternd. Obschon sie es besser wusste, fügte sie hinzu: »Das könnte wichtig sein.« Nicht, dass es jemals beim Erinnern geholfen hätte - Ines wusste, dass der Satz dafür sorgte, dass der Befragte sich ernstgenommen fühlte und offener verhielt.

»Ich ... ich muss diese Frage zurückstellen, fürchte ich«, sagte Constantin von Lorenz konsterniert. »Es fühlt sich an, als wäre die Erinnerung da, aber immer wenn ich sie greifen will, windet sie sich hinweg. So was aber auch.«

Ines schüttelte den Kopf. »Ist nicht schlimm.« Sie würde später den zeitlichen Ablauf rekonstruieren. Auf jeden Fall war ihre Neugier geweckt. »Was können Sie mir noch erzählen?«

»Ich habe ihn identifiziert. In der Leichenhalle. Für die Behörden«, sagte er.

»Hatte er keine Verwandten?«, fragte Ines.

Von Lorenz schüttelte den Kopf. »Nicht mehr.«

Ines dachte kurz an ihre Eltern. An Michel Hansen und seine Kinder. »Das ist unser aller Schicksal, nicht wahr?«

»Das wissen wir vorher«, sagte von Lorenz gleichgültig.

Genau. Alle bis auf sie. Niemand hatte sie gefragt, ob sie ins Programm aufgenommen werden wollte. Und dann als große Heldin der Geneworks-Krise abzulehnen - unvorstellbar. Kurz dachte sie daran, wie sie im Universitätsklinikum von Ulm-Stuttgart auf die glänzenden Türme der süddeutschen Metropole hinunter geschaut hatte und plötzlich mit den Händen über die glatte Haut über den reparierten Rückenwirbeln gefahren war. Es hatte sich anders angefühlt damals. Wie ein Aufbruch. Die Welt ... das Leben hatte vor ihr gelegen. Und heute?

»Also schön«, sagte Ines und kehrte mental auf die Maritim-Terrasse zurück. »Es ist womöglich schmerzhaft für Sie, doch bitte beschreiben Sie alles, woran Sie sich erinnern.«

»Er lag auf einem dieser blankgeputzten Tische, mit einem Schnitt vom Hals bis zum Bauchnabel. Leichenblass. Entschuldigung.«

Von Lorenz machte ein seltsames Gesicht, als er sich der unfreiwilligen Komik seines Ausdrucks bewusst wurde, doch Ines konnte sehen, dass er in Wahrheit mit den Tränen kämpfte. Nicht wie ein junger Mensch, sondern wie ein Alter. Und das bedeutete, dass nur ein kurzes Zucken der Augenwinkel verriet, wie es in ihm aussah. Er war erschüttert über den Verlust. Aber das war noch nicht alles.

»Ich verstehe«, sagte Ines. »Bitte fahren Sie fort, wenn Sie bereit sind.«

»Es fällt mir schwer, das einzugestehen«, sagte der Mann, »doch es tut gut, darüber zu reden. Man erwartet von uns, beispielhaft und vorbildlich zu sein. Jederzeit. Niemand versteht, dass auch wir menschlich sind, nicht wahr?«

Ines nickte. »Ich weiß, dass es ein schwacher Trost ist, doch auch ich habe mit der Zeit viele Freunde verloren.«

»Natürlich«, sagte von Lorenz und beruhigte sich. Aufmerksam beobachtete Ines, wie die kalte Anspannung in sein Gesicht zurückkehrte. Es fiel ihm schwer, doch die Aura der Unnahbarkeit war so eingeübt, dass es selbst unter diesen Umständen gelang. Sie wusste, dass es in gewisser Weise ungeschickt gewesen war, seine emotionale Aufgewühltheit nicht zu weiteren Fragen zu nutzen, doch auf lange Sicht war es wichtiger, sein Vertrauen zu gewinnen. Das hieß, wenn etwas dran war an seinen Vermutungen. Noch deutete nichts darauf hin.

»Es geht nicht um das, was ich erinnere oder nicht erinnere«, sagte er schließlich. »Wir bilden uns viel, sehr viel, auf unsere Rationalität ein. Wir sind immun gegen subjektive Launen.«

Ines nickte. »Manch ein Junger legt uns das als Schwäche aus.«

»Und damit haben sie womöglich auch recht. Frau Schultheiss, Sie sind hier, weil ich eine solch subjektive Laune verspüre. Ich kann Ihnen nicht mehr sagen als das, was ich fühle, und das ist: Irgendetwas stimmt an der Geschichte nicht.«

15

Constantin von Lorenz überraschte sie. In aller Deutlichkeit hatte er ein Geständnis gemacht, das manch anderem Alten die Schamesröte ins Gesicht getrieben hätte, doch dieser vor Leben nur so strotzende Mann sah trotz faltenloser Stirn und aufrechter Haltung jämmerlich ratlos aus.

»In Ordnung«, sagte sie. Nicht mit Überzeugung und auch nicht mit Pflichtbewusstsein getränkt. Es war die stille Neugier auf ein Rätsel, die sie antrieb, dem Mann einen Gefallen zu tun. Eigentlich ging sie davon aus, dass es keine Verschwörung zu wittern, keine Unklarheiten zu beseitigen galt. Doch da war diese unnachgiebige Überzeugung in seinen erst auf den zweiten Blick traurigen Augen. »Ich sehe, was ich tun kann.«

»Danke«, sagte von Lorenz mit unverhohlener Erleichterung. »Wie bereits gesagt werde ich für all ihre … Unannehmlichkeiten aufkommen.«

»Das wird nicht nötig sein«, sagte Ines. »Das Rätsel ist Belohnung genug.«

Von Lorenz lächelte matt und erhob sich mit einem winzigen Surren des Antigrav-Skelettes. »Das ist also echtes Berufsethos«, sagte er.

Auch Ines stand auf und verbeugte sich. Er hatte ja keine Ahnung. Berufsethos hin oder her, ihr ging es in diesem Moment nur um ein Kleinod an Beschäftigung, dessen Ende nicht vorherzusehen war. Den weichgespülten Trott der überbehüteten Unsterblichkeit zu durchbrechen. Etwas zu erleben.

»Das wird sicher ein Spaß«, sagte sie.

2.

Nachdem sie sich mühsam und wenig würdevoll verabschiedet hatten, suchte sie rasch die Artikel der Lokalpresse heraus, die es zu dem Unfall gab. Die Behörden hatten wenig Greifbares veröffentlicht, doch das war in solchen Fällen normal. Missmutig schnippte Ines die Artikel über ihr Padphone. Sie konnte immerhin herausfinden, dass es sich um einen Unfall mit Todesfolge an der Rethener Leinebrücke gehandelt hatte, doch weder die Identität des Mannes noch die genauen Umstände wurden bekannt gegeben. Genug Gelegenheit also, sich selbst ein Bild davon zu machen.

Als Ines zurück zum Transporthub unter dem Trammplatz ging, bemerkte sie nur allmählich, wie beschwingt sie sich bewegte. Der Fall mochte wenig rätselhaft wirken und noch weniger Neugierde in ihr hervorrufen - die schiere Möglichkeit, 'mal wieder zu ermitteln' schien sie doch mit … nun ja, Lebenskraft zu durchströmen. Für gewöhnlich war es nicht ihre Stärke, abzuwarten, bis eine freie Kapsel kam, und darüber hinaus wurden Alte natürlich bei der Wartezeit bevorzugt - nicht offiziell zwar, aber doch so, dass jeder es wusste - allein, diesmal war es ihr vollkommen egal, dass sie minutenlang auf ihren Slot warten musste. Sie hatte ja alle Zeit der Welt.

# # #

Rethen-Wilhelmsburg war ein seltsamer Ort. Früher zur südlichen Peripherie zählend, hatte sich der Stadtteil zum neuen Zentrum gewandelt, als die Hamburger gekommen waren. Die Häfen lagen natürlich im Norden, doch das Leben spielte jetzt hier. Ines' Entschluss, ihr Luxus-Apartment im alten Stadtkern der Calenberger Neustadt zu suchen, war mehr irgendwelcher Nostalgie geschuldet als einer soziologischen Exzentrik. Sie hatte zwar Sympathie für die Jungen, die mehr oder weniger provokante Namewear mit aufgedrucktem »Neu Hannover« trugen, doch Revisionismus gehörte nicht zu ihren primären Charakterzügen. Sie sah es dem Transport-Operator nach, da er immerhin bewies, dass es Junge gab, die so etwas wie verbliebenen Idealismus hatten, auch wenn es gewiss während der Arbeitszeit verboten war, politische Statements zu zeigen. Egal.

Die Wilhelmsburger Luft war trocken, weniger meeresschwanger. Den Geruch der Leinemarsch zuzuordnen, fand Ines albern, immerhin stand auch hier eigentlich nur noch Brackwasser. Es war warm für November, doch auch diese Beobachtung kümmerte sie nicht weiter, sondern wurde vom Unterbewusstsein der Kriminalistin lediglich registriert und für unwichtig befunden.

Ihr Ziel, die Leinebrücke, war innerhalb des letzten Jahrzehnts dreimal verbreitert worden, sodass drei stilistisch unterschiedliche Bögen über den Brückenpfeilern lagen. Es passte zu einer Zeit, in der die Menschheit sich mehr darum kümmerte, Schäden auszubessern, anstatt neue zu verhindern. Doch wer war sie, das zu bewerten? Sollten doch die Historiker des zweiundzwanzigsten Jahrhunderts in weniger als einer Dekade die abgeschlossenen Irrwege des einundzwanzigsten betrachten, Ines würde auch dann genau dieselbe sein, die sie vor achteinhalb Jahren gewesen war. Und auch daran würde sich nichts ändern.

Als sie den Blick von den unter ihr dahinmäandrierenden Wassermassen lösen konnte, musterte sie das Patchwork-Bauwerk erneut. Sie dachte kurz an das neu entstehende Korallenriff am ehemaligen Uelzener Bahnhof, das die prächtige, kakophonische Ästhetik der Entwürfe Hundertwassers langsam aufnahm und in etwas anderes, Natürlicheres, noch Verquereres verwandelte. Diese Brücke teilte gerade einmal die inkonsistente Bauweise damit, doch war sie ansonsten tadellos und blank geputzt - bis auf eine Stelle. Die schwere, geschmacklose Steinsäule zwischen den Brückenbögen zwei und drei zeigte einen etwa eineinhalb Meter breiten Schaden, wie er bei einem Fahrzeugaufprall entstehen würde. Neugierig trat Ines näher heran. Während außen Spuren von abgeplatztem Lack am Stein hafteten, wurden innen winzige Abschürfungen sichtbar, die dem geübten Auge verrieten, dass es sich nicht um einen frontalen, sondern tangentialen Aufprall gehandelt hatte, wie wenn jemand nicht die Spur gehalten hätte. Seltsam. Ines konnte kaum glauben, dass das Opfer seinen Wagen selbst gesteuert haben könnte. Niemand heute tat so etwas noch, nicht einmal fortschrittsgegnerische Junge. Einerlei. Ines konnte zumindest erst einmal glauben, dass hier ein Unfall stattgefunden hatte. Was den Rest anbetraf, so gab es hier keine Hinweis zu finden, keine Bremsspuren, nichts. Sie würde den offiziellen Bericht bekommen müssen, bevor sie von Lorenz noch einmal befragen konnte.

Doch wie sollte sie es anstellen? Seit auch ihr ehemaliger Chef pensioniert war, kannte sie praktisch niemanden mehr in der Kriminalistik von Neu Hamburg. Ines überlegte.

Fregüzli. Sie hatte seit Jahren nicht mehr mit ihm gesprochen, doch auch er hatte die größtmögliche Belohnung erhalten. Wenngleich er ein Alter war, konnte sie dem Pathologen mit dem eigenwilligen schwäbischen Charme vielleicht doch einen kleinen Gefallen abverlangen.

# # #

Sie kehrte nach Hause zurück und betrat gespannt den Holovisions-Raum. Der Haushaltsroboter hatte bereits alles hergerichtet und diesmal kam die Verbindung gleich zustande.

Leicht überrascht darüber, dass ihr Gegenüber viel jünger aussah als in ihrer Erinnerung, nahm sie einen Schluck Kaffee und ging im Kopf noch einmal ihren Schlachtplan durch.

»Frau Kommissar«, sagte Damian Fregüzli in seinem schwäbisch gefärbten Hochdeutsch.

»Ich hoffe, Ihnen geht es gut«, flötete Ines.

Fregüzli lachte. »Wie es uns Alten eben so geht, nicht wahr?« Sie hatten Jahre nicht gesprochen, doch seine Begrüßung war herzlich und warm. Ines war überrascht. Als Fregüzli und sie gemeinsam gearbeitet hatten, war er ein mürrischer Mediziner gewesen, der alles und jeden in seiner Abteilung als Störung aufgefasst hatte. Er war ein brillanter Pathologe gewesen, doch er zählte zu den Menschen, die Ines mental als ›schwierig‹ markiert hatte.

»Was kann ich für Sie tun, Frau Schultheiss?«

Es fühlte sich seltsam an, dass sie nach all den gemeinsamen Erlebnissen immer beim Sie geblieben waren. Nicht, dass Ines Distanz störte. Sie wunderte sich nur.

»Niemals würde es Ihnen in den Sinn kommen, dass ich aus Höflichkeit nach Ihnen schickte«, sagte sie und lächelte. Ines war nicht ganz sicher, wie es um seine Ironie stand, sodass sie den eigentlich netten Satz noch durch Gesten unterstützen musste.

»Ist es denn so?«

»Nein.«

Ines lachte.

Fregüzli versuchte sich an einem leidvollen Gesicht, doch er zog ebenfalls die Mundwinkel verräterisch nach oben. Er freute sich über etwas Abwechslung. So wie alle Alten. »Also?«, fragte er.

»Bei uns ist letzte Woche ein Alter verblichen«, sagte sie pflichtschuldig.

»Und?« Fregüzli gefiel sich darin, einsilbig zu antworten.

»Ich … interessiere mich für die Umstände«, sagte sie.

»Soso.«

»Nun ja. Es ist keine offizielle Ermittlung. Ein … Freund hat mich nur auf einige Ungereimtheiten hingewiesen.«

»Und da wollen Sie, ganz un-offiziell natürlich, eine Einschätzung zum Obduktionsbericht?«

Sie hätte den defensiven Ton Fregüzlis aufgreifen können. Doch die Belustigung, die in seiner Stimme mitschwang, gab ihr Sicherheit.

»Das wäre schön«, sagte sie und ließ die Augenlider zwei-, dreimal zufallen. »Ich habe den Bericht noch nicht, sondern wollte erst mal hören...«

»Das ist kein Problem«, sagte Fregüzli. »Ich komme sicher schnell da ran.«

Die blaustichige Ionendarstellung seines Holovisionszimmers flackerte, als er kommentarlos aufstand. Verdattert starrte Ines auf den leeren, projizierten Stuhl ihr gegenüber. Fregüzli war noch immer ein altes Raubein - auch, wenn er es jetzt in anderen Disziplinen ausleben musste. Amüsiert vernahm sie ein gewisses Klappern aus den Hintergrundlautsprechern. Ob er wusste, dass jede Kleinigkeit aufgefangen wurde? Kurz schien sie sogar einen Fluch zu hören.

Dann kehrte seine jugendliche Gestalt vor die Kamera zurück und hielt ein großes Arbeitspad in den Händen.

20

»Die größte Herausforderung«, gluckste er, »ist es manchmal, sich die Arbeit zurechtzulegen, nicht wahr?«

Ines sagte nichts. Die Ordnung in ihrem Verstand fand ihre Entsprechung in der rücksichtslosen, aller Ästhetik zuwiderlaufenden Ordnung in ihrer Umgebung. Es war ihre Natur. Doch auch Empathie gehörte zu ihrer Profession und so konnte sie, wenn schon nicht teilen, doch zumindest Fregüzlis Situation nachvollziehen.

»Mal sehen …«, brummte er derweil. »Mehrere Knochenbrüche, zerebrales Schleudertrauma. Innere Verletzungen. Klingt nach einem harten Aufprall.«

Ines wusste nicht, woher er den Bericht jetzt bezogen hatte, doch es tat ihrer Befriedigung keinen Abbruch. Dass es so leicht gewesen war, eine Auskunft zu bekommen, war phantastisch. Fregüzli hatte sichtliche Freude am Studium des Berichtes. So hatte ihr Anliegen sogar ihm eine kleine Freude gemacht.

»Gibt es irgendetwas, das Zweifel an einem Unfall gegen einen Brückenpfeiler zuließe?«, fragte sie.

»Da ist sie also, die Kriminalistin in Ihnen«, sagte Fregüzli, blickte kurz von dem Pad auf und lachte.

Ines versuchte, beschämt auszusehen, argwöhnte jedoch, dass es nur bedingt gelang. »Man tut, was man kann«, sagte sie halb entschuldigend.

»Oh, schon gut«, sagte Fregüzli gönnerhaft. »So wie sich der Bericht für mich darstellt, lautet die Diagnose ›Kollision mit etwas Hartem‹. Ob es sich dabei um einen Autounfall handelt, kann ich ohne Ansicht der Leiche nicht sagen, denn nur die Haltung zum Zeitpunkt des Todes gäbe Auskunft darüber.«

»Gut", entgegnete Ines. "Bekommen Sie.«

»Halt, Moment mal. Was haben Sie vor? Frau Schultheiss, den Bericht zu … kopieren, ist eine Sache. Sie denken doch wohl nicht darüber nach, der Neu Hamburger Pathologie einen Besuch abzustatten? Es dürfte nicht gerade …«

Sie schnitt ihm das Wort ab. »Keine weiteren Fragen.«

Fregüzli warf die Hände in die Luft. »Wie Sie wollen. Ich sage ja nur …«

»Es war mir eine Freude, mit Ihnen zu sprechen, Damian.«

Verdattert blickte das Hologramm des ehemaligen Pathologen Ines an. Sie drückte einen der kaum sichtbaren Knöpfe an der Sessellehne und beendete die Verbindung.

3.

Als das mattblaue Glühen der ionisierten 3D-Projektion wie tausende Glühwürmchen, die sich plötzlich der Schwertkraft bewusst wurden, zu Boden fiel, atmete Ines hastig ein paar Mal tief durch. Fregüzli hatte ihr keine neuen Anhaltspunkte geliefert, doch immerhin eine Aufgabe. Neugierig blickte sie auf die Akten, die er freundlicherweise auf ihr Pad geschnippt hatte.

Der drohende Titel ›Norddeutsches Landeskriminalamt‹ über all den Dateien schien ihr wie die verbotenen Frucht vom Baum der Erkenntnis. Doch was war schon dabei? Sie war eine Alte, und die durften bekanntlich fast alles. Halb nostalgisch, halb zornig dachte sie an Klaus-Peter Haßloch, als er ungefragt und arrogant in ihre letzte Ermittlung geplatzt war. Traurig dachte sie, dass sie hier und jetzt nicht besser war als diejenigen, die sie für ihren Hochmut einst verachtet hatte. Und doch … Die Neugier bestand und musste befriedigt werden. Auf die eine oder andere Art.

Ines dachte an den eigenartig ambivalenten Gesichtsausdruck Constantin von Lorenz', als er ihr seine Gefühle geschildert hatte. Wenn sie ehrlich war, war ihr egal, was dabei herauskam. Sie lebte für die Aufklärung, nicht für das Seelenheil anderer. Und genauso würde sie weiter an der Sache arbeiten. Ohne Rücksicht auf Befindlichkeiten.

Sie nahm sich einen frischen Kaffee aus dem Synthetisator und trat zurück auf die Dachterrasse. Die Luft roch nach Meer und Klimawandel, aber das war sie gewohnt. Gemütlich nahm sie unter dem spinnennetzartig halb ausgeklappten Sonnenschirm Platz und begann, die Ermittlungsakten zu studieren. Sie schuldete Damian Fregüzli etwas. Es wäre eine Sache gewesen, mit seinen ehemaligen Kontakten einfach nur den Autopsiebericht zu holen und durchzusehen, doch das hier war viel, viel mehr als das. Praktisch der ganze Fall lag wenige Wischbewegungen über die Padoberfläche vor ihr.

Wo war das Detail, das ihrem Ermittlerscharfsinn auffallen würde? Von einer seltsamen Geschäftigkeit erfasst, tat sie, was sie immer getan hatte: Jede noch so winzige Information in ihren wachen, rasenden Verstand hineinwürgen und warten, bis alles verknüpft und verdaut war.

Nichts entging dem mit künstlicher, genetischer Jugend gedopten Gehirn. Oder doch? Ines beschlich ein gewisses Gefühl des Déjà-vu. Ganz kurz. Doch es reichte, um Unbehagen zu wecken. Nachdem sie alles gelesen und mit kryptischen, nur anderen Profilern oder Kriminalkommissaren verständlichen Kommentaren versehen hatte, war es da. Das Gefühl der Immersion und gleichzeitigen Diskontinuität.

Sie legte das Pad neben sich und blickte in die Ferne.

Constantin von Lorenz hatte Recht gehabt. Dieser Fall war rätselhaft und keineswegs abgeschlossen. Doch das Problem war, dass die Ermittlungsakten nichts davon zeigten. Es war nur ein Gefühl, das Ines Schultheiss dazu brachte, die Spinnerei eines einzelnen Mannes ernst zu nehmen. Es war das Gefühl der Erfahrung, das sie viel zu lange nicht mehr gespürt und beinahe aus nostalgischen Gründen ignoriert hätte.

»Irgendetwas stimmt hier nicht«, teilte sie dem Horizont und der Nordseeküste mit. »Und ich werde es herausfinden.«

# # #

Ines tat, was sie immer tat, wenn sie bei einem Fall nicht weiter kam. Sie trank so lange so viel Kaffee, bis sie einen Zustand der koffeinierten Ekstase erreichte, in dem in ihrem Verstand alles möglich schien und ausgeschlossene Optionen plötzlich die wahrscheinlichsten Erklärungen bildeten. Allein Erfahrung vermochte ihr Führung zu verschaffen, und allein Entschlossenheit vermochte sie in die Realität zurückzuholen.

Sie hatte natürlich längst gelernt, dass Koffein in dem Geneworks-Genom der Alten keinerlei aufputschende Wirkung mehr hatte, genauso, wie Alkohol und die meisten anderen Nervengifte einfach effektlos abgebaut wurden - doch das spielte keine Rolle. Belustigt dachte sie darüber nach, dass das, was sie erlebte, der mentale Zustand, in den sie sich hineinsteigerte, von anerkannten Neurophysiologen als unmöglich abgelehnt werden würde. Für sie war es eine Art Meditation und der Kaffee nur die Ausrede.

›Wenn jeder wüsste, dass es keiner Aufputschmittel bedarf, um sich selbst an die Grenze zu bringen‹, dachte sie bei sich, ›dann wäre die Welt ein ganz und gar anderer Ort.‹ Allein, das war nicht der Fall, und so musste sie sich damit begnügen, dies als ihr Geheimnis zu betrachten. Nicht, weil sie es geheim hielt, sondern weil niemand es geglaubt hätte. Versuchsweise schielte sie auf die in winzig kleiner Schrift weggezoomten Akten und ließ ihr Unterbewusstsein die Arbeit erledigen.

Es war nicht das erste Mal, dass sie einen Fall vor sich hatte, in dem es keine Auffälligkeiten gab. Das an sich war die größte Auffälligkeit. Man konnte nicht sagen, dass die Behörden unsauber oder unpräzise gearbeitet hatten. Die Spurensicherung hatte dutzende Stellen und Beweismittel überprüft, von denen Ines genau wusste, dass sie keinerlei Zusammenhang mit dem Aufprall eines Autos auf einen Brückenpfeiler haben konnten. Die Fotos des Autonomobils zeigten gleichzeitig die ganze Erbarmungslosigkeit von hoher Geschwindigkeit, gepaart mit Kontrollverlust. Der Bericht konnte nicht mehr aufklären, ob das Fahrzeug autonom gefahren war und technisch versagt hatte, oder ob der Fahrer selbst hatte steuern wollen. In beiden Fällen war es schwer zu glauben, dass einem Alten so etwas passieren konnte. Die Redundanz der autonomen Assistenzsysteme, die seit Jahrzehnten die Fahrzeuge steuerten, war bis an den Rand der menschlichen Vorstellungskraft ausgedehnt. Als sie ‚Autonomieversagen‘ in die Suchmaschinen eintippte, waren die neuesten Treffer mehrere Jahre alt. Irgendwie auffallend, fand sie.

Da gab es mehrere Nachrichtenmeldungen über den Tod eines Alten an der Rethener Brücke und anscheinend stellte niemand ernsthaft die Schuldfrage. Eine nationale Tragödie, wie der Verlust jedes einzelnen war, und doch war die Öffentlichkeit sich einig, dass absolut unbegründbarer Leichtsinn die Ursache gewesen sein *musste*?

Wieso hatte niemand diese Frage gestellt? Ines wusste jetzt, was sie zu tun hatte. Sie würde das Autowrack ansehen, das laut Bericht noch immer in der Asservaten-Garage des Landeskriminalamtes stand. Oder der Rest davon.

# # #

Das Landeskriminalamt war in dem Maße zusammengeschrumpft, wie es das Schicksal des gesamten norddeutschen Verwaltungsapparats gewesen war. Während zur Zeit seiner Entstehung lediglich das Hauptkommissariat der ehemals hannoverschen Kriminalpolizei im Jugendstilbau an der Waterloostraße untergebracht war, beherbergte es nun die Gesamtbehörde für die ganze Metropole zwischen dem althannoveraner Teil, Hildesheim und dem ehemaligen Braunschweig. Ines hatte die weißen Leinenkleider angelegt, die Alte in der Öffentlichkeit trugen. Auch der Antigravgurt würde diesmal nützlich sein. Sie hatte in Erwägung gezogen, sich hinein zu schleichen, immerhin hatte sich das Areal nach ihrer ruhmreichen Beförderung in den einstweiligen Ruhestand kaum verändert. Doch nein, es schickte sich einfach nicht, selbst wenn die Chancen gut gewesen wären. Sie würde durch die Vordertür hineingehen und mit allem, was sie wissen wollte, auch wieder hinaus.

Diese innere Einstellung stets memorierend schwebte sie die wenigen Stufen des steinernen Haupteingangs hinauf. Die Tür war aus schwerem Holz und öffnete sich nicht automatisch, wie bei so vielen öffentlichen Gebäuden. Ines betätigte die Klingel und wähnte eine der wenigen Überwachungskameras des Gebäudes auf sich. Zweifellos beschleunigte ihr Auftreten der Vorgang, denn kaum zwei Sekunden später wurde die Tür von einem keuchenden Jungen geöffnet, der einen einsamen Stern auf den blauen Schulterklappen trug und sich tief verbeugte, ehe er formvollendet Haltung annahm. Sie war sich nicht sicher, ob er sie erkannt hatte, immerhin war sie durchaus so etwas wie eine lokale Berühmtheit. Gönnerhaft nickte Ines ihm zu.

»Wie kann ich Ihnen zu Diensten sein, Frau Schultheiss?«

Dann war das also geklärt.

»Ich wünsche die Wrackteile des Wagens von Herrn Dr. Hieronymus Ballin zu betrachten.«

Der Mann nickte eifrig. »Selbstverständlich.« Er vollführte eine weitere ausladende Geste und überschlug sich fast dabei. Ines konnte nicht anders, als Abscheu vor der Leistung der Alten zu empfinden, die Gesellschaft der Jungen in eine derartige Hierarchie zu zwängen. Fasziniert beobachtete sie, wie der Polizist mühsam ein Pad aus der Innentasche der Jacke fischte, hastig darauf herum wischte und überdies weiterhin durch das Gebäude ging, wobei er es auch noch schaffte, ihr jede der manuell bedienbaren Türen aufzuhalten.

»Verzeihen Sie bitte«, sagte er schließlich unterwürfig, »was darf ich als Grund für diesen Besuch notieren? Es tut mir aufrichtig leid, aber es ist vorgeschrieben, dass dies in den Bericht aufgenommen wird. Selbstverständlich gelten die strengen Datenschutzbestimmungen des Freistaates Norddeutschland.«

»Das macht gar nichts«, entgegnete Ines so schroff, wie es seine ihr unerträgliche Unterwürfigkeit verlangte. Insgeheim dachte sie, ob sie nicht das nächste Mal doch hineinschleichen solle, um nicht noch mehr Menschen so behandeln zu müssen. Doch nun hatte sie keine Wahl - sie musste sich in ihre Rolle fügen, so wie der arme Polizeimeisteranwärter in seine.

»Wa... was darf ich also aufnehmen?«, fragte der unsichere Mann.

»Schreiben Sie einfach, dass ich Herrn Dr. Ballin gut kannte«, diktierte Ines und beließ es dabei.

Der Polizist wischte und tippte auf seinem Pad herum und sagte nichts weiter. Ines folgte ihm auf dem langen Weg durch die Korridore des alten Gebäudes, doch schließlich erreichten sie den Hinterhof, auf dem die Einsatzfahrzeuge säuberlich vor der Asservatengarage aufgereiht standen. Abseitig sah sie zwei Beamte, die einen etwas in die Jahre gekommenen Überwachungstruck mit Abhörhardware warten mussten, doch ansonsten war der ausgedehnte Hof menschenleer. Unruhig trippelte der junge Beamte noch immer vorneweg, während er sich alle paar Schritte umdrehte und Ines dabei fragend ansah, ob er auch ja alles richtig machte.

»Hier ist es«, beschied er schließlich, wischte noch einmal über das Pad, und ging dann zu einem altmodischen, schlüsselgesteuerten Hebel, den er kräftig nach unten zog, woraufhin sich ein quietschendes Rolltor servoelektrisch öffnete. Sofort stieg ihr der Geruch von ausgelaufenem Öl in die Nase.

Uralte, ineffiziente Neonbeleuchtung flackerte auf und tauchte den im Schatten liegenden Raum in ein künstliches, klinisch wirkendes Licht. ›Die Autopathologie‹, dachte Ines und richtete ihre Aufmerksamkeit auf den zusammengeschobenen Blechklotz vor ihr.

Interessiert nahm sie ihr Pad heraus, achtete gar nicht weiter auf den Beamten, der berufsmäßige Haltung angenommen hatte und dem sich doch die Nervosität an Augen und leicht wackelnden Beinen ablesen ließ. Ines rief den offiziellen Bericht erneut auf und betrachtete neugierig das Fahrzeug.

Bis auf einen leichten Schaden auf der linken Seite gab es laut Bericht angeblich kaum etwas zu beanstanden. Die Auffangwannen unter dem Wagen enthielten ein paar versprengte Tropfen Öl, doch sie waren größtenteils trocken. Dieser Wagen hatte die Brücke vielleicht touchiert, doch nicht gerammt.

»Wissen Sie zufällig, was die Verkehrsauswertung ergeben hat?«, fragte sie den Polizisten, der sich nicht von der Stelle rührte.

»Ich weiß rein gar nichts zu dem Fall, Frau Schultheiss«, sagte er hastig und entschuldigend.

»Tragisch …« Ines mimte eine Portion Trauer, um nicht so zielstrebig zu wirken, wie sie in Wahrheit vorging.

»Das kann man wohl sagen«, entgegnete der Beamte.

»Kein ziemlich starker Aufprall.«

»Sieht zumindest so aus, ja.«

Er hatte wirklich keine Ahnung davon, doch das störte sie nicht. Sie wusste zwar keinen Verkehrsanalysten, der ihr mehr hätte sagen können, doch irgendetwas stimmte hier nicht. Rasch wischte sie die selbstgemachten Fotos der Rethener Brücke auf ihr Pad. Erkennbar war ein Auto dagegen gefahren, und auch stimmten Form und Stärke der Beschädigungen überein. Sie verstand aber nicht, wie jemand bei intakter Fahrerkabine bei dem leichten Aufprall hätte ums Leben kommen können, zumal jemand, der so fit war, wie es ein Mensch eben sein konnte.

»Sowas …«, flüsterte sie.

»Frau Schultheiss … welch hoher Besuch.«

Sie erkannte die Stimme nicht, doch die wenig beeindruckte Tonlage konnte nur … Ines drehte sich langsam, wie es die Aura der Unnahbarkeit gebot, um die eigene Achse, achtete sorgsam darauf, dank des Schwebegürtels nicht zu sehr zu schwanken, und machte ein freundliches Gesicht.

»Hans-Peter Kowalczyk«, sagte der Mann im Anzug. »Leiter des Landeskriminalamtes Norddeutschland.«

Sie nickte. »Ihre Anwesenheit ist akzeptabel.«

Der Mann blinzelte und deutete eine Verbeugung an. Er blickte gequält auf den Beamten neben der Rolltorsteuerung. »Ich fürchte allerdings, dass Herrn Becker hier ein kleines Missgeschick unterlaufen ist. Sie baten darum, den Unfallwagen von Herrn Dr. Hieronymus Ballin zu sehen?«

»Ja.« Ines sah, wie die Männer aufgeregte Blicke austauschten. Das war ja interessant, dachte Ines.

»Nun, dies ist nicht der besagte Wagen.«

Ines hob eine Augenbraue. »Wie bitte?«

»Wenn Sie mir bitte folgen möchten?« Kowalczyk deutete auf die Garage nebenan und ruderte mit den Armen. »Die ganze Aufregung muss ja so schon nicht leicht sein. Das tut mir wirklich unglaublich leid.«

Ines nickte nachdenklich. War es wirklich möglich, dass der junge Beamte nicht gewusst hatte, welches das richtige Auto war?

Ein weiteres Rolltor quietschte und ratterte, und ein weiteres Autowrack erblickte künstliches Leuchtstoffröhrenlicht. Dieser Wagen war härter getroffen worden. Die Form des Autonomobils war noch annähernd zu erkennen, doch hatte der Aufprall die gesamte Knautschzone zerstört. Bis zur Fahrerkabine war kein Kotflügel mehr übrig.

»Das …« Ines schluckte. Sie hatte keine Mühe, sich vorzustellen, wie jemand zwischen Frontkonsole und Mittelsäule zerquetscht worden war. Dennoch fiel es ihr schwer, die angemessene Art Betroffenheit zu zeigen. Das Fahrzeug war von derselben Bauart wie das zuvor gezeigte. Es sollte doch nicht möglich sein …

Rasch glich sie die Kennzeichen ab. Dies war zumindest der Nummer nach Hieronymus' Fahrzeug. Sie musste unbedingt noch einmal das andere Auto sehen.

»Haben Sie den Fehler in der Automotion gefunden?«

»Die Techniker des Herstellers versichern, dass es kein generelles Sicherheitsrisiko gibt«, sagte Kowalczyk.

»Natürlich«, entgegnete Ines. »Das wollte ich gar nicht unterstellen.«

»Alles sieht nach einer Verkettung unglücklicher Umstände aus«, fuhr der Leiter der Kriminal-Behörde fort. »Sie kannten Herrn Dr. Ballin?«

Ines nickte. »In zweihundert Jahren Automobilbau ist es uns noch immer nicht gelungen, ein Design zu konstruieren, das fehlerfrei wäre, nicht wahr?«

»Ich dachte nicht, dass Sie als ehemalige Kriminalistin Murphy's Gesetz zitieren würden«, sagte Kowalczyk erstaunt.

Ines lächelte. »Nur, weil ich nicht an Zufälle glaube, bedeutet das nicht, dass keine passieren, nicht wahr?«

So wie es kein Zufall war, dass hier zwei Autos desselben Modells direkt nebeneinander standen und ähnliche Unfälle, die in ganz Norddeutschland höchstens einmal in ein paar Jahren so passierten, hinter sich hatten?

»Sicherlich«, sagte der Beamte nun. »Ich möchte wirklich nicht unhöflich sein ... haben Sie gesehen, was Sie wollten?«

Sie wussten beide, dass er damit den Begriff der Unhöflichkeit erstaunlich weit ausdehnte, denn niemals würde man einem Alten so direkt nahelegen, sich zurückzuziehen. Ines machte eine weitere mentale Notiz und nickte. »Ich bedanke mich für Ihre Flexibilität, mich so unangekündigt zu empfangen.«

»Das ist doch selbstverständlich«, sagte Kowalczyk.

»Das ist mir klar«, entgegnete sie schroff.

Der Landeskriminaldirektor blickte kurz ein wenig brüskiert drein, doch fand er dann sein repräsentatives Grinsen wieder und verbeugte sich ein letztes Mal. »Polizeimeisteranwärter Becker wird Sie hinausgeleiten. Haben Sie einen guten Tag.«

Ines nickte wohlwollend. »Sie auch.«

Becker räusperte sich. »Ja ... ich ... hier entlang bitte.«

Als sie vor dem schmiedeeisernen Tor der Hofanlage stand, entspannte der Teil von Ines sich langsam, der die arrogante, unsterbliche Alte hatten spielen müssen. Elegant schnippte sie das Pad aus der unter dem weiten Gewand verborgenen Handtasche und verglich noch einmal die Fotos beider Wagen. Es war, wie sie gedacht hatte. Sie hatten dasselbe Kennzeichen.

Doch warum sollte die oberste Ermittlungsbehörde etwas vertuschen? Sie musste Constantin von Lorenz sprechen. Jetzt hatte er sich ihr Interesse verdient.

4.

Als sie zu Hause war, ging sie noch einmal gründlich alle Erkenntnisse durch, die sie gesammelt hatte. Es gab also zwei Wagen auf dem Gelände des LKA, die dem Modell und der Nummer von Ballins Wagen entsprachen. Noch dazu beide mit deutlichen Unfallschäden. Doch während einer zum Schaden am Brückenpfeiler passte, war der andere kaum beschädigt und nach Auskunft des Direktors nicht der gesuchte Wagen.

Ines war sicher, dass dies genug Unsicherheiten waren, um Constantin von Lorenz davon zu berichten.

»Habe neue Erkenntnisse. Möchten Sie sie erfahren?«, schrieb sie an Lorenz' Mailadresse und ließ sich erst mal einen Kaffee bringen. Der Himmel war jetzt herbstverhangen grau, und die Nordsee nur eine ferne Erinnerung hinter Dunst und Novembermelancholie.

Es plingte und rasch holte Ines ihr Phone wieder heraus.

»Sehr geehrte Frau S., ich weiß zwar, wer Sie sind«, stand da geschrieben, „… dennoch finde ich diese Art der Kontaktaufnahme unangemessen und weiß nicht, wovon Sie sprechen. Was wollen Sie von mir? Mit freundlichen Grüßen, Constantin von Lorenz.«

Verwirrt blickte sie auf das kleine Display. Was war denn hier los?

»Verzeihen Sie bitte, wenn ich Sie auf unangemessene Art kontaktiert habe«, schrieb sie. »Doch ich habe Ihnen wichtige Dinge mitzuteilen. Persönlich.«

»Persönlich? Was für eine ungewöhnliche Anfrage.«

Halb belustigt, halb verwirrt schüttelte Ines den Kopf. Hatte von Lorenz es sich anders überlegt und stritt nun ab, mit ihr gesprochen zu haben?

»Es geht um Dr. H. Ballin«, schrieb sie.

Er antwortete nicht. Die dramatische Pause ließ Ines schon an ihrem Erinnerungsvermögen zweifeln. Hatte sie ihn damals auf der Maritim-Terrasse komplett falsch verstanden?

»Also schön«, antwortete er. »Was schlagen Sie vor?«

Was sie vorschlug? Das wusste sie auch nicht. Ines seufzte. Auf jeden Fall ein anderer Ort. In der Stadt? Ein Restaurant? Wieso war sie auf einmal so seltsam unentschlossen? Die junge Ines

Schultheiss hätte auf diese Fragen schon Antworten gehabt, bevor sie das Gespräch überhaupt begonnen hätte. Unheilvoll blinkte der Cursor im Eingabefeld und machte ihr klar, dass ihr die Zeit ausging. Nicht, dass er es sich anders überlegte.

»Pier 45 am Maschsee«, schrieb sie. Nicht unbedingt das angesagteste Restaurant unter Alten, doch sie wollte auch nicht den Fehler machen, immer den gleichen Treffpunkt auszuwählen. Sie dachte nicht paranoid, sondern … erfahren.

»Warum keine Holovision?«

Ines begriff, dass dies einer der Momente war, wo sie für sich ganz still wurde und wie im Brennglas den Lauf der Welt vor sich sah. ›Nein, Quatsch‹, dachte sie. ›Übertreib mal nicht. Es ist nur ein kleiner Widerspruch.‹ Überrumpelt verzichtete sie, darüber nachzudenken, ob es klug war, von Lorenz darauf hinzuweisen, dass er selbst dies noch tags zuvor abgelehnt hatte, doch stattdessen schob sie wortlos ihr Holovisions-Handle ins Kommunikationsfenster. Wenige Sekunden später erklang das erwartete Zirpen des Verbindungsaufbaus, sodass sie hastig das Pad nahm und in den Holovisions-Raum eilte.

Sie sah gerade noch das geisterhafte Anheben der glänzenden Ionen von der Verteilerplattform, ehe Constantin von Lorenz' Fernsprechzimmer auch schon erschien.

»Guten Tag, Frau Schultheiss«, sagte er, noch bevor sie Platz genommen hatte. »Sie schulden mir ein oder zwei Erklärungen.« Er wirkte nicht unruhig oder zornig, sondern neugierig, wie jemand, der ein großes Rätsel vor sich hatte. Er konnte unmöglich ihr Gespräch auf der Maritim-Terrasse vergessen haben …

Ines setzte ihre freundlichste Miene auf. »Ich entschuldige mich, falls ich Sie überrumpelt haben sollte«, sagte sie mit Blick auf seine eigenartige Antwort zuvor. »Nur um sicher zu gehen …«

Sie schnippte den Scan seines handschriftlichen Briefes ins Anhangfenster des Pads. »Ich war heute an der Rethener Brücke und im LKA und …«

»Moment, Moment«, sagte er plötzlich und schnitt ihr das Wort ab. »Dieses Dokument … woher haben Sie es?«

»Es kam mit der gestrigen Postdrohne«, antwortete Ines gleichgültig. Wie sollte es denn sonst gekommen sein? »Erinnern Sie sich nicht daran?«

»Nein.« Es war keine Verzweiflung in seiner glatten Stirn, die sich merklich kräftiger kräuselte, sondern nur der Anflug von ... etwas. Alte waren schwer zu lesen für Ines, doch nicht mehr gänzlich unnahbar. Obschon sie weniger Übung hatte, war sie doch besser geworden. Und Constantin von Lorenz hatte sie schon einmal gesehen, was ihre Chancen bedeutend hätte erhöhen sollen. Doch hier ... der Alte vor ihr dachte nach. Er musste mittlerweile begriffen haben, dass es seine eigene makellose Handschrift war, die sie ihm zeigte. Und dass er nicht antwortete, bedeutete, dass er sich einen Reim darauf zu machen versuchte. Was nicht gelang.

»Ich bitte um Verzeihung. Ich habe das nicht geschrieben.«

»Erinnern Sie sich, dass wir gestern Mittag auf der Dachterrasse des Maritim zusammengekommen sind?«

Horror erfüllte seine Augen. Wilde, plötzliche Hilflosigkeit. Was war mit dem Mann geschehen, den sie gestern getroffen hatte?

»Ich fürchte, ich erinnere mich an nichts dergleichen«, sagte er.

Ines hob die linke Augenbraue. »Interessant«, sagte sie.

»Oh mitnichten«, sagte von Lorenz. »Ich bin zutiefst bestürzt! Ich erkenne diese Schrift als die meine, doch bin ich sicher, weiß zu einhundert Prozent, dass ich diese Zeilen nicht verfasst habe.«

»Ich verstehe«, sagte sie. »Es wäre das Natürlichste, an meiner Version zu zweifeln, und nicht an dem, was Sie ...«

»Aber im Gegenteil«, sagte Constantin von Lorenz. »Zwar erinnere ich mich an nichts von dem, was Sie sagen. Doch andererseits erinnere ich mich auch nicht, was ich stattdessen getan haben sollte. Welch Dilemma.« Er machte eine Pause, als warte er auf Ines' Antwort. Doch sie wartete ihrerseits darauf, welchen Schluss er aus seiner Beobachtung zog. Sie konnte ihn nicht von ihrer Version überzeugen, dessen war sie sicher. Doch wenn er ...

»Frau Schultheiss ...«, begann er, langsam und jedes Wort abwägend, »Ihre Version kann ich nicht entkräften, denn Gegenbeweise fallen mir nicht ein. Ich werde Ihnen fürs Erste Glauben schenken und mich dann meinem Arzt vorstellen müssen, fürchte ich.«

»Das ist in der Tat sehr vernünftig«, sagte sie. »Doch wie sollen wir nun vorgehen?«

»Sie haben meinen Irrtum aufgedeckt, und dafür bin ich Ihnen zu Dank verpflichtet. Denn auch Sie müssen erkennen, dass es unmöglich ist, zu wissen, woran man sich nicht erinnert, nicht wahr? Für Alte wie uns eine groteske Vorstellung, sich auf diese Weise unvollständig fühlen zu müssen. Was diese andere Sache angeht … ich muss Ihnen leider sagen, dass ich mich auch an den Tod von Hieronymus Ballin nicht erinnern kann. Wie überaus seltsam.«

Ines nickte. »Sie sollten unbedingt einen Arzt konsultieren.«

»Das werde ich. Ich sehe, dass ich Ihnen freie Spesen versprochen habe … Welch noble Geste, auch wenn ich ehrlich gesagt glaube, dass Sie sie nicht nötig hätten. Dennoch will ich mich generös zeigen und alles bisher Geleistete vergüten. Doch darüber hinaus würde ich Sie bitten, nichts weiter zu unternehmen, bis meine kleine … Unpässlichkeit sich aufklären lässt. Haben Sie vielen Dank.«

Dann, ohne noch eine Miene zu verziehen, beendete Constantin von Lorenz die Verbindung. Während die Farbe aus seinem Gesicht wich und zu langsam zu Boden fallendem, glänzendem Ionenstaub wurde, lächelte Ines. Nichts weiter unternehmen? Jetzt hatte sie erst recht das Gefühl, dass hier etwas faul war. Sie lehnte sich zurück und betrachtete ihre Optionen. Theoretisch schien es ihr möglich, dass von Lorenz aus emotionaler Instabilität heraus handelte und den Tod seines Freundes zu verdrängen suchte. Doch ihre Erfahrung als Profilerin deutete die Existenz des ersten Briefes als festen Beweis des Gegenteils. Wenn es möglich war, dass ein Alter den Tod eines anderen abzustreiten in der Lage wäre, so würde er nicht zu einer Verschwörungstheorie greifen. Diese beiden Extreme lagen so weit entfernt voneinander, dass es einen weiteren, unbekannten Faktor geben musste. Spontaner Gedächtnisverlust? Undenkbar. Das Geneworks-Programm könnte sich auf Milliardenschwere Schadenersatzforderungen vorbereiten. Der Alte von heute war zwar nicht perfekt im Sinne eines synthetisch optimierten Menschen. Doch er versagte auch nicht einfach so. Hätte sie von Lorenz bitten sollen, bei der ärztlichen Untersuchung dabei sein zu dürfen? Nein, das war ganz und gar unangemessen. Nachdenklich blinzelte sie. Verließ das nur vom schwachen Grundleuchten der Tapeten erhellte Sprechzimmer, um frischen Kaffee zu holen. Sie hätte natürlich den Hausroboter rufen können, doch gegen alte Gewohnheiten half auch keine Technik.

Sie drehte den Koffeinregler an ihrer Retrobrühautomatik bis an den Anschlag und genoss das Rumpeln und Zischen des Mahlwerks. Der Geruch kam vor dem Geschmack, doch alles in allem half allein die Tätigkeit des Zusehens schon, Ruhe zu finden.

Was war hier gerade passiert? *Von Lorenz, der Verschwörungstheoretiker,* hatte sich verwandelt in *von Lorenz, den Vergesslichen,* und stattdessen sagte Ines' Intuition, dass nun *sie* eine Verschwörung witterte, die wahrscheinlich nicht da war. Enttäuscht nahm sie den ersten Schluck des brühend heißen Kaffees und versuchte, nachzudenken. Ging wieder und wieder die Möglichkeit durch, dass all dies nur Ausdruck eines Traumas war.

Und dann, endlose Minuten nachdem das mentale Gesicht von Lorenz schon zu verblassen begann, kam ihr ein anderer Gedanke. Da waren zwei Autos im LKA. Zwei Autos mit derselben Nummer und verschiedenen Schadensbildern. Das war, im Gegensatz zu allem anderen, kein Zufall. Und es sorgte dafür, dass sie weitermachte.

5.

Das Gefühl der Ratlosigkeit nach dem seltsamen Gespräch mit Constantin von Lorenz hielt länger an, als sie selbst gedacht hätte. Es gab so viele Erklärungsmöglichkeiten, dass Ines aus dem Wust an Optionen nicht diejenige zu finden vermochte, die sich zu verfolgen lohnte. Wehmütig dachte sie an altmodische Pinnwände, auf denen Motive und Tathergänge rekonstruiert worden waren. Sie war ein absoluter Profi gewesen. Und jetzt? Gelangweilt nuckelte sie an ihrem Digitizer-Stift und malte auf dem Tablet herum. Ihr gelang es einfach nicht, die Gedanken zu ordnen. Sie war aus der Übung.

Ines Schultheiss seufzte und holte sich Kaffee. Es gab nicht viel, das ihr mehr weiterhelfen konnte, soviel stand fest. Doch auch, als die warme Brühe ihren Rachen hinunterfloss, brachte sie keine Erkenntnisse mit sich.

Die Wagen? Seltsam, aber nichts, worauf man einen Vorwurf stützen konnte. Gab es eine Möglichkeit, den echten Wagen sicher zu identifizieren?

Immerhin eine Idee, dachte sie. Die Kennzeichen waren nicht zufällig identisch, soviel stand fest. Die Frage war jedoch, wie gründlich derjenige vorgegangen war. Ines stellte sich im Geiste als eine Art Autonomobil-Pathologin vor. Imaginierte, wie sie unter das tropfende Wrack kroch, ›Heureka‹ schrie und aus all diesen Dingen einen Sinn destillieren konnte. Allein, sie hatte keine Ahnung, ob das, was sie vorhatte, überhaupt machbar war. Noch einmal, dazu unentdeckt, auf das Gelände des Landeskriminalamtes zu kommen, würde sie schon irgendwie schaffen, immerhin kannte sie sich aus. Doch dann?

Ines zögerte, sich einzugestehen, dass sie Hilfe brauchen würde. Doch wer kam dafür in Frage? Sie konnte schlecht in eine Kfz-Werkstatt gehen und einen Mechaniker nach den Subtilitäten der Auto-Identifikation fragen.

Ratlos hielt sie inne. Was hätte sie denn früher gemacht? Früher hätte sie herumtelefoniert, bis sie einen Kollegen gefunden hätte, der jemanden kannte, der bei Ansicht eines Dienstausweises kooperativ gewesen wäre. Doch irgendwie wusste sie, dass das nicht in Frage kam, auch wenn sie den Dienstausweis pro Forma noch hatte. Sie konnte wieder in die Rolle der unnahbaren Alten schlüpfen, die ihr so wenig behagte und doch so viel weiterhalf. Oder sie machte es allein. Auf ihre Art.

Ines Schultheiss traf eine Entscheidung. Sie würde Beweise sichern und sich erst später Gedanken darüber machen, wie man sie auszuwerten hatte. Ihr war klar, dass sie mit dem Kopf durch die Wand wollte. Wieder einmal. Doch manchmal kam es dabei nur darauf an, sich stark genug vorzustellen, dass die Wand aus Wellpappe und der Schädel aus Stahl war.

# # #

Raureif lag über dem niedrigen Gras der Ihme, als Ines in der Dunkelheit den hinteren Zaun des LKA-Geländes betrachtete. Salziger Nebel hing in der Luft und erinnerte sie daran, dass Flut sein musste. Gezeiten oder nicht, Ines Schultheiss nahm die schwarze Maske aus feinem Stoff aus dem Rucksack und zog sie sorgsam über die kalte Haut ihres Gesichts. Es konnte vieles schiefgehen, aber sie war auf alles vorbereitet. Sie aktivierte den strukturellen Infrarotmodus ihres Padphones und spähte die Kameras und Bewegungsmelder aus. Kaum zu glauben, die Sicherheitsstandards hatten sich in all der Zeit kaum verbessert. Schon immer hatte sie gewusst, dass der Zaun zwischen den Garagen und dem sogenannten Ertüchtigungsplatz, der nichts anderes als einen ungepflegten Sportplatz darstellte, löchrig und ungeschützt war. Es gab eine einzelne Kamera, die statisch die nördliche Ecke der Freifläche beobachtete. Doch sie hatte einen toten Winkel, genau oberhalb der Garagenecke. Ines ließ ein leichtes Pfeifen der Enttäuschung verlauten, besann sich auf ihre Aufgabe und nahm den Enterhaken aus ihrem Rucksack. Sie fühlte sich … jung. Wenn es nur nicht so dämlich geklungen hätte, hätte sie sich diesen Gedanken vielleicht sogar geglaubt. Doch so war es nichts als das Echo eines vergangenen Lebens. Nichts davon bedeutete ihr etwas. Rhythmisch begann sie, das Seil kreisen zu lassen. Versuchsweise visierte sie einen Baum an, der keine fünf Meter entfernt war. Zuverlässig verkantete sich der Haken in einer Astgabel. Sie konnte es also. Nicht schlecht, dachte sie und war erstaunt, dass sie ohne Übung noch immer eine so gute Hand-

Augen-Koordination hatte. Auch so eine Eigenschaft, die das Programm nicht verbessern durfte, dachte sie, als sie den Haken mit sanftem Schwung aus der Versuchsanordnung zurückzog. Egal.

Sie atmete tief ein und schloss kurz die Augen. Visualisierte das Ziel am Garagendach an. Dann warf sie den Haken. Es knackte und knirschte, und erst nach einer halben Ewigkeit traute sie sich, am Seil zu ziehen. Anscheinend hielt es. Vorsichtig, um nicht zu viel zu riskieren, tippelte sie langsam mit den Fußspitzen die Wand hinauf. Jawohl, es hielt.

Sie schnaufte ob der ungewohnten Anstrengung, doch nach wenigen Sekunden hatte sie es geschafft. Atemlosigkeit vermischte sich mit Anspannung und Glück, und beinahe hätte sie laut aufgestöhnt, doch gerade rechtzeitig erinnerte sie sich daran, dass die Kameras schließlich auch Ton aufnahmen. Es mochte zwar unwahrscheinlich sein, dass, wer auch immer die Bilder auswertete, den Ton dazu anhörte, denn sie war sicher, dass für derart niedrige Arbeit kein Roboter, sondern billig verfügbare Nachtwächter aus Fleisch, Blut und Perspektivlosigkeit eingeplant waren, doch riskieren wollte sie dann doch nichts. Sorgsam entfernte sie den Haken aus der Verkeilung, rollte das Seil wieder auf und verstaute beides sicherheitshalber mit einer Schlaufe versehen außerhalb des Rucksacks. Man konnte ja nie wissen, wofür man es noch benötigen würde. Eine kopflose Flucht, eine spannende Verfolgungsjagd ... Beinahe schien es ihr, als *wollte* ein Teil von ihr erwischt werden. Sie ermahnte sich, ruhig zu bleiben und keinen Unsinn zu denken. Vorsichtig kroch sie im toten Winkel der Kamera entlang über das Garagendach. Suchte das Oberlicht. Ärgerte sich, dass sie es sich nicht vorher angesehen hatte. Sie musste flach auf dem Boden liegend das Pad herausholen und nachsehen, welches Oberlicht sich über der Fahrzeughalle mit den Autowracks befand.

Das dritte. Ganz schön weit, um so flach wie möglich über rostige Blechdachverschläge zu robben. Ines biss die Zähne zusammen und sagte sich, dass es der Preis des Abenteuers war. Oder hätte sie früher gezögert? Nein, aber das hier war ja schließlich auch nicht ›Früher‹. Sie war Teil der unsterblichen Oberschicht und hätte sich eigentlich auch so verhalten sollen.

Stattdessen lag sie zitternd vor Aufregung auf einem Garagendach des LKA und fragte sich, ob sie da einer seltsamen Laune folgend eingebildeten Verschwörungen nachjagte.

Einerlei. Die Garagen unter ihr hallten mit jeder Berührung ihrer Knie auf dem Wellblech dumpf auf. Doch sie war sicher, dass niemand darin war. Darin sein konnte. Allein, das änderte nichts an ihrem unguten Gefühl, das vom Kopf in den Magen und wieder zurück zu wandern schien. Endlich hatte sie die richtige Luke erreicht. Zufrieden stellte sie fest, dass das Öffnen keine großen Tricks erfordern würde, bog den Hebel um und schob das Oberlicht auf. Die Taschenlampe erleuchtete den Boden unter ihr nur spärlich, doch genug, um sie erkennen zu lassen, dass sie richtig sein musste. Sie versuchte, sich die Verteilung der Fahrzeugteile auf dem Boden zu merken, und steckte die Lampe zurück an den Gürtel. Zufrieden befestigte sie den Enterhaken und vergewisserte sich, dass er festhielt. Entspannt ließ sie die Beine in die schwarze Tiefe unter sich baumeln, um ein Gefühl dafür zu bekommen, keinen festen Stand zu haben. Dann, plötzlich ruhiger als noch zuvor, schnappte sie das Seil und löste sich von der trügerischen Sicherheit des Daches. Sie schwang hin und her, doch es ließ sich aushalten. Zentimeterweise setzte sie die festen Lederhandschuhe mit den offenen Fingerkuppen untereinander. Bloß nicht abreißen lassen …

Es knackte, und beinahe hätte Ines einen Riesenkrach verursacht, als sie auf eines der Trümmerteile stieß und mit den Füßen versuchte, Stand zu erhalten. Einhändig balancierend schwang sie sich seitlich vom Seil und nahm die Taschenlampe wieder vom Gürtel.

Sie atmete tief ein und bat ihren Hormonspiegel, Herzschlag und Blutdruck zu regulieren. Alte waren zwar bei guter Gesundheit, doch nicht an … nun ja, Aufregung gewöhnt. Sie leuchtete den großen, metallischen Trümmerberg an und versuchte, erste Orientierung zu finden. War das die Vorderseite? Nein, die hintere Seite war natürlich heil geblieben.

Ines kreiste wie ein Geier, der sich nicht entscheiden konnte, wie viel Hunger er hatte, um die wehrlosen Reste des Autonomobils. Gierig machte sie im Halbdunkel der Taschenlampe schlechte Bilder mit ihrem Padphone, doch es würde sicherlich ausreichen. Das Nummernschild! Im fahlen Schein der Taschenlampe mutete die eingängige Nummer H-47001 seltsam kultisch an, als hätte Ines auch zuvor schon sicher sein können. Doch, erinnerte sich die Ermittlerin in ihr, Beweis schlug Verdacht. Zufrieden drückte sie auf den Auslöser der Kamerafunktion. Sie hatte Recht gehabt. Noch lange war nicht klar, welche Bedeutung dieser Fund hatte. Aber für den Moment reichte Rechthaben. Fühlte sich gut an. Fühlte sich … jung an. Mürrisch blickte Ines das hinabbaumelde Seil an. Sie musste sicher sein, dass sie nichts vergaß. Neben ihren Sachen vor allem keine weiteren Beweise. Erneut drehte sie ihre Runde um das Fahrzeugwrack herum. Konnte sie an den Zentralcomputer herankommen? Testweise leuchtete sie in Richtung dessen, was sie für die Steuerkonsole hielt. Oder die Reste davon.

Sie erkannte Blutspuren und Gummifetzen des Airbagsystems. Doch wo die Konsole sich befunden haben musste, klaffte ein tiefes, dunkles Loch im Bauch des Wagens. Hatte man sie entfernt, um an das Opfer heranzukommen? Oder hatte man, unter sträflicher Ignoranz des Nummernschildes, den Fahrtenschreiber ausgebaut, um … Beweise zu vernichten?

Ines bugsierte ihren Kopf vorsichtig an den scharfen Aluminiumkanten vorbei wieder aus dem Cockpit heraus und musterte den Schrotthaufen ein letztes Mal eingehend. Dieser Wagen war frontal gegen eine Wand gefahren, soviel stand fest. Den Brückenpfeiler nur touchiert zu haben kam nicht einmal mit sehr ausgeprägter Phantasie in Frage. Und dennoch blieb die Frage, warum nebenan ein scheinbar identisches Fahrzeug mit einem leichten Lackschaden stand, das mit vielleicht Schrittgeschwindigkeit ein ähnliches Hindernis gerammt haben mochte. Neugier befruchtete ihren Verstand. Vielleicht gab es ja dort noch einen Fahrtenschreiber. Langsam ging sie um den Autorest herum und suchte nach einer Tür in der Wand. Fehlanzeige. Diese Garagen waren bis auf Tor und Oberlicht vollkommen abgeschlossen. Nicht, dass man nicht eindringen konnte … so wie sie. Doch es machte immerhin mehr Arbeit.

Sie seufzte, zog versuchsweise am Seil und hangelte sich dann wieder nach oben. Ächzend schob sie den Riegel vor das verschlossene Oberlicht und atmete erst mal durch. Teil eins war abgeschlossen. Sie hatte die Fotos, die sie wollte, und konnte sie in aller Ruhe mit dem offiziellen Bericht abgleichen. Und doch … irgendwie lechzte sie danach, auch den anderen Wagen zu begutachten. Auf dem polternden Metall krabbelte sie so leise es ging zum nächsten Oberlicht. Lauschte. Prüfte die Infrarot-Sensoren mit dem Pad. Der gute alte Rundgang schien nicht mehr zum Repertoire des Nachtwächters zu gehören, denn sie war mindestens schon eine halbe Stunde auf dem Gelände ohne fremden Taschenlampenschein oder das Geklimper von alten Schlüsseln. Sie grunzte abschätzig, nahm einen Schluck aus ihrer schmalen Wasserflasche, löste den Riegel vom nächsten Oberlicht und befestigte den Enterhaken. Also auf ein Neues. Forscherdrang und Neugier fegten jede Spur von Erschöpfung hinweg und ließen sie genauso sicher zu Boden gleiten wie beim ersten Mal. Sofort bemerkte sie den veränderten Geruch. Weniger staubig und viel weniger nach ausgelaufenem Öl roch es, insgesamt … nein. Jetzt begriff sie es. Dieses Auto roch neutral, aber alt. Das zerstörte Autonomobil nebenan hatte zwar kaputt, aber eben auch *neu* gerochen. Das war der Unterschied. Ihr war klar, dass sich das nicht würde beweisen lassen. Doch es war ein starker Hinweis, welches das echte Fahrzeug war, nämlich das, was jetzt in der Dunkelheit vor ihr lag.

Vorsichtig, damit nur der Stoff der Handschuhe die Türklinke berührte, tastete sie den Wagen ab. Klick.

Ines kniff die Augen zusammen. Nichts passierte. Das Autonomobil war abgeschlossen. Mist. Hastig leuchtete sie den Innenraum ab. Verspiegelte Fenster. Sie hatte keine Möglichkeit, herauszufinden, ob die Hauptkonsole sich im Fahrzeug befand. Sie fluchte leise, doch sie ärgerte sich mehr darüber, sich nicht besser vorbereitet zu haben. Ines verstand nicht viel von Fahrzeugen, und schon gar nicht davon, wie man Unregelmäßigkeiten ermittelte. Wenn sie also hier echte Beweise sichern wollte, musste sie wiederkommen mit dem Wissen, wie man das Auto aufbekam und den Chip auslesen konnte - wenn er sich denn noch darin befand. Die Staatsanwaltschaft würde es gewiss interessant finden, wenn sie hörte, dass gewisse Teile fehlten, andererseits ermahnte sie sich, dass es gut möglich war, dass sie zu genau diesem Zweck - der genauen Ermittlung nämlich - entfernt worden waren. Sie schlurfte noch ein paar Mal unschlüssig um den Wagen herum, als ob sich auf einmal doch ein Spalt auftun könnte, dann beschloss sie, dass genug nun genug war.

Sie zog am Seil und vergewisserte sich, dass der Enterhaken noch fest …

Der Riegel surrte krachend zu Boden und landete nur Zentimeter neben der Karosserie. Die Profilerin in ihr fluchte leise. Routiniert hob sie Haken und Seil auf. Obschon sie wusste, nein, zumindest hoffte, dass niemand sie sehen konnte, verzog sie keine Miene, sondern rollte das Seil einfach auf. Deswegen hatte sie ja kontrolliert, ob es festhing. Oder eben auch nicht. Missmutig ließ sie den Enterhaken von einer Hand zur anderen wandern. Leuchtete in Richtung des Oberlichtes. Es war nicht unmöglich, von hier unten die Kante zu treffen, sodass sie wieder hinausklettern konnte. Doch wenn der Wurf misslang, würde er unweigerlich das Auto treffen und gewiss beschädigen. Ines zog eine Augenbraue in die Höhe. Entweder das … oder sie saß fest.

# # #

Sie ging noch einmal ihre Optionen durch. Enterhaken werfen, vielleicht Beweise beschädigen, oder abwarten, bis irgendwann am nächsten Tag jemand das Tor öffnete. Dazu das Problem, die eigene Anwesenheit erklären zu müssen. Ines schüttelte den Kopf. Wieso eigentlich hatte sie keinen Ausweichplan für diesen Fall gemacht?

Belustigt wanderte sie durch die Garage und sah sich im Taschenlampenschein um. Sie war aus der Übung. Ganz klar. Und jetzt?

Testweise rüttelte sie an den klappernden Metalllamellen des Tores. Der Schaltkasten draußen wie der drinnen erforderten einen Schlüssel. Den sie nicht hatte. Oder vielleicht einen Tritt gegen den Haupthebel. Falls das nicht einen geländeweiten Alarm aktivieren würde, überlegte sie. Und in dem Falle würde ihr Plan, auch noch in der Pathologie ›vorbeizusehen‹, natürlich hinfällig werden. Es sei denn …

Nein. Ines schüttelte den Kopf. Es konnte kaum möglich sein, die Nachtbesatzung derart in die Irre zu führen. Nach einem versuchten Einbruch in eine Asservatengarage würde man sicher das gesamte Gelände absuchen. Die Vorstellung, dass sie den Beamten im Chaos der Sirenen ausweichen könnte, weil sie im Gegensatz zu ihnen die Ruhe bewahrte, war zwar absurd, doch … attraktiv. Ines spürte in der Zukunft liegenden Nervenkitzel und überlegte. Sie kam hier nicht heraus, ohne irgendetwas Dummes zu tun. Entweder sie beschädigte die Karosse des Autonomobils neben ihr oder sie versetzte den gesamten Laden in Aufruhr. Das bedeutete, all jene Beamte, die auf dem Gelände waren. Also vielleicht einer, vielleicht auch zwei oder drei mehr. Und, das wusste sie aus eigener Erfahrung, sie war denen selbst in Unterzahl überlegen. *»Die Profis müssen keine Nachtschichten machen«*, erinnerte sie sich. Nachdem sie das Elsässer Massaker überlebt und so etwas wie den vorläufigen Heldenstatus erreicht hatte, nicht vergleichbar zwar mit ihrer jetzigen Unsterblichkeit, aber doch gewissermaßen privilegiert, hatte sie nicht eine einzige Nacht nach Dienstplan im LKA verbracht. Nein, die Männer, die gegenüber dem Hof auf miefigen Sesseln Kaffee tranken und schlecht ausgeleuchtete Kamerabilder angähnen mussten, hatten ganz und gar keine Lust, hier zu sein. Und das war ihre Chance. Niemand von denen würde in Erwägung ziehen, dass der schwarzmaskierte Unbekannte in Richtung des Hauptgebäudes … nun ja, ›*flüchtete*‹. Ein Plan entspann sich langsam in Ines' Verstand. Voller Risiko und Annahmen, die nur auf Erfahrung, und nicht aktuellen Beobachtungen beruhten. Kurz zog sie in Erwägung, die Maske fallen zu lassen und zu der anderen, arrogant-dominanten Alten zu werden, die aus dieser Sache sicher herauskam, doch andererseits auch nicht so viel Spaß haben würde und sich einigen unangenehmen Fragen würde stellen müssen. Nein, aufgeben kam nicht in Frage.

Nachdenklich blickte sie durch die Finsternis auf das Seil und versuchte, es in Schwingung zu versetzen. Ja, so würde es gehen. Eilig pfriemelte sie am Schaltkasten der Torsteuerung herum. Sie holte den Klumpen Minimalwerkzeugs aus der Tasche und versuchte, die Deckplatte des Steuerungskastens abzubekommen. Sie war zwar vernietet, doch fand sich ein Aluminiumschneider in ihrer Sammlung. Es war mühsam, um die festen Stellen herum zu schneiden, doch schließlich lag das Gewirr aus Kabeln und antiker Elektrotechnik vor ihr. Überrascht, dass der Alarm noch immer nicht von allein losgegangen war, suchte sie den verbleibenden Kasten nach den Kontakten ab. War … war er etwa nicht gesichert? Ines gluckste. Dann eben so …

Sie schnitt alle Kabel, die in die Dose neben der Steuerung gingen, auf einmal durch. Zufrieden vernahm sie das durchdringende, hohe Jaulen der Alarmanlage. Wie sie erwartet hatte, ging das Licht nicht an, schließlich hatte sie es gerade abgeklemmt, sodass sie ruhig an ihren Platz in der Nische neben der Führung des Garagentors gehen und abwarten konnte.

Es mussten ungefähr zwei Minuten vergangen sein, ehe sie Geklapper am Tor vernahm. Aufgeregtes Rufen. Dann das Ächzen der Servomechanik, die von außen geöffnet wurde. Noch immer kein Licht. Die Aufregung bescherte Ines wohlige Schauer von Spannungszittern. Gleich war es soweit … Sie sah das fahle Orange der Hofbeleuchtung unter dem mindestens sechs Meter breiten Tor hervorkriechen. Noch war sie selbst verdeckt.

»Polizei, keine Bewegung?«, fragte der Beamte mehr, als dass er den Satz wirklich dazu nutzen wollte, eventuell vorhandene Einbrecher zur Aufgabe zu bewegen. Doch dies war das Signal. Ines ließ das festgehaltene Seil los und gab ihm eine kurzwellige Vibration mit, sodass es aussehen musste, als sei gerade jemand daran emporgeklettert. Als das rumpelnde Tor etwa einen Meter weit emporgestiegen war, kamen zwei kontrastlose Schemen darunter hervorgebückt, die das Autowrack in Taschenlampenlicht tauchten. Still bewunderte Ines die Kühnheit der Beamten, sich ohne Deckung in eine unbekannte Situation zu begeben. Bequem hätte sie beide erschießen können, wenn sie diese andere Art von Einbrecherin gewesen wäre. Doch jetzt musste sie schnell sein. Wie gebannt starrten die Männer auf das hin und her pendelnde Seil.

»Da ist jemand rausgeklettert, Eddie«, sagte einer der Männer.

»Los, hinterher«, hörte Ines den anderen sagen. Sie rollte sich in einer einzigen, fließenden Bewegung unter dem Tor durch auf den Hof und stahl sich an den anschließenden Garagentoren entlang. Sie taxierte die Stellen mit der geringsten Ausleuchtung, dann stieß sie sich kräftig ab und sprintete auf die Tür auf der anderen Seite zu. Drei, vielleicht vier Sekunden später hatte sie das Hauptgebäude erreicht. Ihr Herz pochte nun schwer und alle Jugendlichkeit der Genauffrischung schien von ihr abzufallen, als sie nach Luft schnappte. Wenn sie bis jetzt niemand gesehen hatte, konnte sie sich hier einigermaßen gefahrlos bewegen. Ohne zu prüfen, ob sich noch jemand hier befand, bog sie ab in den bekannten Gang zur Pathologie.

# # #

Der feuchte, leicht moosigen Geruch des steinumwandeten Treppenhauses begrüßte Ines wie einen lange vermissten Bekannten. Wie oft war sie hier hinab gestiegen, um eine Leiche zu besichtigen und sich von Michel Hansen erklären zu lassen, welche ihrer Theorien zur Todesursache passte und welche nicht? Überrascht begriff sie, dass sie seit seinem Tod nicht hier gewesen war. Es stach sie, dass sie ausgerechnet und erst jetzt diese Verbindung herstellte. Schuldgefühle machten dem Eindruck des klimatisierten Untergeschosses Platz, als sie die erste Feuertür nahm, die natürlich unverschlossen war.

Leuchtstoffröhren flackerten auf, als sie in einem weiteren, unbedachten Moment der Nostalgie den Lichtschalter drückte. Beinahe erwartete sie, dass er aus einer der Türen längs des Ganges mit einer dampfenden Tasse Tee kommen und sie angrinsen würde. Ines massierte ihren Magen und schloss die Augen. Holte tief Luft und ermahnte sich, warum sie hier war. Er war neun Jahre tot. Sie war wegen der Zukunft hier. Oder?

Ines machte das Licht wieder aus und betrachtete die spärlich selbstleuchtenden Fluoreszenzschildchen der Pathologie. Sie wählte schließlich die Tür mit der Aufschrift »*Leichenhalle*«, schloss die Finger um die Klinke und drückte sie herunter. Einen einzigen unendlichen Moment lang schien das Universum aufzuseufzen, dann gab der Stift die Fassung frei und Ines stand in einem der größten Kühlschränke Neu Hamburgs.

Sie schluckte. Der süßliche Geruch des Todes hing über der Kammer, die sie neun Jahre lang nicht gesehen hatte und die auf sie vollkommen unverändert wirkte. Ebenso wie die Sicherheitspolitik der Einrichtung sich darauf verließ, dass Eindringlinge weiter außen aufgehalten wurden. Doch nun stand sie hier und musterte einen der Edelstahltische mit dem charakteristischen, bettlakengroßen Tuch über der Silhouette eines leblosen Körpers. Konnte es sein, dass es …

Ines nahm das Laken hoch und sah der Leiche direkt ins Gesicht. Ihr schauderte. War dies der Mann, den sie suchte? Er war bereits in der Mitte aufgeschnitten und obduziert worden, zu viele Leichen hatte sie in genau diesem Zustand gesehen. Doch seltsam war, dass es kaum Verletzungen gab. Sie musterte den Toten. Es gab Rötungen an Hals und Schultern, doch nichts, was den Aufprall auf einen Brückenpfeiler nahelegte. War dies jemand anderes? Es wäre ja auch zu einfach gewesen, dachte sie, wenn gleich der Richtige auf dem Tisch gelegen hätte. Sie ging um die Metallplatte herum und prüfte das obligatorische Schild am Fuß. Ines ignorierte die neuerliche Gänsehaut und wischte für den Moment ihre Aufregung beiseite. Zweifellos lag doch Dr. Hieronymus Ballin aufgebahrt vor ihr. Hastig kramte sie nach ihrem Padphone und begann, den Leichnam von allen Seiten zu fotografieren. Sie bemerkte zwar, dass sie würgen musste, denn ironischerweise konnte sie Tod und Verderben nicht gut ausstehen, doch sie hielt den Reflex routiniert im Hintergrund. Ines wusste, dass Pathologen noch weit größere Überwindungskünste beherrschten, doch für den Moment ging es ihr allein darum, einen Eindruck von dem Toten zu bekommen, der unerwartet praktisch vor ihr lag. Und doch konnte sie sich des Gefühl nicht erwehren, dass irgendetwas …

»Kann ich Ihnen helfen?«

Deswegen war offen gewesen. Deswegen hatte der Leichnam überhaupt auf dem Tisch gelegen. Der Pathologe des Hauses stand am Ende des Raumes und rückte vorsichtig näher.

»Was tun Sie hier drin?«

Ines erstarrte und bedachte ihre Optionen. Sie konnte noch immer die arrogante Alte spielen, allerdings würde ihre schwarz-rätselhafte Visage und die Maske über dem Kopf sicherlich schnell die Verbindung zur Garage herstellen. Die andere Möglichkeit …

»Wer sind Sie?«

Der Mann, den sie aufrichtig für seine langsame Urteilskraft bedauerte, machte keine Anstalten, sie aufzuhalten. Sie hob beschwichtigend die Hände, und als er die Reichweite der Haussprechanlage verlassen hatte, um sich weiter zu nähern, machte sie auf dem Absatz kehrt und rannte aus dem Raum hinaus.

Als sie spürte, wie das Blut vom Kopf in die Beine wich und warme, beinahe gemütliche Panik sich Bann brach, hörte sie hinter sich ein Rufen und Zetern, doch Ines wusste, was sie jetzt zu tun hatte. Sie kümmerte sich überhaupt nicht darum, ob ihr jemand folgte. Sie nahm auf der breiten Steintreppe zwei Stufen auf einmal und jagte geradewegs den Korridor zum Haupteingang entlang.

Schemenhaft bekam sie mit, wie rechts und links einige Türen geöffnet wurden, doch niemand hielt sie auf, als sie mit voller Wucht gegen die Tür stieß, sie mit einem Rest verbliebener Willenskraft aufdrückte und dann in die Freiheit des frühmorgendlichen Ihmeparks entkam.

# # #

Sie blieb erst stehen, als das Rufen verstummt war. Ines befand sich beinahe am Wehr des schnellen Grabens und blickte sich um. Es war noch etwas dämmrig, doch der Morgen war gekommen, soviel stand fest. Und mit ihm nichts als Fragen. Verstohlen zog sie die Maske vom Kopf und warf sie in die Ihme. Es war noch etwas dämmrig, doch der Morgen war gekommen, soviel stand fest. Und mit ihm nichts als Fragen. Auch Pullover und Hose fanden den Weg ins Wasser, und schließlich warf sie sich den traditionellen weißen Umhang über, der sie unmittelbar als unsterblich und, was wichtiger war, unnahbar identifizierte. Zwar konnte der schmale Rucksack noch verdächtig wirken, doch immerhin verschwand der Werkzeuggürtel unter dem weiten Gewand. Ines hatte sich genau zurechtgelegt, wie sie nach Hause zurückkehren würde, falls jemand ihre Bewegungen verfolgen sollte. Zuerst würde sie zu den Ricklinger Kiesteichen spazieren, dann in Mühlenberg zu Mittag speisen und schließlich erst am Nachmittag wieder nach Hause kommen. Als Alibi taugte das alles zwar nicht, doch als Ermittlerin wusste sie, dass es sich besser, wahrer anfühlen würde, wenigstens selbst einen Rest Überzeugung vorgeben zu können, anderswo gewesen zu sein. Für den Fall einer Vernehmung jedenfalls. Das einzige, was man dann tun konnte, war zu vermeiden, dass die Frage überhaupt aufkam.

48

Als sie dem Lauf des Wassers folgte, ließ sie langsam den Verlauf der Nacht Revue passieren und konnte selbst nicht recht glauben, was für Risiken sie auf sich genommen hatte. Und wofür?

Sie prüfte die Aufnahmen des Padphones. Die Dunkelheit der Garage auf den Photographien war entlarvend und ausdrucksstark zugleich. Doch da lag der Beweis: Zwei baugleiche Autos mit dem gleichen Kennzeichen, auf verschiedene Art entstellt. Seltsam. Und dann der Tote. Sie hatte großes Glück gehabt, dass sie ihn auf dem Tisch gefunden hatte, und gleichzeitig Pech, dass der verantwortliche Pathologe offenbar die Nacht durcharbeitete. Obschon er nach der Herkunft der Bilder fragen würde, wusste sie, dass sie Fregüzli dazu um Rat bitten musste. Nur er konnte ihr sagen, ob der Verdacht, dass es sich am Hals um Würgemale handelte, zutreffend war. Und wenn sie Recht hatte, so gab das dem Fall eine gänzlich neue Perspektive. Mord hatte sie bisher nicht in Betracht gezogen, doch zusammen mit den anderen Ungereimtheiten schloss sie es nicht mehr aus. Auch musste sie mit von Lorenz sprechen. Wenn sie ihm zeigte, was sie herausgefunden hatte, würde er vielleicht seine Haltung überdenken. Wenn er nicht aus Selbstschutz beschlossen hatte, Ines gegenüber unkooperativ zu werden. Verdächtigte sie ihn?

Verblüfft stoppte sie ihre Schritte und blickte auf das sumpfige Panorama der Leineauen. Nun ja, er wäre schließlich nicht der erste Mörder gewesen, der aus Scham oder Schuld oder beidem die ersten Hinweise zu seiner Ergreifung lieferte. Doch nein … Die Profilerin Ines Schultheiss hatte keinerlei Hinweise, die sich so interpretieren ließen. Sie musste in Ruhe mit von Lorenz sprechen und seine Reaktion sehen.

Kurzentschlossen prüfte sie die Uhrzeit. Sie konnte unmöglich um halb sieben Uhr morgens dort anrufen. Erst recht nicht, falls man ihr Telefon überwachte. Eine schändliche Unart zwar, erst recht gegenüber Alten, doch für die Polizistin in ihr durchaus nachvollziehbar. Sie begann, die Vorsicht ihres ehemaligen Auftraggebers zu spüren, und dachte über ihren Zeitplan nach. Nachmittags wäre es besser. Doch etwas anderes konnte sie tun. Ein wenig zittrig flippte sie die Bilder der Leiche als Attachments an Fregüzli und hinterließ lediglich einen kurzen Kommentar mit der Bitte um Einschätzung. Sie wusste, dass er sie schelten, ihr deutlich machen würde, dass es inakzeptabel war, wie auch immer sie an die Bilder gekommen war. Doch dann würde er ihr schon sagen, was sie davon zu halten hatte. Unbeirrt lenkte sie ihre Schritte weiter in Richtung Nachmittag. Schlaf, Erschöpfung, nichts dergleichen kam ihr in den Sinn.

Sie hatte nicht einmal den alten Südschnellweg erreicht, da klingelte bereits das Telefon.

»Sie sind …«, schnaufte Fregüzli, „… eine unerhörte Krawallmacherin.«

»Guten Morgen, Damian«, sagte Ines ohne jede Spur von Beleidigung.

»Ich … also … guten Morgen.«

»Sie konnten es kaum abwarten, frische Leichenbilder zu sehen, habe ich recht?«, flötete Ines und wusste, dass sie ihn durchschaut hatte. Er war mit Leib und Seele Gerichtsmediziner und konnte sich nicht dagegen wehren. Das leise Schnaufen am anderen Ende der Leitung stimmte ihr zu.

»Dennoch«, sagte sie, »bin ich überrascht, dass Sie sich so zeitig melden.«

»Nun ja. Ich dachte, Sie wollten vielleicht mein Urteil in dieser Sache wissen.«

Ines blickte auf die digitale Uhr des Telefons und grinste. »Das hätte zwar auch bis nach dem Frühstück Zeit gehabt, doch schießen Sie los.«

»Zunächst einmal erwähnt der offizielle Bericht mehrere starke Läsionen im abdominalen Bereich, die vom Aufprall auf die Fahrerkonsole stammen müssten, die der Airbag nicht abfangen konnte.«

»Aha.« Sie wusste, es war ein Monolog. Fregüzlis Monolog. Sie beschränkte sich auf Aufmerksamkeitsbekundungen und hoffte, dass er möglichst bald zum Punkt kam.

»Darüber hinaus gab es mehrere Knochenbrüche und Einblutungen in die Extremitäten. Dazu ein Schädel-Hirn-Trauma, das jedoch nicht sofort tödlich war.«

»Ja.« Er wiederholte wirklich den ganzen Bericht, bevor er die Bilder bewerten würde.

»Die Todesursache wurde auf innere Blutungen im Thorax-Bereich bestimmt, die die Aorta umfassten und schließlich zusammen mit der Lungenquetschung zum Atemstillstand führten.«

»Ja.«

»Nun, Ines, Sie haben auch schon ein paar Leichen gesehen, wie ich weiß, deswegen wäre ich nicht überrascht, wenn Sie nicht längst auch wüssten, dass der Bericht nicht zu der Person passt, die Sie fotografiert haben.«

»Ja.«

»Als Sie wegen dieser Sache bei mir ankamen, hatte ich vermutet, dass es sich um Hirngespinste handeln würde.«

»Mhh-mhh.«

»Doch jetzt sehe ich ein, dass Sie da etwas auf der Spur sind.«

»Ja …«

»Nun, natürlich ist es ohne direkte Autopsie nicht mit letzter Sicherheit zu sagen, doch die Fotografien sprechen eindeutig dafür, dass Hieronymus Ballin erwürgt worden ist.«

Sie sagte nichts. Zuerst hatte sie die Blutergüsse am Hals noch für Spätfolgen des Unfalls gehalten, doch wenn Fregüzli ihr ausdrücklich zustimmte, dann konnte das nur bedeuten …

»Sind Sie sicher?«, stammelte sie.

Der Schwabe am Telefon seufzte. »Wie ich bereits gesagt habe, können letzte Zweifel nur durch eine direkte Observation der Leiche geklärt werden, doch …«

Mitten im Satz verstarb seine Stimme. Zunächst hielt sie es für eine Kunstpause des exzentrischen Pathologen, doch schließlich begriff sie, dass die Verbindung abgebrochen war. Obschon sie wusste, dass es nichts helfen würde, schüttelte sie das Telefon. Drückte die Rückwahltaste.

Nichts.

›Na sowas‹, dachte sie. Umständlich rief sie bei sich zu Hause an, um zu prüfen, ob einfach nur das Mobilfunksignal ausgefallen war, doch die stoisch emotionslose Stimme ihres Haushaltsroboters, der für sie abnahm, vermochte ihren Verdacht nicht zu entkräften. Ines blieb stehen, schloss kurz die Augen und sagte sich innerlich, dass es keinen Grund gäbe, schon wieder in Kategorien zu denken, die Verschwörungstheorien enthielten. Natürlich gab es eine ganz einfache Erklärung dafür, dass die Verbindung unterbrochen worden war.

Ines zwang sich, wieder zu sich zu kommen, und setzte ihren Weg durch die Leineauen fort. Sie musste nach Hause, doch nur, sofern es ihr Alibi-Rundgang zuließ, und dann nochmal mit Fregüzli telefonieren. Er musste ihr sagen, wie sie ganz sichergehen konnte. Klar war dabei allerdings auch, dass sie nicht nochmals ins LKA durfte - die Sicherheit des Geländes war zwar enttäuschend gewesen, doch würde das gewiss nicht so bleiben. Nein, sie musste überdies abwarten, ob man sie identifiziert hatte - und falls nicht, dann würde sie in ein paar Tagen als arrogante Alte die Möglichkeit haben, sich Zugang zu verschaffen. Ines schnaufte und trat ein paar Steine vom Weg ins plätschernde Wasser. Nachdenklich beobachtete sie die Reflexionen und Kaustiken des Wassers. Sie hatte kaum an der Oberfläche dessen gekratzt, was vor ihr lag, das spürte sie. Und man konnte die Alten kalt und unsensibel nennen, wie man wollte, ihre Ermittler-Instinkte funktionierten wie eh und je.

6.

Es roch nach frischem Gebäck und Espresso, als sie die Haustür durchschritt. Eigenartig. Eigentlich hatte sie dem Haushaltsroboter schon vor einiger Zeit abgewöhnt, ihr Mahlzeiten ohne Anfrage zuzubereiten. Blätterteig mit Clementinengelee war es - oder zumindest ein Produkt dieser Zutaten. Sie konnte sehen, wie die Beleuchtung des Küchenherdes die Vertäfelung illuminierte.

Neugierig trat sie an die Kochstelle. Schmutzig und achtlos lagen Bretter und Geschirr auf der Arbeitsfläche. Teigreste klebten an einer Schüssel.

»Computer«, sagte Ines und spürte das Prickeln der sich ankündigenden Aufregung. »Sicherheitsalarm.«

Ein leises, tieffrequentes Brummen ertönte. Der integrierte Wohnungscomputer prüfte die Protokolle und teilte seine Diagnose mit. »Sicherheitsstatus: positiv. Detektierte Personen: zwei. Davon unbefugt: Keine.«

Zwei? Ines erschrak. Wer konnte …

»Der Computer meint wohl mich«, sagte eine tiefe Stimme.

Ihr Verstand beschleunigte, um den Unbekannten zu identifizieren, und konfrontierte sie mit einer wilden Mischung aus Abscheu und Vertrautheit.

»Klaus-Peter Haßloch«, sagte Ines äußerlich gelassen und innerlich brodelnd. Er war es gewesen, der vor neun Jahren im Geneworks-Fall irregulär, störend und besserwisserisch als sogenannter Psychohistoriker ihre Ermittlungen behindert hatte. Sie hatte ihn sich schließlich vom Leib halten können, doch er war ihr ein Musterbeispiel an Arroganz der Unsterblichen, das sie als mahnendes Exemplar stets vor Augen hatte, wenn man ihr praktizierten Speziesismus vorwarf.

»Frau Schultheiss, angenehm«, sagte er. »Ich bitte um Verzeihung dafür, unangekündigt erschienen zu sein.«

Ines seufzte. Natürlich entschuldigte er sich - immer - wenn er unangekündigt irgendwo auftauchte. Das hieß, wenn der vor den Kopf Gestoßene ein Alter war. Sie musste sich durch dunkle Wolken aus aufkommender Wut wühlen, um sein ausdrucksloses, glattes Gesicht im Durchgang zum Wohnzimmer zu sehen. »Sie werden mich außerdem um Verzeihung bitten müssen, unangemeldet in meine Wohnung gekommen zu sein«, sagte sie. »Und selbst dann sollte ich Sie eher hinauswerfen als begrüßen.«

»Die Maske aus Empörung kleidet Sie nicht«, befand er ruhig, schwebte ein paar Schritte auf sie zu und bot ihr jovial die Hand.

Ines zögerte. Sie wollte wirklich, dass er sich schämte. Doch auch, wenn ihr das nicht gelingen würde, so konnte sie sich immerhin Mühe geben, es dennoch zu versuchen. »Wie ich mich kleide, ist meine Sache. Ebenso wie die Frage, wer in meine Wohnung darf. Und wie sind Sie hereingekommen?«

Belustigt blickte Klaus-Peter Haßloch sie an. »Ich habe mich hierher begeben und ihr Haushaltsroboter hat mich eingelassen.«

Ines schnaufte. »Helmut hat ein kleines Problem mit Autorität«, sagte sie. »Hundert Jahre der künstlichen Intelligenz, und wenn jemand vor der Tür steht, so ist er ebenso gutgläubig, wie ein Neugeborenes jeden angebotenen Gegenstand gierig ansaugen wird, selbst wenn es pures Gift wäre.«

»Sie haben Ihrem Roboter einen Namen gegeben?«

»Es gefällt mir so besser«, sagte sie achselzuckend und biss sich beinahe auf die Zunge. Jetzt hatte er das Thema geändert und sie war voll darauf eingegangen.

»Nur Junge geben ihren Robotern Namen«, sagte er.

»Das ist inkorrekt. Der Beweis bin ich.« Zufrieden blickte sie ihn an.

»Das ist … irritierend«, sagte Haßloch. »So wie einige Ihrer Auslegungen es sind.«

»Ach?« Was fiel ihm eigentlich ein? Er kam, ohne zu fragen, in ihre Wohnung und hielt ihr allen Ernstes einen Vortrag darüber, was sich gehörte und was nicht?

»In der Tat.« Sie konnte sehen, wie er sich in der Rolle des moralisch Überlegenen wohlfühlte. »Wie sonst ist es zu erklären, dass Sie dabei gesehen wurden, wie Sie letzte Nacht auf das Gelände des Landeskriminalamtes geschlichen sind und sich Zugang zu gesicherten Garagen und Pathologieräumen verschafft haben?«

Ines starrte ihn an. Woher wusste er davon? Gut, es war möglich, dass man sie erkannt hatte. Dass der Pathologe ihr Gesicht hatte zuordnen können. Sie war ja nicht eben fremd in der Stadt.

Dennoch, wieso schickte man nicht einen Beamten? Wieso meldete sich nicht jemand Offizielles?

»Ich deute Ihr Schweigen als stilles Eingeständnis«, sagte er schließlich.

»Ich bin lediglich sprachlos ob solcher absolut haltloser Anschuldigungen«, sagte sie schnell.

Haßloch schwebte noch einen Schritt näher. Sie konnte die statische Elektrizität des Antigravgurts auf der Haut ihrer Hände erahnen und sah die winzigen, getrimmten Härchen, die von allein ausfielen, wenn sie zu lang wurden. »So ein Unsinn«, sagte er. »Sie verrennen sich da in etwas.«

Ines lachte ob der ungewollten Ironie der Situation. Sie dachte an Serghy Brock und einen anderen Fall, in den sie sich ›verrannt‹ hatte. Es hatte keinen Zweck, es abzustreiten. Majestätisch richtete sie ihr Rückgrat auf und sah dem über einhundert Jahre alten Mann, der kaum wie dreißig wirkte, in die Augen.

»Hieronymus Ballin wurde ermordet«, sagte sie.

Klaus-Peter Haßloch runzelte die Stirn. »Hieronymus Ballin kam bei einem Autounfall ums Leben, Ines.«

Atemlos starrte sie in Haßlochs ausdrucksloses Gesicht. Es zeigte keinen Zorn oder Zweifel - nur unumstößliche Gleichgültigkeit.

»Das ist nicht wahr«, sagte Ines.

»Doch, das ist es. Hören Sie auf, irgendwelche Verschwörungen zu konstruieren.«

»Ich konstruiere, was ich will.«

Irgendetwas bewegte sich in Haßlochs Ausdruck. Eindringlich blickte er sie an. »Ines, hören Sie mir gut zu. Es bekommt Ihnen nicht, diesem Todesfall nachzuermitteln, verstehen Sie?«

Sie trat ein paar Schritte von ihm weg zur großen Fensterfront der Terrasse. »Und jetzt drohen Sie mir?«

»Nein.«

»Womit?«

Verständnislos sah Haßloch sie an.

»*Womit* drohen Sie mir?«

»Ich drohe Ihnen nicht Ines. Nichts läge mir ferner. Ich … sorge mich.«

Ines warf die Hände in die Höhe. »Und da sahen Sie es als ›ihre Pflicht‹ an, in mein Heim einzudringen und mich darauf hinzuweisen?«

Haßloch nickte.

»Oh, gut«, sagte sie. »Ich nehme Ihren … Hinweis hiermit zur Kenntnis. Guten Tag.«

Enttäuscht drehte der Antigravgurt Klaus-Peter Haßloch um die eigene Achse. Er schwebte in Richtung Ausgang. Nachdenklich sah sie den Alten an, den sie auch als ruhigen, besonnenen Mann kannte. Was um alles in der Welt hatte ihn dazu bewogen, einen so eigenartigen Auftritt hinzulegen?

Kurz vor der Eingangstür drehte er sich noch einmal um. Es sah flehentlich aus, als er die Stirn in Falten legte und Luft holte.

»Ines, wir Alten haben eine Vorbildfunktion«, sagte er. »Tun Sie nichts Unüberlegtes.«

Lange starrte sie die offene Tür an, als hätte sie einen Geist gesehen. Haßloch hatte natürlich das genaue Gegenteil von dem erreicht, was er mitzuteilen versucht hatte. Ines war jetzt absolut sicher, dass etwas an der Sache dran war. Doch Haßlochs Rolle dabei konnte sie ganz und gar nicht einordnen.

# # #

Als sie ihren Blutdruck wieder in einigermaßen normalen Bahnen wähnte, nahm sie sich endlich den fast schon kalt gewordenen Kaffee. Machte sich eine Notiz, den Haushaltsroboter noch strenger zu programmieren, und trat hinaus in den Mittagsdunst von Neu Hamburg. Sie versuchte, diesen Besuch und ihre Erkenntnisse der Nacht einzuordnen. Sie hatte in Erwägung gezogen, schlafen zu gehen, um dem letzten Rest Sterblichkeit eine Art melancholischen Tribut zu zollen, doch mit dem Geruch des Kaffees kam auch ihre Erinnerung an die Neugierde zurück. An die Leiche auf dem Tisch und die Würgemale, die zweifelsfrei zeigten, was ihr Schicksal gewesen war.

Ines holte das Padphone heraus und überspielte die Fotos in ihre private Cloud. Änderte den Verschlüsselungscode.

›Nur für alle Fälle‹, dachte sie und stutzte dann. Hatte Haßloch sie verunsichert?

Schon möglich. Doch eines würde ihm nicht gelingen: sie zu stoppen.

Ines verschwendete ihre Zeit nicht damit, über seine Drohung nachzudenken, sondern lenkte ihre Aufmerksamkeit sofort wieder auf die Bilder, deren Wucht so einen grotesken Kontrast zu den Aussagen des Alten bildete.

Wahrscheinlich, überlegte sie, würde ein Motiv genügen. Denn entweder sie fand heraus, warum er ermordet wurde und von wem, oder warum man es vertuschen wollte und wer. Das eine würde unweigerlich das andere ergeben.

Sie spürte eine gewisse norddeutsche Sturheit in sich, blickte nachdenklich auf die gerade wasserlose Küste am Horizont und wischte auf dem Telefon Fregüzlis Nummer herbei.

Ihr war nicht ganz klar, was sie eigentlich mit dem Pathologen besprechen wollte, doch er beantwortete den Anruf ohnehin nicht. Seltsam. Im Stillen fragte sie sich, ob sie sich Sorgen machen musste, dass das erste Gespräch abgebrochen und nun kein neues zustande gekommen war. Ines beschloss, dass es Wichtigeres zu tun gab. Sie nahm noch einen Schluck aus dem Kaffeebecher und machte sich daran, einen Brief zu schreiben. Constantin von Lorenz, hatte sie beschlossen, hatte eine Antwort auf seine Frage verdient - ob er sie noch hören wollte oder nicht.

Ines stellte die Tasse auf den ausladenden Kochtisch und ging in ihr Schreibzimmer.

# # #

Egal wie kultiviert die Alten auch waren, der Begriff des Schreibzimmers konnte nur bei wenigen Individuen darüber hinwegtäuschen, dass es sich um ein vollständig durchtechnisiertes Büro handelte, in dem Papier und Tinte lediglich dekorativen Zwecken dienten. Ines selbst leistete diesem ungeschriebenen Gesetz Folge, das vielleicht in Wahrheit von Raumausstattern erdacht worden war, um antike und puristische Schreibmaschinenimitationen und teure Tintenfässer voller Duftstoffe anbieten zu können, indem sie mehrere als antik geltende Kaffeemaschinen auf die Kommoden an den Wänden gestellt hatte, die anderen Alten als ebenso exquisit wie exzentrisch gelten konnten. Als sie den Raum betrat und das latente Aroma gemahlener Bohnen vernahm, das natürlich künstlich, doch ebenso absichtlich war, wusste sie genau, wie sie Constantin von Lorenz dazu bringen würde, mit ihr zu reden. Manchmal, erinnerte sie sich, hatte sie Verdächtige ohne Vorwürfe dazu gebracht, auszusagen. Ganz simpel, indem sie ihnen Bilder der Opfer und der Beweise gezeigt hatte. Und auch, wenn von Lorenz kein Mörder war, so reichte ihr doch die Erkenntnis aus, dass er vielleicht nur eine kleine Erinnerung brauchte, um zu verstehen, worum es hier ging. Wenn ihm sein verstorbener Freund etwas bedeutete, und dafür sprach eine ganze Menge, dann würde es vielleicht auch bei ihm funktionieren.

Sorgsam schnippte sie einige der Bilder aus dem Landeskriminalamt zu ihrem Drucker und lauschte genüsslich dem sanften Surren der Druckermechanik, die drahtlose Informationen wieder in handfeste Realitätsabbildungen verwandelte. Ines spürte ihren Magen, als sie die Abbildungen des angelaufenen Halses betrachtete. Jetzt, da feststand, was ihm diese grässlichen Verfärbungen zugefügt hatte, schien es Ines noch widerlicher als zuvor. Nicht nur, dass ein Mörder frei herumlief … das kam schließlich häufiger vor, als man dachte; nicht zuletzt kannte sie die Schätzungen über die Mord-Dunkelziffer der letzten Jahrzehnte. Viel mehr noch machte ihr zu schaffen, dass irgendjemand nicht wollte, dass es herauskam. Jemand deckte einen Mord, dachte Ines bei sich. Der Gedanke war fest wie Granit und unumstößlich wie ein dunkler Berg aus purer Gewissheit. Sie ermahnte sich, nicht voreingenommen zu sein. Nein, ihre Ausbildung tat es. Sie war nicht so präsent wie früher, und unheilvoll kam ihr in den Sinn, dass sie vorsichtiger sein musste. Nicht nur mit Aktionen wie vorige Nacht, sondern auch in ihren Gedanken. Sie würde alle anderen Möglichkeiten ausschließen oder handfeste Beweise finden.

»Helmut«, rief sie.

Sekunden später ertönte ein blechernes Räuspern am Ausgang des Schreibzimmers. »Mylady haben gerufen?«

»Ich wünsche einen starken Kaffee«, sagte sie, stets aufs Neue über den zwar programmierten, doch perfekt imitierten Habitus des viktorianisch-avantgardistischen Habitus des Roboters erfreut.

»Ich fürchte, Mylady werden keine Gelegenheit haben, diese Erfrischung in diesen Räumen einzunehmen. Ich muss Sie höflich darauf hinweisen, dass Sie in fünf Minuten zur Familie Hansen aufbrechen sollten, wenn Sie zeitig dort erscheinen möchten.«

»Oh, natürlich«, sagte Ines und unterdrückte einen einer Alten allzu unangemessenen Fluch. »Der Besuch bei den Hansens. Danke Helmut.«

»Keine Ursache«, antwortete der Roboter. Natürlich nicht.

7.

Nicht wenige bemitleideten Ines für ihre sentimentale Ader. Doch sie wussten nicht, wie hart sie zu sich selbst sein konnte. Noch bevor all die Formalien der Aufnahme ins Programm abgeschlossen waren, hatte sie Tessa Hansen angeboten, die Patenschaft für ihre zwei vaterlosen Kinder zu übernehmen. Niemand konnte ermessen, wie sehr die Schuld auch jetzt noch auf ihr lastete. Sie hatte eigensüchtig und unreflektiert dafür gesorgt, dass ihr Gerichtsmediziner und Freund Michel Hansen von Johann Blisterhuber umgebracht werden konnte. Sie hätte ihn nicht hineinziehen dürfen in einen Fall, in dem sie nicht weiterkam. Hätte verhindern müssen, dass Blisterhubers grenzenlose Rachsucht ihren Freund das Leben kostete.

Auch aus diesem Grund waren die mindestens monatlichen Besuche bei den Hansens für sie gleichsam meditativer Natur. Sie war eine Alte. Zu behaupten, sie benötige eine Psychotherapie, wäre ein Sakrileg gewesen, und so erinnerte es sie einmal mehr daran, dass sie tun konnte, was sie wollte. Vielleicht würden die Historiker einer fernen Zukunft sie einmal als exzentrischste der zweiten Generation von Alten bewerten, doch im Gegensatz zum Wohlergehen der Hansens war das für sie nicht mehr als eine Fußnote. Ganz zu schweigen davon, dass das Konzept der posthumen Würdigung ohnehin nicht gerade seine besten Tage erlebte.

Tessa Hansen hatte die großzügige Villa am Heiseder Tierpark recht bald nach dem Tod ihres Mannes verkauft - sie hielt es dort nicht länger aus. Trotzdem - oder gerade deswegen - lag die neue Wohnung, wie um die Ironie der spiegelverkehrten Evolution der Neu Hamburger Südstadt um das Rethener Zentrum zu konterkarieren, im alten Zooviertel, das nur mehr die zweitbeste Gegend war, und das, obschon die Küste nur einige Kilometer entfernt lag.

Ines stand wie immer vor der Gründerzeitvilla, klingelte und versuchte unwillkürlich, während der Wartezeit ein Bild der verlorenen Stadt heraufzubeschwören, die auch sie nicht mehr gekannt hatte, und die doch auf unsichtbare Weise so viel von sich im Neuen zu bewahren gewusst hatte. Sie sah die glänzende

Kuppel des Kongress-Centrums in der Ferne und ließ ihren Verstand über der Silhouette der Altstadt kreisen - jegliche Perspektive für den Lauf der Zeit, dachte sie, verschwamm für jemanden, der darin stillzustehen schien und dessen einzige wirkliche Aufgabe es dennoch war, nicht davon fortgerissen zu werden.

Die Sprechanlage knackte und ließ die blecherne Stimme des Hansenschen Hausroboters vernehmen, der vermutlich in der Küche stand und den Tee richtete.

»Du siehst noch frischer aus als das letzte Mal«, sagte Tessa Hansen, als sie eigenhändig die Haustür öffnete.

Ines schüttelte beschämt den Kopf und erinnerte sich mit der unumstößlichen Gewissheit der Unsterblichen, dass erst der Vergleich mit der alternden Pathologen-Witwe den Anschein perfekt machte. Eines Tages würde sie Tessa Hansen neben ihrem Mann begraben, und dann wäre die Schuld getilgt. Glücklicherweise wusste sie ebenso genau, dass es nicht unmittelbar bevorstand, auch wenn man bei den Jungen ja nie absolut sicher sein konnte.

Sie umarmte die Frau herzlich und ließ sich hineinbitten in das Haus, das für sie immer nach Tee und Keksen, Tod und Versagen roch.

Die Kinder waren jugendlich und begrüßten Ines nur noch selten, doch gab es Bilder von den Heranwachsenden auf den Kommoden und Anrichten. Ein unleugbares Zeichen dafür, wie die Zeit verging. Ines erkundigte sich nach ihnen, nicht höflich, doch von echtem Interesse, gedrängt von aufrichtigem Neid darüber, am Jungen und Neuen doch irgendwie teilhaben zu dürfen. Sie sprachen immer viel von den Kindern, denn für die Jungen gab es anscheinend nichts Wichtigeres, als den eigenen Nachwuchs zu behüten. Hastig sog Ines die wenigen Informationen auf, die sie in der kurzen Zeit bekommen konnte, ganz der Tatsache gewahr, dass Alte die Unsterblichkeit mit vielen Verboten bezahlten, von denen eines die Reproduktion betraf.

›Was wäre, wenn …‹, dachte sie kurz, als Tessa Hansen den Roboter zum Tee-Servieren rief.

»Du bist so abwesend, Ines«, sagte sie. »Stimmt etwas nicht?«

Sie schätzte die Direktheit der Lebenden, wie sie Junge bisweilen scherzhaft nannte, doch dieses Mal konnte sie ihr nicht das Herz ausschütten. »Es ist nur ein Gedanke, der mich nicht loslässt. Verwaltungskram«, log sie.

»Die Bürokratie der Unsterblichkeit«, lachte Tessa. »Ihr habt echt zu viel Zeit.«

Ines nickte nachdenklich, während sie sich Tee einschenken ließ. Die Hansens waren privilegiert - nicht jeder hatte einen Roboter - und doch konnten sie wie mit dem Fallbeil die Unterschiede zu den Alten charakterisieren. Sie wussten, dass sie sich als Menschen zweiter Klasse anzusehen hatten. Und während all das Ines durchaus erreichte, vermochte es nicht zu ihrem Inneren vorzustoßen. Da war nur noch ein einziger Gedanke, der sich wie ein Virus ausbreitete und ihre vor Panik gepeinigten Zellen erfasste. »Was wäre, wenn sich Alte über die Tabus und Verbote hinwegsetzten?«, fragte sie sich und fand keine Antwort.

Kraftlos nahm sie einen kleinen Schluck Tee, der lau und dünn schmeckte. Die Profiling-Synapsen rasten Ines in einer Achterbahn von Unwägbarkeiten davon, wie sie es selten erlebt hatte. ›Das muss es sein‹, dachte sie und begann unwillkürlich, mental die Situation um Hieronymus Ballin zu zerlegen. Sie hatte kein Motiv und keine Hinweise darauf, dass er irgendetwas getan haben könnte, was gegen die unsichtbaren Regeln verstoßen hatte. Doch schnell stellte sie fest, dass sie vielleicht an der falschen Stelle gesucht hatte. Sie hatte Ermittlungen über ihn durchgeführt, nicht gegen ihn. Und was war mit Constantin von Lorenz? Sie würde auch seine Rolle neu bewerten müssen, so viel stand fest.

»Meine Güte, man könnte denken, du ermittelst mal wieder in einem Mordfall«, sagte Tessa spöttisch und schien sich vage an die getriebene, rastlose Sterbliche aus der fernen Vergangenheit zu erinnern. Stimmte es? War sie getrieben? ›Vielleicht‹, dachte sie und lachte. »Es ist nur … Auch wir dürfen doch einmal abschweifen, nicht wahr?«

»Ines, ihr dürft *alles*. Aber deswegen tut ihr es ja gerade nicht, oder?«

Verblüfft blickte sie Tessa Hansen an. Sie hatte recht. Die Frage war nur, wie sehr.

8.

Zu Hause erwartete Ines ein Kuvert, das ihr gleichsam fremd in seiner eigenen Ästhetik war und doch vertraut in dem Sinne, dass sie mühelos ihren Namen entziffern konnte. Helmut teilte ihr mit, dass es erneut mit einer Postdrohne gekommen war und zwar während ihrer Teestunde bei den Hansens. Zufrieden ging sie in das Schreibzimmer und nahm den alten und praktisch unbenutzten Brieföffner vom Tisch. Obschon sie sich bei Tessa Hansen würde entschuldigen müssen, dass sie so wortkarg gewesen war, hatte sich dieser Ausflug gleich in zweierlei Hinsicht gelohnt, denn immerhin bedeutete eine Antwort, dass Constantin von Lorenz seine Fassade der Gleichgültigkeit nicht hatte aufrecht erhalten können. Sie zitterte leicht vor Spannung und entfaltete das schwere Papier nur mit Mühe.

Die makellose Schrift Constantin von Lorenz' strahlte sie an.

»Sehr geehrte Frau Schultheiss,

Ich bedauere zutiefst, dass ich in Ihren Ausführungen keinen Sinn erkennen kann. Zweifellos sind die mir überbrachten Photographien dazu geeignet, manipulative, ja geradezu subversive Elemente darzustellen. Allein, ich bin ein Mann der Vernunft und kann nicht eine Interpretation über die andere stellen, solange ich keine tieferen Belege dafür habe. Deswegen gebe ich Ihnen widerwillig die Möglichkeit, sich zu erklären. Sie werden nicht nur Ihren Teil des Rätsels Lösung vorstellen müssen, sondern erst einmal zeigen, dass es überhaupt eines gibt. Sie können mich morgen Mittag im Rabenhorst zum Rethener Markt finden.

CvL«

Aufmerksam betrachtete sie die wenigen Sätze. Fokussierte das Schriftbild. Auch ihre ehemals geübten Augen vermochten keine Inkonsistenzen zutage fördern. Diese Nachricht war voller Einschränkungen und Bedingungen und doch vollständig indifferent. ›Wie zuvor‹, dachte sie. Was war mit dem Mann geschehen, der so fest und emotional der Ansicht gewesen war, dass es beim Tode seines Freundes nicht mit rechten Dingen zugegangen sein konnte?

Ines nahm sorgsam Stift und Papier und begann überlegt aufzuschreiben, was sie überhaupt wusste. Hieronymus Ballin war wahrscheinlich erwürgt worden. Doch fehlten wichtige Details wie Ort, Zeit und Umstände des Todes. Und ohne diese schien es ihr aussichtslos, ein Motiv zu formulieren. Gerade hierbei, hatte sie gehofft, hätte womöglich von Lorenz hilfreich sein können. Und noch vor zwei Tagen hatte es auch den Anschein gemacht. Was also war passiert? Dies war, ohne dass sie andere Aspekte außer Acht lassen konnte, die wichtigste Frage, der sie im Gespräch mit dem Alten nachgehen musste. Immer wieder bahnte sich der Gedanke an die Oberfläche, der sie bei Tessa Hansen nicht losgelassen hatte. War es möglich, dass ein Alter ein Verbrechen beging? Die Moralvorstellungen und Tabus der Gesellschaft der Unsterblichen machten die Vorstellung schwierig, doch Ines' Erfahrung wusste es besser und erinnerte den Rest von ihr daran. Neid und Missgunst waren Teil der menschlichen Natur und ließen sich nicht genetisch wegretuschieren. Und selbst wenn - bei allem Fortschritt waren auch die Alten am Ende Individuen mit freiem Willen. Menschen, die keine Fehler machen durften und auch nicht zu machen pflegten. Und doch schien allein der Gedanke an das Verbrechen in ihrem eigenen Geist ihr Beleg genug, dass es *möglich* war. Ihr schauderte. Womöglich gar nur, um die Behauptung zu beweisen.

Ines schnippte mit den Fingern und erschrak, als Helmut sich erkundigte, was seiner Herrin beliebte. Schroff und etwas von sich selbst enttäuscht schickte sie ihn wieder weg. Ihr wurde klar, dass es nötig war, den Kaffee selbst zu brühen. Die meditative Kraft der Handarbeit verschaffte ihr eine neue Klarheit im Dickicht der Vermutungen und Verdächtigungen.

Als die Maschine schlürfend und gluckernd den Teil der Arbeit übernahm, für den sie konstruiert war, trat Ines wieder ans Schreibpult, nahm den Federhalter, machte einen Strich unter ihr tumorartig gewachsenes Baumdiagramm von verrannten Argumenten und schrieb nur ein einziges Wort:

Mord.

Die Deutlichkeit fühlte sich seltsam an, doch sie vermittelte ihr neue Klarheit. Ja. Wenn es sich nicht um Mord handelte, dann spielte es keine Rolle, was sie ermittelte oder nicht herausfand. Doch wenn sie recht hatte, so waren die Auswirkungen gewaltig. Nicht ein Junger wäre der Täter, denn man hätte ihn sicher ermittelt und nicht etwa seine Tat vertuscht. Nein, es musste sich um einen Alten handeln.

Sorgsam legte sie das Papier weg und widmete sich Abhandlungen über neoklassizistische Malerei. Ines Schultheiss brauchte Ablenkung, um das Unvorstellbare zu verdauen. Und Constantin von Lorenz würde ihr dabei helfen.

# # #

Sie schlief nicht gerade gut in jener Nacht.

Obschon Alte sich leisten konnten, autonom temperierte, ultra-anpassungsfähige Betten zu besitzen, die es praktisch unmöglich machten, dass durch die Haltung körperliche Probleme entstanden, gelang es ihr nicht, den süßen, erholsamen Schlaf zu finden, an den sie gewöhnt war.

Doch Ines wusste auch, dass Stress eine andere Art von Lebenselixier war, die zwar weniger lange vorhielt und nicht so gesund war, aber wesentlich drängendere Probleme lösen konnte, als nur ausgeschlafen zu sein es vermochte. Belustigt stellte sie fest, dass Helmuts Heuristik offenbar schlimme Umstände vermutete, denn erst bei der dritten Nachfrage ließ er sich davon überzeugen, dass es ihr wirklich nicht schlecht ging - was Ines düster daran erinnerte, dass sie Helmut schon sechs Jahre besaß. War sie wirklich so träge geworden?

Das orangefarbene Halo der Megacity strahlte bis aufs Meer hinaus, und obwohl es von Ines' Apartment ein dutzend Kilometer entfernt war, konnte sie doch weiß aufblitzende Schaumkronen der größeren Wellen erkennen. Nachdenklich blickte sie in den beinahe sternlosen, hoffnungslos überstrahlten Nachthimmel und versuchte zu verstehen, woher ihre unheimliche, ihr selbst viel zu panisch erscheinende Unruhe stammte.

Wie ein Teenager kam sie sich vor, wenn sie das schwache, erregte Kribbeln ihrer Glieder betrachtete, das aufkam, wenn sie an Constantin von Lorenz und den folgenden Mittag dachte. Es ergab keinen Sinn, selbst dann nicht, wenn all ihre Befürchtungen eintrafen - denn es stand, bis auf eine desillusionierende Erkenntnis, nichts auf dem Spiel. Oder?

Welches Echo würde die Nachricht eines Kapitalverbrechens unter Alten hervorrufen? Schulterzucken, vielleicht aufgebrachte Kommentare in den Newsforen. Doch eine Reaktion wie damals, als die Alten vor der kollektiven Vernichtung gestanden hatten, konnte sie sich beim besten Willen nicht vorstellen. Vielleicht, weil sie diesmal auf der anderen Seite stand?

Ines prüfte ihre Gefühle. Unsinn. Sie hatte immer auf der Seite des Gesetzes gestanden. Sie war auch in der Geneworks-Krise auf Seiten der Alten gewesen. Vielleicht sogar ein wenig zu viel. Was war sie für eine erbärmliche Profilerin, wenn sie sich jetzt nicht einmal mehr in Junge hineinversetzen konnte. Sie ermahnte sich, nicht den zweiten Schritt vor dem ersten zu tun. Konsequenzen, dachte sie, waren die Sache von eloquenten, überreflektierten Intellektuellen. Erst einmal ging es darum, die Sache aufzuklären. Und das konnte sie, vielleicht besser als sonst jemand.

Angesichts der offensichtlichen Vertuschung vielleicht sogar als einzige überhaupt. Ines schluckte. Bisher hatte sie das Ganze als privaten Spaß betrachtet. Doch jetzt erinnerte sie sich, wie in großen, geschwungenen Lettern wieder das Wort ›Mord‹ vor ihrem inneren Auge schwebte. Sie musste vorsichtig sein. Sehr vorsichtig.

# # #

Ines passierte es nur noch selten, dass sie beim Kapselfahren an Michel Hansen denken musste, doch unausgeschlafen auf dem Weg zu einem heiklen Gespräch fühlte es sich nur logisch an, die automatisiert mit Hyperschallgeschwindigkeit fahrenden Kugeln ebenso beengend wie beängstigend zu finden.

Es war fast Mittag und der Rethener Markt lag in der ganzen Pracht des synthetischen Marmors, der sich in den transparenten Solarzellen der Geschäftsgebäude spiegelte. Die zweite Neu Hamburger Innenstadt brodelte vor Geschäftigkeit, doch kam es Ines ganz still vor - als wüsste niemand um die Explosivität, die sie selbst empfand. Würde Constantin von Lorenz kooperieren? Sie hatte nicht zu viel darauf gegeben, seinen Brief tiefer zu analysieren. Ines hatte sich darauf vorbereitet, harte Arbeit leisten zu müssen, um ihn von der Mitarbeit zu überzeugen. Und sie würde nicht davor Halt machen, emotionale Geschütze aufzufahren. Dafür war er als einzige Verbindung zu Hieronymus Ballin zu wichtig. Ohne ihn konnte sie ihre Ermittlungen auch direkt aufgeben. Doch so etwas kam für Ines Schultheiss nicht in Frage. Wo es Antworten gab, da würde sie sie finden.

Sie blickte ein wenig zu entschlossen drein, als sie den Portierroboter des Rabenhorstes grüßte.

»Ist Ihnen nicht wohl?«, fragte die Heuristik der überfreundlichen Maschine.

Ines zuckte mit den Schultern. So ganz wohl war ihr tatsächlich nicht, doch wozu versuchen, der Blechbüchse vor ihr den Unterschied zwischen positivem und negativem Stress zu erklären, wenn diese es ohnehin unter Smalltalk verbuchte und ungefähr so lernfähig war wie eine kaputte Fernbedienung?

Sie nahm Haltung an und versuchte es erneut. »Ich speise mit Herrn Constantin von Lorenz. Es ist sicher ein Tisch für diesen Zweck reserviert.«

Zufrieden registrierte sie das angedeutete Zucken des Roboters, das den menschlichen Beobachter dazu verleiten sollte, anzunehmen, die unfehlbare Maschine müsse über die Eingabe nachdenken, auch wenn es tatsächlich nur der optischen Rückmeldung diente und entspannte sich. Der Portier nickte und machte eine ausladende Geste, die einem Menschen die Schulter ausgekugelt hätte. »Wenn Sie mir bitte folgen möchten.«

Ines kannte den Rabenhorst - es war ein seltsamer Ort voll von gestellter, für ihre Augen bemüht wirkender Historizität, der den Anschein machen wollte, dass Neu Hamburg seit Ewigkeiten bestünde und genau an dieser Stelle die erste brauchbare Leinequerung gewesen wäre - allein sie wusste, dass das Hohe Ufer zehn Kilometer abwärts, das ehedem wohl der Alten Stadt den Namen gegeben hatte, dieser Deutung der Geschichte entgegen sprach. Die Wände waren aus der ungeschliffenem Nachbildung von nachgedunkeltem, feinkörnigem Deistersandstein gemauert und sollten das gestellte Alter weiter verdeutlichen, während sie von ebenfalls nachgemachten Tierköpfen verschönert wurden, die in alter Manier als Präparate präsentiert wurden. Der Immersion zum Trotz befand sich am

Ende der Lobby ein wenig dezent verchromter Aufzugsschacht, der gewissermaßen auch schon immer da gewesen war. Der Roboter führte sie in den Fahrstuhl, verbeugte sich erneut und wahrte den Schein, dass er vollkommen autark war, indem er auf eine der altmodisch verschnörkelten Tasten drückte. »Ebene Zwei«, sagte er blechern. »Spechtzimmer, Lerchensaal und Rabenhorst.«

›Natürlich‹, dachte Ines. Constantin von Lorenz war viel zu vornehm, nicht das beste Zimmer des Restaurants für sich in Anspruch zu nehmen. Sie seufzte kurz, zog ihre wenig Altenstatthafte Bluse zurecht und folgte dem dahinstolzierenden Portier durch den breiten, nach Moschus und Pfifferlingsragout riechenden Flur.

"Rabenhorst", sagte der Roboter, verbeugte sich erneut und ließ die Türe auffliegen wie in einem anachronistischen Historienepos.

Ines betrat einen kleinen Saal, an dessen Wänden sich Podeste mit weiteren Attrappen von präparierten Tieren befanden, hier natürlich Raben. Der Raum bot genug Platz für eine kleine Gesellschaft, doch war er bis auf einen zu einer kleinen Treppe führenden, viel zu dicken Teppich komplett leer. Vier Stufen nahm sie, dann stand sie an den Flügeltüren eines halbkreisförmigen Balkons, der über dem Rethener Markt thronte, was den Gästen, die hier speisten, das Gefühl geben musste, sie wären die Herren über die ganze Stadt, die sich vor ihnen ausbreitete.

»Eines Königs würdig«, sagte Constantin von Lorenz, erhob sich von seinem Stuhl und verbeugte sich knapp. Zufrieden stellte Ines fest, dass immerhin seine Manieren nicht so gelitten haben konnten wie das Gedächtnis. Sie setzte sich, woraufhin ihr der Portierroboter, dessen Gewand nun vollautomatisch auf den Frack eines Kellners gewechselt hatte, die Karte reichte.

»Zu schade«, sagte Ines, »dass der Rabe in Geschichte und Wappen der Welfen so gar keine Rolle spielt.«

»Dies Land ist älter als das feudalistische System, das uns die Historiker als Ursprung aller Kultur präsentieren«, sagte Constantin von Lorenz milde. »Der Rabe als mythische Kreatur hat die Germanen lange vor dem mittelalterlichen Standesdünkel beschäftigt.«

»Sie halten Kultur für konstruiert?«

Der Alte nickte. »Sie ist das Produkt der Meinungsführerschaft und dem Beobachtungsproblem unterworfen.«

»Sie meinen, dass Kultur nur ist, was wir dafür halten?« Ines war zufrieden. Smalltalk war nicht ihre Paradedisziplin, doch sie erkannte die Gelegenheit. Sie würde seiner wie auch immer gearteten Schlussfolgerung zustimmen und hatte Vertrauen gewonnen. Und das alles nur, weil sie mit dem welfischen Wappen ins Blaue geraten hatte. Sie wusste nicht mehr, ob es Bär oder Löwe oder Wolf war, doch gewiss schien ihr, dass der Rabe darin keine Rolle spielte.

»Es ist noch viel gravierender. Kultur ist gar nur, was einige wenige dafür halten. Wenn jeder seine eigene Meinung dazu hätte, gäbe es schwerlich noch einen Konsens. Allein die Eloquenz der intellektuellen Elite vermag das Rauschen der Seichtigkeit, das von allen Seiten an sie heranbrandet, einzudämmen.«

Ines hob eine Augenbraue. Sie war weder dem Feuilleton noch den sogenannten Intellektuellen zugetan, da sie sie immer mit dem unverzeihlichen Eingriff von Klaus-Peter Haßloch in ihre Ermittlungen verbinden würde. Doch im Kern hatte dieser sehr reflektierte Mann, der ihr gegenübersaß, wohl Recht.

»Kultur und Geschichte unterscheiden sich nur insofern, als dass das eine die Erinnerung an die Kriege und das andere diejenige an die Friedenszeiten verzerrt.«

Von Lorenz nickte anerkennend. »Eine interessante Sichtweise. Man könnte nun einwenden, dass es zu bestimmten Zeiten so etwas wie militaristische Kultur, ja geradezu Kriegskultur gegeben habe, vor allem in diesem Ungetüm Deutschland, seinen Vor- und Vorvorgängern. Doch ich stimme Ihnen zu: Auch dieser Kulturbetrieb fand zu Friedenszeiten statt und nicht dann, wenn der Waffengang tatsächlich erfolgte. Doch die Untersuchung von Erinnerungen - deswegen sind wir eigentlich hier, nicht wahr? Ah ja. Ich nehme … die kleine Grillplatte, bitte.«

Ines nickte düster und blickte den Roboter an, der neben sie trat, nachdem er von Lorenz´ Bestellung wie nebenbei aufgenommen hatte. Schnell bestellte sie eine leichte Suppe, damit die potentielle Abhörvorrichtung wieder verschwand. Jetzt mussten sie allein sein.

»Wie denken Sie über die Dinge, die ich Ihnen übersendet habe?«, fragte sie und ertrug das Warten auf die Antwort keine einzige Sekunde lang.

Irritiert blickte von Lorenz sie an. »Sehen Sie, damit geht es schon los. Ich denke überhaupt nicht, wie es scheint. Und wenn ich neulich, als ich auf Ihre zugegeben etwas seltsame Nachricht antwortete, schroff war ob meiner eigenen Ignoranz, so ist mir klar geworden, dass ich mich zu schämen habe, wie ich Sie behandelt habe.«

Damit hatte sie nicht gerechnet. Dieser Alte steckte voller Überraschungen und hatte vor allem ein aufrechtes Rückgrat, das vor Selbstkritik nicht haltmachte.

»Erklären Sie das bitte«, sagte Ines.

Constantin von Lorenz zog eine schmale Falte auf der Tischdecke glatt und seufzte. »Es fällt mir nicht leicht, das Gefühl zu beschreiben, das mich umfängt, sobald ich an meinen Freund Hieronymus Ballin denke«, sagte er. »Ich weiß, dass er tot ist, doch diese Bilder … sie passen nicht dazu. Ich habe überhaupt keine eigene Vorstellung davon.«

»Wie haben Sie von seinem Tod erfahren?«, fragte Ines so empathisch wie möglich. Sie erhoffte sich, herauszufinden, ob er nur bruchstückhafte Erinnerungen wegen des Schocks hatte oder sich in psychologischer Verdrängung übte.

Von Lorenz zuckte mit den Schultern. »Frau Schultheiss, ich kann diese Frage nicht beantworten.« Sie konnte sehen, wie er um Fassung ringen musste. Noch niemals hatte sie einen Alten so hilflos gesehen, nicht einmal, als die genozide Apokalypse bevorzustehen drohte. »Ich denke«, begann er dann wieder, »dass ich verstehe, worauf Sie hinaus wollen, und es ängstigt mich.«

Ines nickte. »Das letzte Mal, als wir sprachen, haben Sie bereits gesagt, dass Sie einen Arzt deswegen aufsuchen wollten. Was hat sich daraus ergeben?«

»Ich sei, so hieß es, körperlich vollkommen gesund. Natürlich, schließlich fließt die Geneworks-Essenz der Unsterblichkeit in meinen Adern, nicht wahr?«

Die Profilerin außer Dienst, wie Ines selbst gerade von sich dachte, zögerte. Sie würde ihn darum bitten müssen, einen Mnemoniker aufzusuchen. Zwar war die Möglichkeit,

Erinnerungen zu manipulieren, vor allem bei den Jungen in ihrer viel zu kurzen, von Trostlosigkeit geprägten Lebensspanne interessant, doch Constantin von Lorenz würde ihr nicht weniger beweisen müssen, als dass er wirklich nichts wusste. Sie hatte ihn noch nicht als Hauptverdächtigen abgespeichert, doch seine Angaben waren mehr als beunruhigend.

»Ich zweifle nicht an Ihrem körperliche Zustand«, sagte sie langsam. »Doch wenn wir dieses Rätsel lösen wollen, sollten wir sichergehen und einen Mnemoniker zu Rate ziehen.«

Atemlos starrte Constantin von Lorenz sie an. »Ich weiß, dass ich nichts weiß«, sagte er und schluckte. »Doch woher sollte ich wissen, was ich vergessen habe?« Er blickte nun panisch drein und schien das Panorama der Rethener Fußgängerzone fahrig nach Orientierungspunkten abzuscannen.

Ines ließ ihn gewähren. Sie wusste, dass sie auf keinen Fall zu viel auf einmal von ihm verlangen konnte. Er war klug genug, für Widersprüche nicht ständig Ausreden zu ersinnen, wie es selbst Unschuldige taten, wenn sie sich nur genug unter Druck wähnten. Dieser Mann war durch und durch integer und schien doch, ohne Wissen oder Willen, etwas zu verbergen.

Der Roboter brachte indes die Vorspeisen, die im Rabenhorst selbst zu einer leichten Suppe gehörten. Ines beachtete die eingelegten Gemüsestreifen nicht, doch von Lorenz griff eifrig zu und nahm diesen einzelnen Strohhalm der olfaktorischen Gewissheit nur allzu gerne an.

»Was werden Sie als nächstes tun?«, fragte er, als er zu Kräften und Sinnen gekommen war.

»Ich muss mit allen Personen sprechen, die Dr. Ballin näher kannten«, sagte sie bestimmt, ehe sich ihr Gesicht verfinsterte. »Und außerdem muss ich noch mit jemandem sprechen, mit dem *ich* zu meinem Bedauern näher bekannt bin.« Sie machte sich nicht die Mühe, von Lorenz zu erklären, dass es sich dabei um Klaus-Peter Haßloch handelte, doch er fragte auch nicht weiter nach, sondern zählte lediglich die Personen auf, die mit Ballin bekannt gewesen waren.

»Da ist Frieda, die Haushälterin...«

»Herr Ballin hatte eine Haushälterin?«

Constantin von Lorenz lachte. Dann stutzte er, sah Ines eindringlich an, räusperte sich und fuhr fort. »Hieronymus ist … war konservativ. Er war gewiss nicht fortschrittsfeindlich, doch er zog es vor, eine gewisse zwischenmenschliche Komponente zu bewahren. Wir waren uns darin sehr ähnlich.«

Ines ignorierte von Lorenz' Referat über das Für und Wider von Technokratie. Ihr war seine winzige Korrektur aufgefallen. Offenbar hatte er noch immer Mühe, sich davon zu überzeugen, dass sein Freund tatsächlich tot war. Was das bedeutete? Vielleicht nichts, doch vielleicht auch einen wichtigen Hinweis darauf, was mit ihm passiert war. Ines schätzte von Lorenz nicht als jemanden ein, der exzessive Realitätsflucht betrieb, doch sicher sein konnte sie sich zu diesem Zeitpunkt nicht. Dennoch durfte sie dabei nicht zu viel nachhaken, wollte sie ihre Übereinkunft nicht neuerlich in Gefahr bringen. Ines nickte und notierte die weiteren Namen. Hieronymus Ballin hatte also neben von Lorenz zu seiner Haushälterin und einem weiteren Mann Kontakt gehabt.

»Sergej Sergejewich Altmann«, sagte von Lorenz, »Er war eine Art Ziehsohn für ihn. Russischer Spätaussiedler aus der Nähe von Lwiw. Sie wissen natürlich, dass uns die Fortpflanzung untersagt ist. Doch der bloße Umgang mit Jungen ist es glücklicherweise nicht.«

»Natürlich«, sagte Ines, auch wenn sie nicht sicher war, was er mit diesem Kommentar genau meinte. Seine Beschreibung des Verhältnisses war in sich unschlüssig. Alte gaben sich nicht mit Jungen ab. Oder? Konnte es sich dabei um eine Spur handeln? »Ich möchte gern mit beiden sprechen«, sagte sie und taxierte von Lorenz. Es war leichter, wenn er den Kontakt herstellte. »Lässt sich das einrichten?«

»Ich denke schon, ja.«

»Gut.«

Ines widmete sich ihrer Suppe. Endlich waren die nächsten Schritte klar. Es gab keine Hinweise oder Erkenntnisse, doch immerhin etwas zu tun. Die innere Unruhe wich der Gewissheit von Arbeit. Eine seltsame Erkenntnis, wie sie fand. Wie weit war es gekommen, dass die Aussicht auf Arbeit ihr verlockend vorkam? Genauso gut konnte sie sich die stapelweise ungelesenen Bücher in ihrer Bibliothek zu Gemüte führen. Und stattdessen saß sie im

Rabenhorst bei einer Geschichte, deren Ausgang ganz und gar von ihrer Anstrengung abhing.

Belustigt schüttelte sie den Kopf.

»Stimmt etwas nicht?«, fragte Constantin von Lorenz. Zwischen beiden schien das unausgesprochene Einverständnis zu liegen, gemeinsam zu Ende zu speisen. Ines lag der Sinn nicht nach noch mehr Konversation, und von Lorenz schien ihre Mimik daraufhin deuten zu können. Dennoch zwang er sie jetzt dazu, sich zu erklären.

»Es … dieser Fall … ist rätselhaft.«

»Liegt das nicht in der Natur der Sache? Wenn Sie schon wüssten, was dabei herauskommt, wäre es doch langweilig, nicht wahr?«

Ines schüttelte den Kopf. »Dieses Zen-Gerede vom Meditativen in der Aufgabe ficht mich nicht an. Ich glaube an Ergebnisse.«

»Wie meinen?«

»Nun, wenn ich drei Wochen lang auf Staatskosten einen Mörder gesucht habe und dann meinem Chef erklärt hätte: ›Tut mir leid, keine Ahnung, doch die Suche hat Spaß gemacht‹, was meinen Sie wohl, hätte er mir gesagt?«

Constantin von Lorenz hielt den Kopf schief, als lausche er einer fernen Eingebung. »Ich verstehe, was Sie sagen wollen. Dennoch: Haben Sie keinen Gefallen an Ihrer Arbeit gefunden?«

Ines überlegte sorgsam, ob sie dieses Gespräch mit ihm führen sollte - denn noch befand er sich auf der Liste der potentiellen Mörder - doch genoss sie das fragile, momentane Interesse eines Menschen an ihrer eigenen Person. Manch einer nannte sie exzentrisch, gerade nachdem sie ihre zweifelhafte Belohnung für die Aufklärung des Geneworks-Falles erhalten hatte - natürlich war auch Ines Schultheiss ein Mensch auf der Suche nach Anerkennung. Doch im Gegensatz zu so vielen anderen hatte sie schnell erkannt, dass Ruhm nicht damit zu verwechseln war und sie auch als Alte nichts davon kaufen konnte.

»Ich wurde Kriminologin, weil ich es gut konnte. Nicht wie diese Leute, die mit achtzehn Jahren genau wissen, was sie später mal machen wollen. Ich ging zur Polizei, weil ich an Recht und Ordnung glaubte. Sie wissen schon. Dass der Staat für die Menschen sorgt und nicht umgekehrt. Ich durchlief die Ausbildung für den mittleren Dienst und hatte meine Mühe mit Paragraphen und Vorschriften, weil der gesunde Menschenverstand viel zu oft damit kollidierte. Ich arrangierte mich mit noch so absurden Vorschriften - immerhin gab es bei uns damals Vorschriften. Und dann ...«

Sie seufzte. Sie hatte diese Geschichte dutzende Male erzählen müssen, nach dem Straßburger Zwischenfall und dem Geneworks-Problem ... doch in den letzten Jahren hatte sie niemand gefragt, wie sie sich fühlte. Was für Pläne und Ziele sie hatte ... *ob* sie Pläne und Ziele hatte.

»Und dann gelang es mir mehr so im Vorbeigehen, nachdem ich als Zivilfahnderin dem Morddezernat zugewiesen worden war, einfache Fälle zu lösen, an denen studierte Kriminologen wochenlang gearbeitet hatten.«

»Eine Art Bestimmung«, sagte von Lorenz, doch Ines hob entschuldigend die Hände.

»Ich bin keine geniale Inselbegabte wie einige meiner extrovertierteren Kollegen. Ich war zur richtigen Zeit am richtigen Ort und habe ungewöhnliche Fragen gestellt, die außerhalb des Bezugssystems des Kommissariats lagen. Nichts weiter.«

»Nichts weiter?« Von Lorenz schnaufte und machte sich weiter an seiner Grillplatte zu schaffen.

Ines nickte. »Nichts weiter. Es gibt keine geheime Zutat. Harte Arbeit und immer weiter fragen. Das ist alles.«

Kauend beugte sich von Lorenz zu ihr und schluckte ein mächtiges Stück Lammhüfte hinunter. »Na schön. Fragen Sie.«

Sie stutzte. Unsicher musterte sie den Alten, der ihr gegenübersaß und sich von einem Moment auf den anderen komplett zu wandeln schien. Was erwartete er nun?

»Ich habe für den Moment keine Fragen«, sagte Ines. „... es sei denn, dass Ihnen doch die eine oder andere Erinnerung zukäme.«

Resigniert senkte von Lorenz den Kopf. »Ich habe es Ihnen doch schon gesagt. Es ist einfach nichts da. Ich habe keine Ahnung, wieso mein sonst recht zuverlässiges Gedächtnis mich derart im Stich lassen sollte.«

»Das inverse Problem«, sagte Ines und seufzte erneut.

»Bitte?«

»Entschuldigung«, sagte sie sanft. »Ein Begriff aus der Informationstheorie, den wir damals als erste auf die Kriminologie anwandten.«

»Und?« Von Lorenz rutschte unruhig auf seinem Sitz umher und konnte ihr nicht folgen.

»Das inverse Problem beschreibt den Unterschied zwischen Ursache und Wirkung. Während direkte Probleme von der Art sind, die fragen, ob bestimmte Indizien für oder gegen eine bestimmte Hypothese sprechen, liegt bei inversen Theorien die Sachlage umgekehrt. Man muss aus Hypothesen Indizien konstruieren oder aus Indizien Hypothesen. Man schießt ›ins Blaue‹, wie man so sagt.«

»Was?«

Ines räusperte sich. »Wir sind wieder am Anfang«, sagte Ines halb resigniert und halb feierlich. »Wir wissen, dass Sie nicht wissen, welche Erinnerungen sie an Hieronymus' Ballins Tod haben. Die Frage aber ist, welche Erinnerungen sie vergessen haben.«

»Vielleicht gar keine«, entgegnete von Lorenz.

»Genau«, sagte Ines. »Doch wenn es welche gab, dann müssen wir sie auftreiben.«

»Es …« Von Lorenz zögerte. In seinem Blick lag eine Mischung aus Erkenntnis und Erschrecken. »Es gibt tatsächlich keine Möglichkeit zu wissen, was man vergessen hat«, sagte er.

»Vielleicht doch«, sagte Ines und beschloss, ihren vorigen Vorschlag noch einmal anzubringen.

»Wie bitte?«

Nachdenklich ließ sie den Blick über den Rethener Markt schweifen. »Im selben Maße, wie wir Erkenntnisse über die Genetik des Alterns gewonnen haben, ist auch die Mnemologie voran gekommen.«

»Mnemologie?« Von Lorenz starrte sie an, noch immer in die Feststellung des inversen Problems vernarrt.

»Die Lehre vom Erinnern«, antwortete sie.

»Ich weiß, wovon Sie sprechen … allein: Mir klingt das doch recht … esoterisch«, wandte von Lorenz ein.

»Der Begriff ist unglücklich, da er vor den Fortschritten der neural-zerebralen Analyse anders besetzt war. Nichtsdestoweniger könnte es eine Möglichkeit sein, zumindest nach Spuren von Erinnerungen scannen zu lassen.«

Ines gab sich Mühe, nicht zu enthusiastisch zu klingen, denn tatsächlich wusste sie um die praktischen Limitationen der Methode. Dennoch - wenn von Lorenz zustimmte, sich mnemologisch untersuchen zu lassen, könnte sie immerhin etwas über seinen geistigen Zustand herausfinden.

Der Alte ihr gegenüber seufzte und legte die Stirn in Falten. »Wissen Sie, es fühlt sich seltsam an, zu hören, dass etwas mit mir nicht in Ordnung sein könnte. Dennoch haben Sie recht: Alles, was ich Ihnen gesagt habe, deutete zumindest darauf hin.«

»Treffen Sie keinen leichtfertigen Entschluss«, sagte sie. »Die Untersuchungsmöglichkeit läuft uns nicht weg, doch dafür entscheiden können Sie sich nur einmal.«

»Ich verstehe, was Sie meinen. Ich werde es dennoch in Erwägung ziehen.«

Ines nickte. ›Gar nicht einmal schlecht gelaufen‹, dachte sie.

»Und nun …«, sagte er, »lassen Sie uns über etwas anderes sprechen.«

Ines atmete auf. »Warum nicht. Die Gelegenheit, sich ohne Holographie-Verzögerung zu unterhalten, ist ja doch recht selten.«

»Es ist unsere eigene Entscheidung«, sagte er. »Und wie man hört, geben gerade Sie ja nicht viel auf die Konventionen.«

Ines lachte und musste sich ermahnen, nicht zu persönlich zu werden. »Ich bin nicht sicher, ob ich das als Kompliment auffassen kann.«

»Das sollten Sie auch nicht«, sagte von Lorenz und lachte ebenfalls. »Wir wollen ständig sicher sein, von der Gemeinschaft akzeptiert zu werden, möglichst wenig abzuweichen. Und dabei werden wir ständig implizit daran erinnert, dass es keinen durchschnittlichen Menschen gibt.«

»Wie bitte?«

»Sehen Sie uns an«, sagte er. »Ich bin männlich, Sie weiblich. Wir sind durch das Programm vernarrt darin, gleichförmig zu werden, die gleichen Blutwerte zu haben, die gleichen Nahrungsmittel zu uns zu nehmen.«

»Die Gentechnik ermöglicht durch ihre allumfassenden Interfaces doch erst, uns alle medizinisch auf die gleiche Weise zu behandeln«, sagte Ines. »Verstehe ich Sie falsch? Es ist doch gerade ein Fortschritt, dass nicht für jeden Patienten alle metabolischen Parameter einzeln gesteuert werden müssen.«

Von Lorenz seufzte. »Das ist nur eine andere Art zu sagen, dass wir zu faul sind, individuell zu bleiben.«

»Eigenartig. Ich hatte gedacht, die Essenz des Programms sei es, gerade das Maximum an individueller Entfaltung zu erreichen.«

Der Alte schüttelte den Kopf. »Sie haben gerade richtigerweise die Vorteile der Fortschritte im Verstehen des Gehirns erläutert. Und doch - vielleicht ist es einfach nur eine düstere Sichtweise darauf, zugegeben - kann ich mich der Vorstellung nicht erwehren, dass biologische Automaten wie wir, die körperlich völlig gleichförmig funktionieren, schlussendlich auch kognitiv so wenig differenziert sind, dass wir einander nachgerade nichts mehr zu sagen haben.«

»Sie vermissen Inspiration?«, fragte Ines.

»Ich vermisse das Leben«, sagte von Lorenz.

›Das Leben‹, hörte Ines sich in Gedanken fragen, doch wagte sie es nicht, von Lorenz darauf anzusprechen. Stattdessen nickte sie nachdenklich und blickte wieder über die Brüstung des Balkons. Das geschäftige Treiben der Jungen auf dem Platz verdeutlichte ihr mehr als nötig, was ›das Leben‹ bedeutete, wenn man unsterblich war. Gelangweilt legte sie die Serviette über den Teller und drapierte ihr Besteck darauf. Sie begriff, was von Lorenz meinen könnte. Und nachdem sie es zuvor noch ungeheuerlich gefunden hatte, dass womöglich ein Alter Hieronymus Ballin ermordet haben könnte, drang nun ein noch unglaublicherer Gedanke an ihr Ermittlerbewusstsein. Was, wenn es Selbstmord war? Sie dachte an die Würgemale am Hals. Oder zumindest Sterbehilfe, die nicht so aussehen sollte? Ines sah gebannt dabei zu, wie die Härchen auf ihren Armen sich aufstellten, bevor die Sensation des Fröstelns selbst sie erreichte.

»Ist Ihnen nicht wohl?«, fragte augenblicklich der Servierroboter, der die Balkonloge in Sekundenbruchteilen automatisiert betreten hatte. »Darf ich Ihnen eine Jacke anbieten?«

Verdattert fuhr Ines herum. »Ist schon gut«, sagte sie. Mit Blick auf von Lorenz fügte sie hinzu: »Ich werde ohnehin gleich gehen, Danke.«

»Wie Sie wünschen«, entgegnete von Lorenz und streckte den Rücken gerade, offensichtlich in der Erwartung, sich zu erheben, wenn sie gehen wollte.

Ines realisierte, dass es keine bessere Gelegenheit geben würde, sich zurückzuziehen, und hatte doch noch eine weitere Agenda zu beachten. Sie wusste nicht, wofür es einmal nützlich sein könnte, doch konnte sie die Eingebung, eine DNA-Probe zu erhaschen, nicht länger ignorieren. Geschickt hatte sie einen Mikrosensor unter ihre Serviette gewickelt, den sie kontaktieren würde, indem sie beim Aufstehen an der Tischdecke hängen blieb und so den Sensor über seinen Teller zog.

Ines' Inneres schrie auf, als sie den ungehörigen Coup lancierte und ließ sie beinahe zu schwitzen beginnen. Hastig würgte sie ein »Oha« hervor, deutete ein Straucheln an und rappelte sich sogleich wieder auf. Noch bevor der Roboter sie hatte erreichen können, stand sie vor von Lorenz und bot ihm die Hand an.

In einer Mischung aus Mitleid und Abscheu musterte der Alte Ines, doch er nickte ihr einigermaßen respektvoll zu.

»Passen Sie auf sich auf«, gab er ihr wohlmeinend auf den Weg.

Ines entspannte sich und spürte den winzigen Schatz in ihren Händen, der ihr Zugang zu von Lorenz' DNA-gesicherten Dokumenten gewähren würde. Wenn es notwendig wäre.

9.

Nachdenklich kehrte sie nach Hause zurück, setzte sich in ihr Studierzimmer und versuchte, mit Zettel und Stift Ordnung in die verquirlten, rasenden Gedanken zu bringen.

War es tatsächlich möglich, dass es eine Art Unsterblichkeits-Depression gab?

Ines erinnerte sich an von Lorenz' Aussage, er vermisse das Leben. Hatte das auch für Hieronymus Ballin gegolten? Und war er deswegen tot?

›Alles nur Menschen‹, dachte sie, ohne Trost darin zu finden.

Wie sollte es nun weitergehen? Sie konnte nicht darauf warten, dass von Lorenz sich einer mnemologischen Untersuchung unterzog. Es gab immerhin zwei Menschen, mit denen sie sprechen konnte. ›Zeugenbefragungen‹, dachte Ines und spürte ein seltsames Kribbeln. Das hatte sie schon ewig nicht mehr gemacht. Finster dachte sie daran, dass auch sie unterschiedliche Ausprägungen des Lebendigfühlens kannte. Aber gehörten sie nicht zum Menschsein dazu, die Fluktuation und die Anspannung und die Unsicherheit?

›Nicht für die Alten‹, korrigierte sie sich und war überrascht, dass gleich noch eine Aussage von von Lorenz in ihrem Gedächtnis geblieben war. Die Gleichförmigkeit der Erfahrung bedingte die Gleichförmigkeit des Empfindens. War das die Antwort? Nein, so weit war es noch nicht.

Ines seufzte und legte den Stift weg. Erst einmal musste sie die ›Zeugen‹ anrufen. Und dann … Dann würde sie schon irgendwie weiter wissen.

# # #

Als klar war, dass sowohl die Haushälterin als auch der seltsame Junge, den von Lorenz ihr genannt hatte, am Nachmittag keine Zeit mehr haben würden, fällte Ines eine seltsame Entscheidung. Obschon sie normalerweise zum Nachdenken auf eine der Wedemärker Nordseeinseln gefahren wäre, zog sie sich keine Windjacke, sondern Wanderstiefel an und tippte

›Bredenbeck‹ ins Zielfeld der Kapsel, als sie den Bahnhof erreicht hatte.

›Eigenartig‹, dachte sie sich, doch grübelte sie nicht weiter darüber nach. Auf eine subtile Weise schienen die Ruhe und Abgeschiedenheit des Waldes ihr passender als die um diese Jahreszeit meist stürmischen Inseln vor Neu Hamburg.

Als die Sicherheitsglaskuppel aufschwirrte, umfing sie sofort der erdige, kühle Duft des Deisters, von dem sie mit einem Mal wie gefangen in einer längst vergessenen Sehnsucht überrascht wurde.

Überflüssigerweise nickte sie dem Transportroboter der Kapselstation zu und lenkte ihre Schritte mitten ins Dickicht der alten Eichen hinein, die über dem kleinen Dorf am Rande der Megacity thronten wie uralte Wächter der Ordnung der Dinge. Es war kalt und feucht, sodass Dunst über dem Calenberger Land stand. So kalt, dass ihr selbst am Nachmittag der Ausblick zum Meer noch verwehrt blieb. Doch als sie die ersten Kurven auf dem Weg zum Kammweg genommen hatte, war jeder Sinn für Ästhetik genauso verblasst wie die Fragen, die ihren Verstand beschäftigten. Es gab keinen toten Alten mehr, keinen vermeintlichen Mord, nicht einmal mehr Unsterbliche, die sich darum kümmerten, nur ja keine Schwäche zu zeigen.

Ines nahm bald den Wald nicht mehr wahr, nicht den Anstieg oder die Kälte der Jahreszeit. Es gab da den Weg und nur den Weg. Und genau deswegen, begriff sie langsam, war sie hergekommen. Als sie schließlich schnaufend an einer Anhöhe über der vor ihr ausgebreiteten Endmoräne stand, erfüllte sie nichts als Zufriedenheit. Sie hatte so viel Zeit, und doch war sie schon Jahre nicht mehr an diesem Ort gewesen. Hinter dem Nebel sah und wusste sie jetzt die schimmernden Wellenkämme der Nordsee brechen, wie sie auch die neuen Halligen noch zu verschlingen suchten. Doch Klimawandel war kein Gedanke für Ines Schultheiss. Demütig blickte sie über das flache Land vor ihr und Neu Hamburg im Nordwesten und machte sich klar, welches Unrecht sich irgendwo hier verborgen hielt. Der Abstand schien ihrem Unterbewusstsein gut zu tun, denn in einem Halo aus gleichsam bedrohlicher und frischer Erkenntnis sah sie einen geisterhaften Constantin von Lorenz in ihren Gedanken, wie er sich das Schild mit der Aufschrift ›verdächtig‹ umhängte und einen ebenso geisterhaften Hieronymus Ballin erwürgte.

»Warum?«, fragte sie die abfallenden Baumwipfel vor ihr und erhielt doch keine Antwort. Noch nicht.

Gleichgültig drehte sie dem Land den Rücken zu und machte sich auf, ganz bis nach oben zu gelangen. Erinnerte sich daran, dass es ohne Absicht oder Vorahnung geschehen musste, und verlor in jenem Moment die Immersion. Plötzlich war der Wald wieder Wald und die Steigung eine echte Qual, selbst für eine topfitte Alte wie sie. Die Illusion war dahin. Ines seufzte und taxierte den Anstieg. »Guter Versuch«, sagte sie und ging dennoch voran. Sie wusste nicht, was sie oben finden würde, doch auf eine seltsam meditative Art und Weise verstand sie, dass sie genau dafür gekommen war: Um nachzusehen.

Sie ging um eine weitere Wegbiegung und stutzte: Vor ihr lag eine ausgedehnte Lichtung, an die sie sich nicht recht erinnern konnte, obschon sie den Weg sicher ein Dutzend Male erklommen hatte. Und was war das?

Inmitten der kühlen und feuchten Wiese lagen bunte Decken ausgebreitet, auf denen Junge eine Art Picknick hielten.

Es interessierte sie nicht besonders, trotzdem kam sie nicht umhin, ihren Verstand für einen Moment damit zu beschäftigen. Diese Menschen saßen mitten im kalten Herbst im Wald und schienen nichts weiter zu tun zu haben. Achtsam führte sie ihren Weg am Rande der Wiese fort und blickte sich doch kurz um, als der Anstieg sie in den Wald zurückführte. Nun fragte sie sich doch, wieso an einem Werktag Menschen in den Wald gingen. Sie zog in Erwägung, dass es Dinge gab, die ihren immer jungen, wenngleich nicht genetisch aufgewerteten Verstand überforderten - oder sie im wahrsten Sinne des Wortes zu alt dafür war.

›Weil sie es können‹, flackerte schließlich als Gedankenfetzen in ihrem Verstand auf und erinnerte sie an einen längst vergessenen Abenteurer, der trotzig genug gewesen war, den größten aller Anstiege zu versuchen.

Und dann sah sie sich selbst wieder von außen, winzig klein und inmitten des dichten Graugrüns des Deisters und über all dem schwebte nur ein einziger Gedanke: ›Warum ein Alter einen anderen Alten töten sollte? Weil er es konnte.‹

Ines fröstelte, als sie in sich selbst zurückkehrte und ihre Stirn sich wie von allein in Falten legte. ›Das ist kein Motiv‹, wusste sie und ahnte doch auch, dass das nur eine Ausrede war, um nicht das Ungeheuerliche denken zu müssen.

Nicht, weil Mord eine der menschlichsten Regungen überhaupt war, sondern weil es nicht zu den Alten passte. Passen durfte.

Was es für die Profilerin in ihr nur umso reizvoller machte. Sie erinnerte sich zurück an ihr Essen mit von Lorenz; versuchte, jede einzelne Regung noch einmal nachzuvollziehen. Versuchte, irgendetwas zu finden, das ihr erlaubt hätte, die These von der Hand zu weisen.

Doch natürlich fand sie nichts, was von Lorenz entlastet hätte.

›In dubio pro reo[1]‹ ermahnte sie sich und wusste doch auch, dass das zwar für Richter, nicht jedoch Ermittler galt.

Ines Schultheiss seufzte, bevor sie den Rückweg antrat. Es lag Arbeit vor ihr.

1

Lat. »Im Zweifel für den Angeklagten.«

10.

»Hieronymus Ballin war altmodisch. Er hatte keine Roboter.«
Ines blinzelte. Frieda Lattmann blickte sie entschuldigend an.
Sie hatte offenbar das Gefühl, sich gleich zu Beginn rechtfertigen zu
müssen, dass sie für den toten Alten gearbeitet hatte.

Eine Junge in ihren Fünfzigern blickte Ines wie eine Art Geist
an und schien jederzeit bereit, in Tränen auszubrechen. Sie hatte
starke Ränder unter den Augen, war etwas untersetzt und schien
den Tod ihres Arbeitgebers alles andere als gut überstanden zu
haben. Ihre Wohnung in Neu Wilhelmsburg war winzig und
zugestellt mit alten, doch anscheinend nicht ausreichend kaputten
Dingen, die sich womöglich noch einmal als nützlich erweisen
könnten - zumindest für eine ältere Junge, die gerade ihren
felsenfest sicher geglaubten Job verloren hatte.

»Das unheimliche Tal scheint im Großen und Ganzen
überwunden zu sein«, sagte Ines gedankenversunken über
Roboter-anthropomorphe Psychologie sinnierend. »Doch das
bedeutet nicht, dass man sie nicht aus anderen Gründen ablehnen
kann.«

Frieda Lattmann schüttelte den Kopf. »Er lehnte sie nicht ab. Er
legte einfach großen Wert darauf, dass Arbeit, die Menschen
ausführen konnten, auch von Menschen gemacht wurde.«

»Von Ihnen«, schloss Ines.

»Nicht nur«, sagte sie. »Gerade vorletzte Woche noch war er
zum Holzhacken auf die Dachterrasse gegangen.«

Ines hob eine Augenbraue. »Tatsächlich?« Wie seltsam - und
erfrischend - es doch zu hören war, dass Ballin so bodenständig
gewesen zu sein schien. Oder täuschte der Eindruck?

»Erzählen Sie mir mehr über Ihr Verhältnis, bitte«, sagte Ines.

Frau Lattmann schluckte. »Ronny war ein großartiger Chef.
Nein, mehr. Eine Art Mentor, zu dem ich aufsah, obwohl ich nur
putzen und ein wenig aufräumen musste. Er strafte all diejenigen
Lügen, die denken, dass die Alten nichts anderes als faule
Drückeberger sind, die Glück im Leben gehabt haben und jetzt
dafür nichts mehr tun müssen.«

Angewidert und überrascht von ihrer Offenheit sah sie Ines
schamvoll an. »Verzeihung bitte.«

»Oh, schon gut«, sagte Ines. »Mit vielem, was ›die Leute‹ so sagen, haben sie nicht einmal Unrecht. Bitte fahren Sie fort.«

Die Frau zögerte. »Ich …« Sie nahm ein Taschentuch in die Hand und schniefte. »Ich weiß gar nicht, was Sie von mir wollen. Als Sie mich um ein Treffen baten, da sagte ich zu, denn es ist doch meine Bürgerpflicht, einem Alten zu Diensten zu sein, nicht wahr? Doch … ich weiß wirklich nicht, was ich Ihnen sagen könnte, das Sie nicht selbst schon wüssten.«

Traurig blickte Frieda Lattmann Ines an und ließ die Tränen an den Wangen hinunterkullern. Es schien fast, als genieße sie den Triumph der Emotionen über die gespielte, widerlich unpassende Contenance, die sie gegenüber einer Alten zu wahren müssen glaubte.

Ines versuchte, an sie heranzutreten und ihr einen Arm um ihre Schulter zu legen, doch Frieda Lattmann wandte sich ab. Eine verständliche, weil emotionale, doch trotzdem eigenartige Reaktion.

»Was haben Sie damit gemeint«, fragte sie, »dass er altmodisch war? Wünschte er sich alte Zeiten zurück?«

Die Haushälterin drehte sich wieder um und schüttelte den Kopf, dessen Augen durch tränenverwaschenen Lidschatten nun den Inbegriff der Traurigkeit darstellten. Früher oder später, hakte Ines im Geiste ihre Checkliste ab, musste sie Frieda Lattmann fragen, ob sie sich vorstellen konnte, dass Ballin nicht mehr leben wollte. Doch wenn sie jetzt …

»Hören Sie, Frau Schultheiss … es gibt nichts, was ich Ihnen sagen kann. Also … ohne Sie zu sehr kränken zu wollen … würden Sie bitte gehen?«

Ines erschrak. Sie hatte die Frau unterschätzt. Sie war zwar höflich, doch auch resolut, wie Junge es selten noch waren. Enttäuscht wandte sie sich zur Tür. »Eins noch«, sagte sie und versuchte, die herunterhängenden Schultern und Mundwinkel von Frieda Lattmann so gut es ging zu imitieren, »können Sie sich vorstellen, dass Hieronymus Ballin vielleicht … nun ja, seines Lebens müde war?«

Die Junge riss die Augen auf und musste beinahe Husten ob des Schreckes, den dieser Gedanke für sie offenbar darstellte. »Ich … Also, nein. Nein, Frau Schultheiss, gar nicht.«

11.

Ines gab sich dem bittersüßen Aroma der Arabica-Mischung hin, stellte die dampfende Tasse ab und biss die Zähne zusammen. Sie genoss das holzige Aroma der Einrichtung des Arbeitszimmers, nahm das Pad hervor, dehnte die langen, muskulösen Finger, bis sie beinahe knackten, und begann. Es war eine Weile her, dass sie sich Zugang zu gesicherten Computersystemen verschafft hatte -- doch sie würde, wo immer möglich und nötig, Spuren der Identität Constantin von Lorenz' hinterlassen. War ihr Argwohn berechtigt, so würde man es ihm als sentimentale Schwäche auslegen und nicht weiter verfolgen. Doch sollte man herausbekommen, dass sie hinter den Nachforschungen steckte, die sie vornahm, wäre es nicht so leicht gewesen, übermäßige, unangemessene Neugier abzustreiten.

Es war recht simpel, auf die Navigationsdaten des Autonomobils von Lorenz' zuzugreifen - denn für den Computer, mit dem sie verhandelte, war sie Constantin von Lorenz, und natürlich gab das Auto seinem Besitzer Auskunft. Kaffeebecher um Kaffeebecher schüttete sie in sich hinein, gleichsam dem Tempo folgend, mit dem sie die diagnostischen Systeme durchging, um ein Bewegungsprofil des Alten zu erstellen. Sie bedauerte die Indiskretion, die nötig war, um dem Rätsel auf die Spur zu kommen, doch sie sagte sich immer wieder, dass er mit seiner Bitte um Hilfe eigentlich eine implizite Erlaubnis gegeben hatte - die sie, wenn sich etwas fand, explizit machen würde.

Die Menüs waren von schlechter Reaktionszeit und komplizierter Struktur gekennzeichnet, aber schließlich fand sie die GPS-Daten der fraglichen Tage - oder vielmehr die Stelle, an der sie hätten sein sollen. Ines wusste genau, dass die Autonomobile auch dann die Position aufzeichneten, wenn sie sich nicht bewegten. ›Im Gegenteil‹, dachte sie, und musste über ihren eigenen halbgaren Witz lachen: Es war praktisch unmöglich, sie davon abzuhalten. Während ewig gestrige Datenschutz-Romantiker hin und wieder darauf hinwiesen, dass eine derartige Aufzeichnung als unethisch betrachtet werden müsse, war es mithin mittlerweile nicht nur legal, sondern versicherungstechnische Praxis, diese Daten aufzunehmen, um die Police des geneigten Fahrers, beziehungsweise Besitzers des Wagens, von Fahrverhalten und Risikoprofil abhängig zu machen. Und nun lag ein Abschnitt von sechsunddreißig Stunden vor ihr, in dem der Wagen diese Daten nicht aufgenommen hatte.

Schnell hatte sie geprüft, dass die Logfiles keinerlei Fehler gemeldet hatten, schon gar nicht, was die Aufzeichung der Protokolle oder Festplattenprofile anging. Die Protokollierung funktionierte einwandfrei und doch hatte sie anscheinend genau im fraglichen Zeitraum versagt. Ines wischte die Tabellen von rechts nach links und wieder nach rechts zurück - heimlich hatte sie darauf gehofft, dass sich Daten finden würden - doch das taten sie natürlich nicht.

Sie schnippte mit den Fingern und orderte von Helmut einen weiteren Kaffee, ignorierte seine Warnungen zur erhöhten, jedoch bei Alten letztlich unerheblichen Koffeinmenge und seufzte ausgiebig. Wäre ja auch zu leicht gewesen. Gelangweilt klickte sie sich durch die sekundären Daten wie Beschleunigung und Absolutgeschwindigkeit. Nichts. Niemand wäre so dumm, nur die GPS-Positionen zu löschen. Oder?

Andererseits schien es ihr unwahrscheinlich, dass sich alle digitalen Spuren einer so komplexen Telemetrie einfach so verschwinden lassen ließen. Angestachelt von ihrer eigenen schlechten Meinung über Leute, die einen möglichen Mordfall vertuschen könnten, sagte etwas in ihr, dass einfach immer jemand Spuren hinterließ - irgendwelche Spuren, völlig egal - und die Intuition der Ex-Profilerin behielt schließlich Recht.

Der Wagen selbst gab nichts preis, doch Ines' Geist war von Geduld beseelt, die ihr die weiteren Schritte leicht machte. Obschon sie nur widerwillig das Autonomobil-System verließ, spürte sie überdeutlich, dass sie sekundäre Bewegungsprofile abfragen musste, und suchte schnell die wesentlichen Parameter der Kommunikatordatenbank zusammen. Ignorierte die frisch aufflammenden Schamgefühle. Beschwor den Reiz des Verbotenen, der sie nur kitzelte, doch nicht Lachen machte.

›Also schön.‹ Leicht zittrig vor Aufregung hackte sie sich in die Mobilfunkaufzeichnungen von Lorenz' hinein. Das Gefühl der impliziten Zustimmung des Alten bestärkte sie. Immerhin hatte sie ja nicht seine Biosignatur gefälscht, die sie ›zufällig‹ neulich genommen hatte. War es wirklich so unethisch, wenn es ihr half, sein Problem zu lösen? Ines schauderte. Machte sich klar, dass nach der nächsten Authentifizierungsschicht alle Telefonate des letzten Quartals einsehbar waren. Sie hatte Profile von psychotischen Sexualstraftätern angefertigt, sie hatte auch Gutachten über Serienmörder und Affekttotschläger geschrieben. Doch noch niemals war sie einem Menschen so nah gewesen, so unberechtigt nahe, dass es die Einzelverbindungsnachweise seiner mobilen Kommunikation erfordert hätte. Ines wusste, dass manches Mal ehemalige Kollegen kaum so rücksichtsvoll gewesen wären wie sie, doch stets hatte sie innegehalten und sich gefragt, ob es unbedingt nötig war. Nötig sein durfte. Ob der Nutzen den Schaden der Privatsphäre aufwiegen konnte, und hatte es doch am Ende stets verneint. Und jetzt starrte sie auf die ungeschönten Telefondaten und erschrak: von Lorenz telefonierte durchschnittlich mehrmals am Tag. Aber nicht zur Zeit des Todes von Hieronymus Ballin. Da hatte er drei Tage lang gar nicht telefoniert, wenn diese Aufzeichnungen stimmten. War es möglich …

Aus dem glänzenden, blinkenden Gewirr ihres Verstandes schnappte sie einen einzelnen Gedanken, der heller schien als alle anderen: Es war der gleiche Zeitraum. Alle digitalen Spuren Constantin von Lorenz' schienen sorgfältig entfernt worden zu sein. So wie seine Erinnerungen. Wie hatte er von Ballins Tod erfahren? War es möglich, dass er selbst diese beispiellose Löschaktion angeordnet oder durchgeführt hatte?

Ines begriff, dass selbst, wenn von Lorenz kooperativ war, sie ihn trotzdem oder gerade deswegen endgültig als Verdächtigen betrachten musste. Selbst wenn sich am Ende herausstellen würde, dass er Opfer einer Intrige geworden war. Ines schloss die Augen und ließ ruckartig die Luft aus ihren Lungen fahren. Und jetzt? Sie beschwor sich, ruhig zu bleiben und horchte auf das leise Schnaufen des Profiler-Verstandes. Es gab noch mehr Meta-Daten auszuwerten.

Sie schluckte. Zeit, richtig tief zu graben.

Gab es noch weitere Aufzeichnungen, die zu einem Bewegungsprofil führen konnten? Was, wenn er nicht sein Autonomobil benutzt hatte, sondern Kapsel gefahren war? Ines sah die seltsam vertraut wirkende Hashfunktion des Bioabdrucks von

Lorenz' auf dem Tablet aufblinken und schob ihn beinahe automatisch über die Maske der Neu Hamburger Kapsel-Betriebe. Drin. Ihr schauderte einmal mehr, doch musste sie anerkennen, dass bereits eine Art Gewöhnung eintrat. Sie erinnerte sich daran, dass Verbrecher vor allem deshalb notorisch rückfällig wurden, weil sie sich das Brechen der Regeln angewöhnt hatten und nur so permanent das bei nicht-psychotischen Menschen durchaus vorhandene Unrechtsbewusstsein umgehen konnten. Düster erinnerte sie sich an den Drogenbaron, den sie in ihren jungen Jahren observiert hatte. Der an roten Ampeln selbst ohne Gegenverkehr und mitten in der Nacht hielt und sehr pflichtbewusst seine Steuern zahlte, mitunter mehr als nötig. Und doch war er skrupellos und kalt gewesen, wenn es um sein Geschäft ging. Ines blickte versonnen zur Spiegelung ihres Gesichts in der großen Fensterfront. Sie musste immer und immer wieder den Schritt der Rechtfertigung wählen. Vor sich selbst. Für sich selbst.

Kaffee. Warm und bitter und ein Teil ihrer unumstößlichen Gewohnheit. Einen Moment starrte sie auf die Tasse. Konzentrierte sich dann wieder auf das Pad. Las die letzten Fahrten Constantin von Lorenz' mit den Stadtkapseln ab. Keine Fahrt im fraglichen Zeitraum.

Ines nahm einen neuen Schluck Kaffee und erinnerte sich daran, dass von Lorenz - so wie Ballin anscheinend auch - eine Art altmodischer Alter war. Nicht unbedingt technologiekritisch, sondern einfach darauf erpicht, Dinge selbst zu erledigen, auch längere Strecken zu Fuß zurückzulegen. Vielleicht konnte die Technologie das Rätsel auch deshalb nicht lösen, weil sie nicht die richtigen Fragen stellte. Sie ärgerte sich, nicht nach persönlichen Gewohnheiten gefragt zu haben. Wenn es vielleicht ein Tagebuch gegeben hätte … Doch das war eine für Alte geradezu grotesk anmutende Tätigkeit, auch wenn der Gedanke ihr nicht sofort zu sagen wusste, warum. Eines dieser Dinge, die die Konvention verbat. Weil man, wie sie dachte, zu wach, zu gewahr, zu … kritisch wurde. Und nichts wog schwerer als die Ablehnung durch die Gemeinschaft der Alten. Sie wusste das aus eigener Erfahrung, war mehr als nur einmal mit einem Naserümpfen abgewiesen worden. Manchmal fühlte sie sich wie Herakles im Olymp. Sicher hatte sie genug geleistet, um ihren Platz zu verdienen, doch die Art und Weise, wie es letztlich gekommen war, machte sie zu einer Unsterblichen zweiter Klasse. Zumindest glaubte sie das.

Und dann wischte sie wieder einmal den Nebel vor ihrem geistigen Auge mit frischem Kaffeeduft hinweg und konzentrierte sich neu. Versuchte, die letzten Reserven an Profiling-Professionalismus freizumachen und sich in Constantin von Lorenz hineinzuversetzen. Es stach sie, sich einzugestehen, dass sie nicht genug über ihn wusste, um einen weiteren Ansatz zu haben. Wie oft hatte sie jetzt schon mit ihm gesprochen? ›Damals‹, dachte sie wehmütig, hatte sie nach nur zwei Minuten alles über eine Person gewusst, egal ob an ihrem Schreibtisch oder in der Verhörzelle. Hier gab es keinen Zweifel - sie war aus der Übung.

Ines seufzte und klammerte sich an die Kaffeetasse. Ermahnte sich, systematisch vorzugehen. Wieder und wieder machte sie sich klar, dass es vielleicht auch reichte, sich in sich selbst hineinzuversetzen. Was würde sie alles tun, um es jemandem schwer zu machen, ein Bewegungsprofil von ihr zu bekommen? Oder noch einfacher, wer hatte bereits eines, ohne dass sie es verhindern konnte?

Sie wischte die drückenden, störenden Verschwörungstheorien beiseite, machte sich klar, dass es keinen Sinn ergab, den Staat als allwissenden großen Bruder zu betrachten - und zwar egal, ob es so war oder nicht - und tat endlich das einzig Richtige: Sie dachte über die kleinen unscheinbaren Dinge nach, die man nicht sehen konnte, und die trotzdem alles über sie offenlegen konnten. Seltsam in sich gekehrt nahm sie die Tasse, erhob sich von ihrem Schreibtisch und ließ den Blick über die Dinge ihres Arbeitszimmers huschen. Bemerkte das Pad, das ruhig neben dem altmodischen Papier lag, gelegentlich blinkte und sicher einen GPS-Sensor hatte. Genau wie Helmut, der Haushaltsroboter, der kaum, dass sie aufgestanden war, herbeigelaufen kam und nach ihrem Befinden fragte. Lächelnd schüttelte sie den Kopf und fragte sich, ob er vielleicht gar besser wusste, wo überall GPS-Sensoren versteckt, verbaut oder eingewebt waren. Dachte an ihre Funktionskleidung zum Wandern, die einen Notfallsender enthielt. Ging schließlich ins Ankleidezimmer und fand, wonach sie gesucht hatte.

Starr vor Überraschung und Scham, dass sie nicht eher darauf gekommen war, nahm sie den Antigrav-Gürtel aus der Kommode und blickte finster auf die verzierte Schnalle. Natürlich. Ines eilte zurück ins Arbeitszimmer und wischte hastig die Gürtel-App auf den Screen. Warf von Lorenz' Hash hinterher.

Sie hatten nicht daran gedacht.

Die feine Raum-Auflösung des Sensors ergab eine viel zu runde, leicht zittrige Kurve, die wie ein Oktopus stets um von Lorenz' Wohnsitz herumwaberte, dorthin zurückkehrte und dann und wann erneut die Fühler ausstreckte. Ines' Herz pochte so stark, dass es ihr beinahe den Hals zuschnürte, als sie zum fraglichen Zeitpunkt scrollte. Es war alles da. Und dann beschleunigte ihr Metabolismus noch weiter. Constantin von Lorenz war an der Rethener Brücke gewesen. Zumindest sein Gürtel.

Auch wenn es nichts bewies: Ines schlang eine lauwarme Restmenge Kaffee hinunter, knurrte nach Helmut und fand Zeit, die Augen zu Schlitzen zu verengen, als sie das Profil kopierte und die App wieder schloss. Constantin von Lorenz war entweder ein Zeuge oder ein Mörder. Auf jeden Fall wusste er mehr, als er vorgab. Und selbst wenn er wirklich, wie er behauptete, nichts wusste, so gab es doch etwas, das sich bei ihm finden musste. Ines schloss die Augen und verfluchte sich für ihre eigene Leichtgläubigkeit. Er war jetzt verdächtig.

Verdammt verdächtig.

# # #

Einen Moment lang stand sie einfach mitten im Raum und versuchte, den Sog der Unglaublichkeit nicht an sich heranzulassen. Schloss die Augen und atmete so langsam es ging.

Als sie die Welt um sich herum wieder normal fand, ging sie in die Wohnküche und machte sich, die wütenden Proteste des Haushaltsroboters ignorierend, selbst Kaffee.

Mit der dampfenden Tasse ging sie an die Fensterfront und blickte auf den weiten Balkon und die Gischt des sich dahinter abzeichnenden Nordsee-Meeres. Ines seufzte, holte ihr Pad und überlegte. Das letzte Mal hatte es gut funktioniert, ohne

Kommentar einfach nur ein Indiz an Constantin von Lorenz zu schicken.

Schnell hatte sie die Bewegungsmap der Gürtel-Aufzeichnungen parat, flippte sie in das Postfeld, entfernte noch die Labels und hielt kurz inne. War es gut, ihn so zu provozieren? Vielleicht nicht. Doch auf jeden Fall würde sie eine Reaktion erreichen. Ines wartete ein letztes Mal auf Widerstand des Profiler-Teils ihres Verstandes, doch es passierte nichts. Dann schloss sie die Augen und fand tiefe, innere Stille. Zufrieden erinnerte sie sich daran, wie gut es sich anfühlte, etwas herausgefunden zu haben.

Dann stand sie wieder in ihrem Apartment, ausgerüstet mit neuer Entschlossenheit.

Sie drückte auf den Absendebutton und hoffte, das Richtige getan zu haben.

# # #

Sie blickte noch immer nach draußen, als Helmut auf sie zu schritt und mitteilte, dass eine Holographie-Anfrage vorlag. Wortlos reichte sie dem Roboter die leere Tasse und ging in ihr Sprechzimmer.

Ihr schauderte, als die Ionen ihre bläulich-flirrende Form fanden und zu Constantin von Lorenz wurden. Nicht, weil das geisterhafte Schauspiel sie noch zu überraschen vermochte, sondern weil der Mann, der Alte, der vor ihr saß, ganz und gar so aussah, als habe er seinerseits ein Gespenst gesehen.

Zwar war die Haltung aufrecht, doch das geübte Auge sagte Ines, dass keineswegs vitale Körperspannung dafür verantwortlich war. Kein Junger hätte sehen können, welche Unwägbarkeiten Constantin von Lorenz auf seinen Schultern lasten spüren musste.

»Ich verstehe, was diese Grafik anzeigt«, sagte er schließlich.

Ines nickte, doch sie zog es vor, statt unnötige Kommentare zu produzieren, vorerst einfach dem Alten zu lauschen.

Für einen Moment starrten sich zwei Unsterbliche an und taxierten die neue, betonfest kondensierende Realität zwischen ihnen.

»Ich habe Angst, Frau Schultheiss.«

»Was ist Ihre Schlussfolgerung?«, fragte sie. Es war zu einem kleinen Teil die perverse Lust der Kriminologin, den Delinquenten selbst auf seine Schuld aufmerksam werden zu lassen, doch andererseits - und das war gewissermaßen noch verabscheuungswürdiger - die berechnende und vorausschauende Absicht, zugleich ihn sich selbst dazu bringen zu lassen, der Gedächtnisuntersuchung zuzustimmen.

Constantin von Lorenz' holographische Augen musterten sie von oben bis unten. »Ich bin dort gewesen«, sagte er fassungslos. »Ich habe die Daten meines Autonomobils und der Kapsel-Dienste überprüft - nichts davon stimmt mit dieser Grafik überein. Und dann griff ich mir an die Hüfte, wertete den Gürtel aus und erschrak. Ich weiß nicht, wer oder was dafür verantwortlich ist, dass die Daten nicht zusammenpassen, doch ich verstehe, warum es Sie so sehr beunruhigt, dass Sie sich nicht die Zeit nahmen, eine vollendete Nachricht daraus zu schreiben. Ich muss gesehen haben, wie er starb, und doch kann ich mich nicht einmal daran erinnern, wie ich davon überhaupt erfuhr.«

Sie nickte und feixte innerlich, dass er anscheinend keinerlei Zorn über ihr Eindringen in seine Privatsphäre empfand. Nippte am frischen Kaffee. »Sie wissen, was wir tun müssen«, sagte sie.

»Ja, Frau Schultheiss.«

»Gut. Ich mache den Termin beim Mnemologen.«

Sie sah, wie von Lorenz noch weiter in sich zusammensank, wenn es denn möglich war, und versuchte sich an einem schmalen Lächeln. »Ich halte Sie nicht für einen Mörder.«

»Ihr Vertrauen ehrt mich«, sagte von Lorenz, »doch ich muss darauf bestehen, es genauer zu wissen.«

»Das verstehe ich«, sagte sie. Wusste, dass es ihr genauso ging. Dass sie keineswegs meinte, was sie sagte. Wischte die Verdächtigung beiseite, lächelte erneut leicht und vertrauensvoll. »Ich melde mich.«

Von Lorenz nickte dankbar, deutete eine Verbeugung an und schloss die Verbindung.

12.

Eiskalte Novembernebelschwaden hingen vor Ines' kaltem Gesicht und hätten nicht besser ihren Verstand umwölken können als die diffuse Anspannung des bevorstehenden Tages es vermochte. Dies war ein Morgen, an dem der Seewind noch nicht den dunstigen Schweif der überfrorenen Neu Hamburger Nacht hatte hinwegwehen können. Es roch nach Leinebrackwasser und Winter und unaufgeklärten Geheimnissen. Zittrig stand sie vor einem Backsteinhaus am alten Marstall und wartete: auf Constantin von Lorenz, der vielleicht kommen würde, wie sie dachte, und auf Antworten, deren Existenz sie sich nicht einmal dann versichert gewusst hätte, wenn die Mnemologie eine alte, etablierte Wissenschaft gewesen wäre.

Doch genau wie das Studium des menschlichen Genoms hatten auch die eigentümlichen Verfahren der Gedächtnisforscher erst im einundzwanzigsten Jahrhundert Erfolge verbuchen können, und selbst vierzig Jahre nach den ersten Einblicken in das menschliche Erinnerungsvermögen blieb die Anerkennung begrenzt. Ines bemerkte, dass sie auf ihrer Unterlippe kaute und nichts sehnlicher wollte als frischen, starken Kaffee - ihr Konsum war in den letzten Tagen zweifellos exponentiell angestiegen - nicht einmal die Antworten, über die sie in den zerfledderten Tagträumen schwadronierte, konnten darüber hinwegtäuschen, dass sie endgültig im Profiler-Modus angekommen war - wenn es sich auch noch so gut anfühlte, so täuschte die Gänsehaut unter der zu leicht gewählten Jacke darüber hinweg.

Abwesend dachte sie, dass nicht die Kälte allein sie frösteln machte, und musterte die kleine Energiesparlampe namens Sonne am Horizont, deren Kraft und Aszension nicht ausreichten, die grauen, tief hängenden Wolken bis auf ein mattes Glühen zu durchdringen. Erneut atmete Ines formvollendet zerstäubende Wölkchen aus und legte den Kopf in den Nacken. Nicht nur die Temperatur erreichte einen neuen Tiefpunkt für den angebrochenen Winter.

Denn all das markierte keinen Vergleich zur Frostigkeit und Unsicherheit in Ines' Herzen, dessen düstere Vorahnung sich nicht durch Sonnenlicht oder Wärme hätte kurieren lassen. Was, wenn

Constantin von Lorenz Hieronymus Ballin ermordet hatte und es hier zum Vorschein kam?

Sie erwog die Möglichkeit und machte sich klar, dass sie nicht recht daran glaubte. Mittlerweile nahm sie diesen … Termin mehr interessehalber wahr, als dass sie sich wirklich Erkenntnisse davon versprach. All dies war so verquer und rätselhaft. Sie konnte sich kaum vorstellen, dass es sich um einfachen, schnöden Mord handeln sollte. Und selbst wenn, was wäre das Motiv gewesen? Sie hatte von Lorenz studiert. Am Ende musste sie sich wahrscheinlich eingestehen, dass Alte keine Alten umbrachten. Allein, diese Bestätigung konnte man einer einfachen mnemologischen Untersuchung kaum abverlangen, oder?

Sie sah die dunkle Gestalt am Leineufer entlang auf sich zu gleiten.

»Guten Morgen«, sagte Constantin von Lorenz und verbeugte sich. Er trug einen schweren gefütterten Mantel und sah so ganz anders aus als in der traditionellen weißen Toga der Alten. Ines hatte keine Zweifel, dass sie bald darunter zum Vorschein kommen musste, doch hier und jetzt gab es bis auf das deplazierte Herumschweben fast keinen Hinweis darauf, dass er - oder sie gleichermaßen, der Vollständigkeit halber - unsterblich waren und dennoch alles andere als zufrieden.

»Sind Sie bereit?«, hauchte sie in den Morgen hinein.

Von Lorenz schüttelte schwer und bedächtig den Kopf. »Nein«, sagte er und lachte bitter. »Aber es muss sein.«

Sie bewunderte seine Entschlossenheit, fragte sich, wie es sich anfühlen musste, ohne Erinnerungen an eine bestimmte Zeit zu sein, und machte dann eine einladende Geste, ehe sie seinen zögerlichen Schritt erkannte und doch lieber voranging.

»Dr. med. mne. Sven-Ingvar Michaelsson« stand auf einem billigen Messingschild neben der alten Eichentür. Ines betätigte die Klingel, und Sekundenbruchteile später erschien ein ganz weiß-eloxierter Dienstroboter am Eingang.

»Herein, meine Damen und Herren«, gab seine Sprachsynthese von sich. »Sie werden schon erwartet.«

Durch ein mit Eichenholz vertäfeltes Treppenhaus gelangten sie in eine düstere obere Etage, auf der zwei scharlachrot bezogene Diwans normalen Patienten als Wartemobiliar dienten, doch der

Roboter führte sie geradewegs in das ebenso finster eingerichtete Behandlungszimmer. Vollgestopft mit seltsam verkehrt wirkenden, klinisch weißen Geräten, die wiederum mit anscheinend selbstgebauten, weniger hochglanzpolierten Konstrukten verbunden waren.

Ines zögerte, den Raum zu betreten, und spürte auch von Lorenz' Unsicherheit.

»Willkommen«, sagte eine Stimme in der Dunkelheit des Raumes, ehe Sven-Ingvar Michaelsson die Hauptbeleuchtung aktivierte, deren grotesk kalt wirkendendes LED-Licht die Alten blendete, so wie die ganze Aufmachung der ›Praxis‹ es tat. Ines hatte von einem gewissen Exzentrismus des ausgewiesenen Mnemonik-Experten gehört, doch niemals ein solches Gruselkabinett erlebt. In Gedanken ging sie durch, was ein Dozent in der Kriminologie-Vorlesung das ›Quacksalbometer‹ genannt hatte - ein rechtschaffener Mediziner hatte kaum eine derartige Atmosphäre nötig - doch jetzt gab es kein Zurück. Was auch immer passieren würde, weniger als nichts konnte sie wohl kaum herausfinden - und von Lorenz gegenüber durfte sie sich nicht die Blöße geben, anhand eines ersten Eindrucks bereits die Segel zu streichen.

»Dr. Michaelsson«, sagte Ines distanziert.

»Frau Kommissar«, erwiderte der Mnemoniker. »Niemals hätte ich gedacht, dass ich Ihnen zu Diensten sein könnte.«

Was meinte der Mann damit? War er ein Scharlatan und versuchte, durch Ironie die eigene Unsicherheit zu überspielen, oder bezog sich die Bemerkung darauf, dass sie schon lange, viel zu lange nicht mehr ermittelt hatte?

»Das Leben nimmt gelegentlich verschlungene Pfade«, sagte sie kryptisch und zog von Lorenz hinter sich in den Raum hinein.

»Ah, und Sie sind Herr Constantin von Lorenz«, nickte Michaelsson, verbeugte sich in der habituellen Höflichkeitsform vor dem Alten und trat noch weiter auf die beiden zu.

»Verzeihen Sie meine Ungeduld«, sagte er zu Ines gewandt, »doch Ihre Anfrage war hinreichend vage, dass ich kaum an mich halten kann. Was kann ich für Sie tun?«

Ines schluckte. Machte sich klar, worauf sie sich eingelassen hatte. Dieser Mann würde in von Lorenz' Erinnerungen herumstochern wie ein neugieriges Kind in einem Krokanteisbecher. Es galt. Sie hatte keine Wahl.

»Herr von Lorenz«, seufzte sie, »vermisst einige Erinnerungen bezüglich des Todes seines Freundes Hieronymus Ballin.«

»Ohhhh«, war in etwa das Geräusch, das der Mnemoniker machte und dessen Entstehung Ines für eine Mischung aus nachvollziehbarer Neugier und doch andererseits bekannter Routine hielt, denn bestimmt hörte er diese oder ähnliche Worte tagein, tagaus. Doch dann räusperte der Mann sich und musterte Constantin von Lorenz.

»Allerdings«, sagte er schwärmerisch, »passiert es eher selten, dass Alte meine Dienste in Anspruch nehmen.«

»Tatsächlich?«, sagte Ines eher desinteressiert, doch Michaelsson ließ sich nicht abhalten, den Gedanken zu Ende zu bringen.

»Mir scheint fast, als seien Erinnerungen nichts wert, wenn man im Laufe dessen, was Sie trotz des fehlenden Endes euphemistisch ›Leben‹ nennen, beliebig viele davon anhäufen kann. Doch ich will nicht politisch werden. Bitte setzen Sie sich, Herr von Lorenz.«

Ines musterte den Mnemoniker eingehend. ›Was für eine seltsame Aussage‹, dachte sie. War der Mann am Ende Speziesist? Erneut rief Ines sich vor Augen, dass es keine Rolle spielte, solange er seine Arbeit machte. Und das würde er, dessen war sie sich sicher.

»Wenn Sie wünschen, werde ich draußen warten«, sagte Ines zu von Lorenz gewandt. »Ich habe nicht die Absicht, mehr als nötig in Ihre Privatsphäre einzudringen.«

Energisch schüttelte er den Kopf. »Bitte bleiben Sie.« Er zögerte. Offenbar wollte er noch etwas hinzufügen. »Frau Schultheiss … ich danke Ihnen für Ihren angemessenen Umgang mit meinen … Erinnerungen. Doch ich muss mir klarmachen, dass ich selbst es war, der Sie überhaupt erst in diese Sache hineingezogen hat, zumindest lassen die Tatsachen keinen anderen Schluss zu. Allein der Umstand, dass ich mich daran ebenso wenig erinnere, ist Verdacht genug, Ihnen alles zu offenbaren, was man herausfinden kann. Wenn ich Ihnen etwas vorenthalten wollte, so hätte ich diesem … ›Termin‹ niemals zugestimmt.«

Ines gluckste ob der Art und Weise, wie er ›Termin‹ betont hatte und grinste innerlich Sven-Ingvar Michaelsson an. Sie sammelte sich. »Wir können beginnen«, sagte sie zu dem Schweden gewandt. »Also schön.«

Der Mnemoniker verfrachtete von Lorenz ohne weitere Erläuterung in den ausgiebig gepolsterten Sessel am anderen Ende des Zimmers und fuhr einige rauschig-klapprige Geräte hoch. Es blinkten und piepten jetzt noch mehr Dinge. Ines fühlte sich leicht an eine unheilvolle mentale Projektion eines fiktionalen Gruselkabinetts erinnert, doch das hier war die Realität. Und bald würde sie mehr herausfinden.

»Ich beginne mit dem zerebralen Scan«, sagte Michaelsson mehr zu sich selbst als den beiden Alten. »Das wird einige Zeit dauern.« Dann fügte er hinzu: »Aber genug Zeit haben Sie ja.«

Ines spürte den Impuls, seinen Spott zu kontern, doch sie beherrschte sich. Das war nicht der Moment, sich dafür zu rechtfertigen, unsterblich zu sein und dennoch Erinnerungen wiederherstellen zu müssen.

»Was genau passiert jetzt?«, fragte sie stattdessen mäßig interessiert. Sie lag richtig. Der Mnemoniker strahlte, dass sich jemand für sein Handwerk interessierte, selbst wenn es eine selbstgerechte Alte war, wie Ines belustigt in Gedanken hinzufügte. Nein, sie hatte zu viel Speziesismus gesehen, als dass ein einzelner Mann sie aufregen könnte.

»Nun, zunächst stelle ich fest, wo genau der Erinnerungscortex lokalisiert ist. Würde man das nicht machen, würden die folgenden Scans nicht genau genug zwischen unwichtigen, aktiven Gedanken und Erinnerungsengrammen unterscheiden. Das ist nicht selten für den Patienten verwirrend und wenig aufschlussreich.«

»Aha«, sagte Ines, während von Lorenz während des gesamten Vorganges schwieg. Sie hatte freilich nicht viel davon verstanden, doch es klang immerhin so, als gäbe es keine Abkürzung zu den Dingen, die sie wissen wollte.

Gerade als sie diesen Gedanken zu Ende gebracht hatte, klappte Michaelsson mit einem leisen ›Ping‹ die aktuellen Instrumente ein und schob einen quietschenden Rollwagen voller anderer Dinge in von Lorenz' Richtung.

Er sagte nichts, allerdings konnte Ines jetzt die Unsicherheit in den Augen des Alten sehen. Nicht zu wissen, was man glauben, denken oder erinnern sollte, war zweifellos selbst mit der Aura der Unnahbarkeit eines Alten schwer zu ertragen. Ines erinnerte sich an die Zeit im Universitätsklinikum Ulm-Stuttgart, nachdem sie erfahren hatte, ohne ihre Zustimmung ins Programm aufgenommen worden zu sein. Zu jener Zeit gab es in der Öffentlichkeit wilde Theorien über den Ablauf des Kampfes mit Johann Blisterhuber und sie musste, ohne eine eigene Stimme in der Angelegenheit zu haben, ansehen, wie die Medien sie zu der Heldin stilisierten, die sie niemals gewesen war und auch nicht sein konnte oder wollte. Sie hatte darüber nachgedacht, sich gegen das System zu stellen, doch die Bequemlichkeit des ewigen Lebens hatte ihr schließlich und viel zu schnell alle häretischen Gedanken genommen - wie zu erwarten gewesen war. Und ein winziger, ferner Gedanke sagte ihr, dass womöglich genau das die Idee der Alten gewesen war.

Doch hier lag der Fall anders. Noch während sie in Erinnerungen schwelgte, die nicht unbedingt angenehm waren, begriff sie die ganze Tragweite der Verzweiflung, die Constantin von Lorenz durchmachen musste: Der Mann war hoch kultiviert und zweifellos nicht dumm. Er musste mittlerweile die gleichen Schlüsse gezogen haben wie sie. Er fragte sich auch, ob er seinen Freund Hieronymus Ballin ermordet haben könnte.

Sven-Ingvar Michaelsson durchbrach jenen Moment der einseitigen nonverbalen Kommunikation mit einem scharfen Räuspern. »Könnten Sie mir wohl sagen, in welchem Zeitraum Sie die verlorenen Erinnerungen vermuten?«

Erstaunt sah Ines ihn an. »Warum ist das wichtig? Können Sie nicht einfach alle suchen?«

Der Mnemoniker gönnte ihr ein mitleidiges Lächeln, dann wandte er sich an von Lorenz, als nehme er an, er verstehe mehr von seiner Profession als die dumme Kommissarin. »Unsere Erkenntnisse begrenzen sich darauf, Engramme nach Alter zu indizieren. Natürlich könnte ich nach allem suchen und erst später filtern, doch das würde Stunden dauern.«

Herausfordernd blickte er jetzt zwischen beiden hin und her. »Und es wäre auch teurer, wenn ich so offen sein darf.«

»Geld spielt keine Rolle«, sagte von Lorenz sofort. »Doch wir können später entscheiden, ob es notwendig ist, wirklich alle verlorenen Erinnerungen zu suchen, nicht wahr?«

»Selbstverständlich«, sagte der Mnemologe. »Also?«

»Die letzten vier Wochen", sagte von Lorenz. »Frau Schultheiss?«

Ines nickte wortlos. Es gab keine Möglichkeit, nachzuprüfen, ob der Gedächtnisexperte recht hatte oder einfach nur Unsinn fabrizierte. Sie mussten sich auf sein Renommee verlassen. Ines seufzte und setzte sich auf einen kleinen Klappstuhl neben von Lorenz' Sessel, als Michaelsson eilig die neuen Geräte anschloss.

»Vier Wochen alte Engramme zu finden, ist nicht schwer. Es sollte in dem Fall nur ein paar Minuten dauern.«

»Wunderbar«, entgegnete von Lorenz, doch Ines konnte sehen, wie er die schwitzigen Hände am Gewand abwischen musste, das so leichenblass schien wie sein eigenes Gesicht. Angst hatte sie niemals bei einem Alten beobachtet, notierte Ines mental, nicht einmal in den Tagen, da Seoung Lees Drohung Menschenleben forderte. Was auch immer das bedeutete, von Lorenz sah nicht aus wie ein Mörder. Und eigenartigerweise schien es für Ines dadurch immer weniger absurd.

Michaelsson räusperte sich. »Na so was.«

Wortlos wandten beide Alten ihre Köpfe zu ihm. Die unausgesprochene Frage stand zwischen ihnen.

»Also …« Er zögerte. »Es gibt hier drei Tage, zu denen ich keine Engramme gefunden habe.«

Aufgeregte Blicke. Ines' Verstand verkrampfte sich bis zu dem Punkt, an dem es kein Zurück mehr gab. Wenn das bedeutete …

»So etwas habe ich noch nie gesehen«, sagte der Mnemoniker. »Selbst wenn Sie, Herr von Lorenz, etwas unbewusst verdrängen würden, und glauben Sie mir, das passiert häufiger als man denkt, könnte ich das aufspüren.« Doch dann schüttelte er den Kopf und fügte hinzu: »Aber Ihnen fehlen drei Tage ihres Lebens. Einfach so.«

Ines hatte nicht geglaubt, dass der Alte noch bleicher hätte werden können, doch es ging. Schweißperlen rannen ihm die Schläfen entlang, und seine zittrigen Hände suchten Halt auf den glatten Lehnen des Untersuchungsstuhls.

»Was bedeutet das? Wie konnte das nur geschehen?«, wimmerte der Alte.

»Das …«, sagte Ines ruhig und entschlossen, doch ohne die nötige Ruhe oder Entschlossenheit in dem mentalen Gewirr ihrer Ratlosigkeit finden zu können, »werde ich schon herausfinden.«

»Danke.« Constantin von Lorenz wurde etwas gefasster und sah sie auf eine ihr unbekannte Weise, beinahe durchdringend an. »Es war richtig, Ihrer Empfehlung zu folgen«, sagte er. »Ohne Sie hätte ich niemals Klarheit in meinen von diffusen Gefühlen der Verwirrung gefluteten Verstand bringen können.«

»Es ist mitunter schmerzhaft, zu ergründen, was man eigentlich spürt, aber doch nicht beweisen kann«, sagte Ines und erlaubte sich, erstmals leicht durchzuatmen.

»Was tun wir jetzt?«, fragte von Lorenz.

Ines blickte Michaelsson an und fragte sich, ob sie nicht schon zu viel gesagt hatte. Wenn sie richtig lag und von Lorenz' Verstand nicht zufällig ›gelöscht‹ worden war, dann gab es jemanden, der ein Interesse daran hatte. Und dann war es nicht klug, irgendjemanden davon wissen zu lassen.

Ines zuckte betont lässig mit den Schultern. »Ich werde ausgiebig darüber nachdenken müssen.«

Enttäuscht blickte der Alte sie an. »Ja … Ja, natürlich. Sie haben meine volle Kooperation sicher.«

Sie rang sich ein Lächeln ab. Das war ein Satz, den er schon ganz am Anfang hätte sagen sollen. Doch dann begriff sie, dass allein die Unklarheit ihn hatte zweifeln lassen. An ihr - natürlich - aber auch an sich selbst. »Danke«, sagte Ines und erhob sich von dem unbequemen Plastiksitz, der, wie sie erst jetzt bemerkte, unangenehm warm geworden war. Das Prozedere hatte auch sie nicht unbeteiligt gelassen. Noch hatte sie ihre Gefühle unter Kontrolle, doch Ines spürte, dass dieses Rätsel wirklich größer sein musste als die Erinnerungen eines einzelnen Mannes.

13.

Sie tippte ihre Nachricht an von Lorenz noch auf dem Weg nach Hause in ihr Pad. Immerhin hatte sie warten können, bis die mnemonische Praxis des schwedischen Experten außer Sichtweite war. Doch kaum hatte sie die Neu Hamburger Altstadt verlassen und die Leine überquert, sprudelte alles aus ihr heraus. Sie hatte Mühe, die Fassung zu wahren, denn zu deutlich lag der unleugbare Verdacht vor ihr. Jemand löschte Gedächtnisse von Alten. Und vielleicht - sie bremste sich hierbei in einem finalen Aufbäumen ermittlerischen Anstands - lag die Sache noch schlimmer. Vielleicht benutzte jemand dieses scheußliche Instrument, um einen Mord zu vertuschen.

Damian Fregüzli erschien vor ihrem inneren Auge. Aber natürlich. Warum hatte sie nicht schon früher daran gedacht? Ines hatte ganz vergessen, dass die Verbindung in der Leinemarsch auf so seltsame Weise abgebrochen war. Sie hätte ihn viel früher zurückrufen sollen.

# # #

Ines genehmigte sich drei warme Croissants und zwei Tassen extrastarken Kaffee zum Frühstück, um die Überraschung des Morgens und den Zorn über den vergessenen Pathologen zu besänftigen. Doch dann galt ihr Interesse nicht mehr dem Frühstück, sondern dem Umstand, dass Helmut, der Haushaltsroboter, eine Anfrage für quantenkryptografisch gesicherte Kommunikation an Damian Fregüzli als bestätigt gemeldet hatte. Der süddeutsche Derwisch würde also mit ihr sprechen.

Etwas zittrig nahm Ines die dritte dampfende Kaffeetasse in Empfang und begab sich in ihr Fernsprechzimmer. Die Ionisierungssequenz nahm sie ebenso wenig wahr wie die Aufwärmzeit des Paarerzeugers, der seine Verschränkung justierte - dann schließlich gab es genügend physikalisch garantierte Zufälligkeit, und Damian Fregüzlis grimmiges, holographisches Gesicht erschien auf seinen schmalen, holographischen Schultern.

»Guten Morgen, Ines«, sagte er, ohne dass sie es ihm abnehmen konnte. »Sie können sich sicher vorstellen, dass es mir ernst ist, wenn ich dieser nicht nur sicheren, sondern auch höchst kostspieligen Methode der Kontaktaufnahme zustimme.«

Ines nickte und nahm ihr Pad, um die horrenden Kosten des Quantenroutings zu übernehmen. »Das soll Ihre Sorge nicht sein«, sagte sie und schnaufte. »Was haben Sie herausgefunden?«

Sie sah Fregüzli seufzen, dann baute er Anspannung auf, die von ganz innen kam. Der Pathologe hatte schon einiges gesehen, doch die schiere Ungläubigkeit in seinem Blick war nicht abzustreiten.

»Nach allem, was ich mit den vorhandenen Informationen beurteilen kann, und ich betone, dass es andere Möglichkeiten gibt, auch wenn sie bei der Datenlage eher unwahrscheinlich sind, fürchte ich, Sie haben recht.«

Nervös rutschte Ines auf ihrem Platz herum. »Vertuschung«, sagte sie matt.

»Oder schlimmer: Verschwörung«, antwortete der kauzige Schwabe, der darüber sogar seinen typischen, endlosen Monolog vergaß. »Hieronymus Ballin wurde ermordet.«

Ines schlang hastig die ganze Tasse heißen Kaffee hinunter und fühlte sich so elend, wie es nur jemand konnte, der die ganze Zeit über recht gehabt hatte. In der Stille des Moments sah sie die Verbindungsdatenleitung den Preis hochzählen und kümmerte sich darum, die Kosten der Verschlüsselung möglichst lange zu ignorieren. Sie hatte Mühe, nicht aus dem Sessel zu fallen.

»Ich … Ines.« Fregüzli rang mit sich, doch hatte er schließlich noch etwas mitzuteilen. »Ines, der Abschlussbericht enthält einige nichttriviale Vertuschungstaktiken, die dafür sprechen, dass hier nicht einfach nur falsche Tatsachen behauptet wurden. Vor einem unbedarften Richter hätte der Obduktionsbericht wahrscheinlich Bestand.«

Ines nickte langsam.

»Danke, Damian.«

»Es ist kein Dank nötig«, sagte er matt. »Allein die Aufrichtigkeit meines Berufsstandes zu retten, gebietet hier schon meine Kooperation. Trotzdem: Nach meinem Kenntnisstand ist ein solcher Skandal beispiellos. Sie haben keine Ahnung, worauf Sie sich da einlassen. Seien Sie vorsichtig.«

»Ich kenne die Spielregeln«, sagte sie und wusste doch, dass es eine Lüge war. Constantin von Lorenz fehlten drei Tage Gedächtnis, sein Freund war nicht bei einem Unfall gestorben, sondern ermordet worden, und sie hatte keine Ahnung, wie all das zusammenpassen sollte. Sie war aus der Übung, und nur weil sich ein Verdacht bestätigte, hieß das noch nicht, dass es einfach werden würde. Nein, der Pathologe hatte recht. Sie musste ganz vorsichtig sein.

»Das hoffe ich«, sagte Fregüzli und deutete eine Verbeugung an. »Viel Glück.«

»Danke«, hauchte Ines seinem holographischen Spiegelbild entgegen, doch es war schon im quantenkryptographischen Äther verblasst.

Zurück blieb Ines Schultheiss allein mit einer weiteren frischen, nicht angerührten Tasse voll Kaffee und einem Verstand ohne Ideen. Sie musste überhört haben, dass Helmut sich langsam auf ihre zurückkehrenden Gewohnheiten einstellte und zunehmend klaglos Kaffee in rauen Mengen servierte, doch es spielte überhaupt keine Rolle.

Nichts spielte jetzt noch eine Rolle.

14.

Sie war noch niemals zuvor in der Wohnung eines Alten gewesen - das hieß, in der eines anderen Alten. Und irgendwie, wenn sie ehrlich war, fühlte sie sich weniger und weniger selbst als Alte, je mehr sie darüber nachdachte. Constantin von Lorenz hatte keine Sekunde gezögert und beim Verlassen der Mnemologie-Praxis seine bedingungslose Unterstützung angeboten. Sie stand mitten in dem breiten, hellen Flur und sah sich um, eher schamhaft denn neugierig.

»Ich darf Ihnen einen handgemahlenen Cappuccino anbieten?«, fragte von Lorenz sanft und verwandelte sich für einen Moment zurück in den selbstsicheren, kultivierten Mann, den sie kennengelernt hatte, bevor sie erfahren musste, dass ihm wahrhaftig drei Tage seines Lebens abhandengekommen waren.

»Den kann ich gebrauchen«, sagte sie fatalistisch und folgte ihm in die in Eichentönen gehaltene Küche. Die Einrichtung wirkte edel und nicht altmodisch, obschon der Stil eine eigenartige Mischung aus Art déco und Bauhaus war. Über ein Jahrhundert zuvor hatte man diese Dinge schon nicht mehr schick gefunden, doch hier entfaltete ihre Synthese eine ganz eigene Ästhetik, die Ines stach, wie es sonst nur das Unrecht konnte, dem sie auf der Spur war - und jetzt mehr noch als zuvor.

»Ich möchte, dass Sie jetzt ehrlich zu mir sind«, sagte von Lorenz, als er die offenbar schwergängige Kaffeemühle hervornahm und quietschend zu mahlen begann. »Halten Sie mich für einen Mörder?«

Ines musterte von Lorenz der Vollständigkeit halber. »Ohne Zweifel«, sagte sie, »besteht diese Möglichkeit. Und was die Tatsachen angeht, so habe ich lernen müssen, dass meine Intuition ebenso schlecht ist wie die jedes anderen Menschen. Wenn Sie einen Zeugen auftreiben, der schlecht über Sie redet, so werde ich es plausibel finden, und wenn Sie einen Zeugen auftreiben, der Ihren Leumund bestätigt, so werde ich es nicht länger plausibel finden. Und genau deswegen sind wir ja hier, nicht wahr?«

Von Lorenz seufzte. »Ich wünschte, ich könnte irgendetwas anbieten, um mich zu entlasten, doch ich weiß ja nicht einmal, was ich mir - theoretisch - vorzuwerfen haben könnte.«

Ines nickte. »Ich verstehe Ihre Unsicherheit.« Dann, als der erste Duft der frischen Bohnen ihren Geruchssinn erreichte, grinste sie. »Was mich betrifft, so entlastet ein guter Kaffee jeden Gauner der Welt ganz und gar.«

»In dem Fall werde ich mir große Mühe mit dem Aufbrühen geben«, sagte er voller Selbstironie.

»Keine Sorge«, fügte sie hinzu, »ich werde nicht den Fehler machen, Sie für ehrlich zu halten. Und das sollten Sie auch nicht.«

Langsam drehte sich von Lorenz wieder zu ihr hin und nickte nachdenklich. »Ich fürchte, da haben Sie recht. Was ich mir auch überlege, ich habe keine Ahnung, wieso ich Hieronymus hätte ermorden sollen.«

»Das ist eine wichtige Frage«, sagte Ines und beobachtete, wie er das Kaffeepulver in den Druckbrüher gab. »Doch wichtiger ist für den Moment, *wie* Sie es getan haben.« Dann räusperte sie sich und blickte ihn schelmisch an. »Wenn Sie es waren.«

»Warum sonst fehlte mir jede Erinnerung an den Vorfall, wenn ich zweifelsfrei zum fraglichen Zeitpunkt am fraglichen Ort gewesen bin?« Mit feierlicher Verbeugung reichte er ihr den vermeintlich perfekten Cappuccino.

»Alles, was wir wissen, ist, dass Ihr Gürtel dort war«, sagte sie langsam. »Es wäre immerhin auch möglich …«

»Wenn mir jemand etwas in die Schuhe schieben will«, polterte von Lorenz, »dann könnte man es doch etwas geschickter tun!«

Ines nippte an ihrer Tasse und hob beschwichtigend die freie Hand. »Denken Sie nach. Alle Bewegungsprofile von Ihnen sind gelöscht oder ›verschwunden‹, nur ein einziger Hinweis verbleibt. Das sieht doch aus, als habe man es übersehen, nicht wahr?«

»Ganz genau! Eine vermaledeite Unaufmerksamkeit.«

»Oder das genaue Gegenteil«, sagte Ines sanft. »Es wäre nicht das erste Mal, dass Vertuschung so abläuft. Der Ermittler soll anhand der verschwundenen Daten gerade davon ausgehen, dass Sie sie gelöscht haben. Und da Sie praktischerweise keine Erinnerung haben, können Sie ihn auch nicht berichtigen.«

»Es ist nicht abzustreiten«, schnaufte von Lorenz. »Nein, Sie haben recht. Ich fühlte mich fast schon wie ein Mörder. Hatte mich beinahe damit abgefunden. Doch es ergibt keinen Sinn, nicht wahr?«

»Nicht so schnell«, sagte Ines, die seinen Stimmungswandeln kaum folgen konnte. »Wir müssen beide Hypothesen verfolgen. Vielleicht sind all diese Spuren auch kompletter Unfug, und Sie haben rein gar nichts mit Hieronymus Ballins Ableben zu tun.«

Er seufzte. »Ich werde noch wahnsinnig mit dieser Unklarheit.«

»Das kann ich nur zu gut verstehen. Aber Sie können mir helfen.«

»Was muss ich tun?«

»Zunächst einmal muss ich mit diesem Sergej Altmann sprechen, der mir seit der Kontaktaufnahme seltsam zurückhaltend scheint.«

»Das kriege ich hin, glauben Sie mir.«

Ines vermochte nicht zu sagen, worauf sein neuer Enthusiasmus beruhte - war es der letzte Rest Ehre, den er sich bewahren wollte, oder schon der Mut der Verzweiflung, als vermeintlicher Mörder aus dem Programm ausgeschlossen zu werden?

Mit dem Mund weit offen stand sie in von Lorenz' Küche und hatte eine neue Idee. Erpressung. Doch womit? Sie konnte von Lorenz dies hier nicht erzählen. Das musste sie allein herausfinden.

»Wann haben Sie Zeit?«, fragte der Alte, der offenbar Altmann geschrieben hatte.

»Was?« Ines zwang sich zurück in den Moment. »Ach, immer. Kein Problem. Keine Ausreden.«

Der Alte nickte zufrieden, als er sein Pad weglegte. »Morgen Abend um sieben«, sagte er. »Keine Ausreden.«

Ines nickte. Sehr gut. Das gab ihr etwas Zeit, um diese dritte, plötzlich viel aufregendere Theorie zu verfolgen.

Constantin von Lorenz war ein aufmerksamer Gastgeber, doch kein wirklicher Kaffeeliebhaber. Ines' halbvolle Tasse hätte ihm sagen müssen, dass sie nicht bei der Sache war. Doch als er es bemerkte, war sie schon längst weg.

15.

»Es ist ein seltsames Gefühl, dass er tot ist, ja.«

Ines sah in ruhige, kaum traurige Augen, die aufmerksam das Treiben am Kröpcke beobachteten und sich dann der viel zu teuren Speisekarte des alteingesessenen Mövenpick-Restaurants widmeten, und keinen Hinweis mehr darauf zuließen, was hinter ihnen vorging.

Sergej Altmann war ein äußerlich sehr beherrschter und kultivierter Mann - für einen Jungen zumindest, dachte sie und tadelte sich sogleich für die abwertende Stereotypie.

Von Lorenz indes hatte ihr nicht viel über ihn sagen wollen oder können. Die Sonne war längst untergegangen und glücklicherweise gab es noch keinen Hinweis auf Adventsbeleuchtung. Ines ärgerte sich über die Uhrzeit, denn mehr Licht bedeutete mehr Ausdruck im Gesicht eines … Zeugen.

Ihr erstes Urteil: Sergej Altmann hatte den Tod Hieronymus Ballins besser überstanden als von Lorenz. »Ehrlich gesagt«, fügte er hinzu, »verstehe ich auch nicht recht, was Sie von mir wollen.«

Sie musterte den Jungen, der vielleicht Anfang Vierzig sein mochte, einen unpassenden, spitz zulaufenden Kinnbart hatte, der ihm wohl ein aristokratisches Aussehen geben sollte und stattdessen doch nur seine Sterblichkeit unterstrich - für jemanden mit der Perspektive eines Alten, wie sie schloss.

»Ich würde gerne hören, wie Sie seinen Tod aufgenommen haben. Constantin von Lorenz …« Ines stockte. »Er … hat es nicht so gut aufgenommen«, log sie und beschloss mit keinem Wort, ihren Verdacht zu äußern.

»Ja … man erzählte so etwas«, sagte Altmann einsilbig. »Es muss hart sein zu sehen, wie jemand, der praktisch unsterblich ist, dann doch vom Unvermeidlichen eingeholt wird.«

»Und für Sie war es nicht hart?«

Altmann zog eine Grimasse, und bevor er sprach, wusste Ines schon, was er von ihrer Frage hielt. »Ich bin jung«, sagte er, ohne die Notwendigkeit zu sehen, die Aussage zu erklären. »Ich erwarte nicht, dass Sie das verstehen.«

»Auch ich war einmal jung«, sagte Ines wehmütig. »Und, egal was die Leute erzählen, ich habe mir diese Unsterblichkeit nicht ausgesucht.«

»Oh bitte.« Altmann blickte sie in einer Mischung aus gespieltem Mitleid und Zorn an. »Sagen Sie nicht, dass es Ihnen nicht gefällt.«

»Das ist nicht der Punkt«, sagte Ines, doch musste sie eingestehen, dass er den immerwährenden Widerspruch ihrer Argumentation gefunden hatte. »Wir Alte«, sagte sie, bedauerte den herablassenden Tonfall, begriff aber auch, dass sie jetzt darin fortfahren musste, »sind am Ende auch Menschen mit Wünschen, Hoffnungen und, ja, Ängsten.«

»Natürlich«, sagte Altmann und blickte sie herausfordernd an. »Frau Schultheiss, was wollen Sie eigentlich von mir? Sie wollten mich doch nicht treffen, damit wir uns in gegenseitigem Mitleid suhlen und über tote Menschen sprechen?«

Sie schüttelte den Kopf. Musterte den Mann, der ihr im kalten Schein der altmodischen LED-Beleuchtung gegenüber saß und der scheinbar mühelos ihre sonst so sichere Maske aus Arroganz und Selbstbeherrschung durchschaute.

»Da haben Sie recht«, sagte sie schließlich. »Ich möchte Herrn von Lorenz helfen, seinen Verlust zu verarbeiten.« Glatt gelogen. Na und? Ines erinnerte sich an viel unanständigere Manipulationen und Situationen in denen sie … nicht notwendigerweise vollkommen ehrlich gewesen war. Einerlei.

»Stehen Sie ihm nahe?«, fragte Altmann Ines.

»Wie? Ach.« Sie zögerte. Da hatte er sie schon wieder erwischt. »Er ist auf mich zugekommen. Und, wie Sie fraglos wissen, bin ich etwas bewandert in Fragen der Tiefenpsychologie.«

»Tatsächlich?« Altmann zog die dünnen, fein getrimmten und für sein Alter zu kunstvollen Augenbrauen in die Höhe, bis sie eine einzige waagerechte Linie bildeten. »Ich hätte eher gedacht, dass er Sie wegen ihrer ›ermittlerischen‹ Fähigkeiten angesprochen hätte.«

Er war wirklich findig. Ines nippte an ihrem Eiskaffee und seufzte. »Wie kommen Sie denn darauf?«

»Wenn ich mich frage, wen ich für eine psychologische Psychotherapie fragen würde, kämen mir, bei allem Respekt, nicht Sie in den Sinn, Frau Schultheiss. Für ermittlerische Tätigkeiten jedoch ... und wenn es dann auch noch ein Alter sein muss. Sie wollen nicht mit mir sprechen, weil Constantin von Lorenz den Tod von Hieronymus nicht verarbeiten kann, oder?«

»Sie haben recht«, sagte sie knapp. Rekapitulierte seine Antwort. Er hatte auf vertraute Weise von Ballin gesprochen. Ines würde bluffen. »Tatsächlich«, sagte sie sorgsam abwägend, »hat Constantin von Lorenz mich gebeten, nach Ihnen zu sehen.«

Altmann blickte Ines fragend an. Durchschaute er auch diesen Bluff?

»Er berichtete mir, dass Sie sich sehr nahegestanden hätten und er besorgt sei, weil es Ihnen anscheinend so leichtfiel, darüber hinweg zu kommen.«

Altmann nahm eine Scheibe der Weißbrote aus dem Schälchen auf dem Tisch vor ihm und blickte in den Himmel. »Gott, jetzt muss man sich schon dafür rechtfertigen, wenn man sich nicht jahrelang trauernd in die Ecke hockt?«

»Das wollte ich nicht unterstellen«, sagte Ines. »Verzeihung.«

»Oh, schon gut«, antwortete der Junge. »Es ist ja nicht Ihre Schuld. Im Gegenteil, ich danke für die Sorge, beruhige Sie jedoch im selben Atemzug. Mir geht es gut.«

Zu gut, wie Ines fand. Sie hatte schon gefasste Leute gesehen, selbst unter Umständen, die man wesentlich grausamer hätte finden können. Doch der Mann, der vor ihr saß, sprach so distanziert von Ballins Tod, dass es kaum möglich schien, dass er ihn besser kannte als sie selbst.

»Wie lange kannten Sie ihn?«, fragte sie, ohne auf seine beschwichtigende Antwort einzugehen.

Sergej Altmann musterte Ines. »Warum interessiert Sie das?«

Ines war genervt von seinen Spielchen, doch wenn sie hier noch etwas retten wollte, musste sie mitspielen. »Was denken Sie denn?«, fragte sie schnippisch. Vielleicht würde er sich ja darauf einlassen, Hase und Igel zu spielen.

»Ich denke, Sie sind von meiner Antwort nicht überzeugt und wollen irgendwelche analytischen Dinge in meine weiteren Antworten hineininterpretieren.«

»Wenn Sie recht haben, und Ihre Seele den Tod eines nahestehenden ... Freundes so vollkommen ungerührt hinnimmt, dann werde ich gerne Constantin von Lorenz mitteilen, dass er sich umsonst um Sie sorgt.«

»Tut er das?« Altmann seufzte. »Es überrascht mich, dass er zu solchen Gefühlen für mich fähig ist.«

»Wie meinen Sie das?«

Der Junge nahm den letzten Bissen Fleisch von dem Beistellteller und legte es auf sein Baguette. »Ich hatte jedenfalls in der Vergangenheit nicht unbedingt den Eindruck, dass von Lorenz etwas anderes als Abscheu für mich empfand.«

Ines war hellwach. Das war ja spannend.

»Sie verstanden sich nicht?«

»Wie kann man das entscheiden, wenn man ständig von oben herab behandelt wird?«

»Bitte erläutern Sie das.«

»Pffft.« Altmann entließ einen Pfiff und einen Blick voller Bitterkeit geradewegs durch die Fensterscheibe in die Kälte hinaus. »Ich frage mich, ob er mich überhaupt als Menschen angesehen hat.«

»Ach was.« Ines war überrascht. Von Lorenz hatte sie ins offene Messer laufen lassen, als er sie auf ihn angesetzt hatte. Kein Wunder, dass dieser Junge hier nicht gut über sie dachte. Sie musste sich erst einmal sammeln. Wie konnte sie hier noch gewinnen?

›Defensive‹, sagte Ines sich selbst. »Sie kannten sich über Hieronymus Ballin?«

Altmann wartete. Blickte auf die Kröpcke-Uhr in der Kälte, ließ einen wehmütigen Blick über die verführerisch glänzende Eiskarte in der Mitte des Tisches gleiten und nickte dann. »Kennen ist vielleicht zu viel gesagt.«

»Aber der … Kontakt kam auf diese Weise zustande«, versuchte Ines ihm zu helfen.

Sergej Altmann sah sie eindringlich an. »Wir waren gelegentlich zur selben Zeit im selben Zimmer. Ungewöhnlich genug, nicht wahr?«

»Ich verstehe, worauf Sie hinaus wollen«, sagte Ines. »Doch der sprichwörtliche Isolationismus der Alten ist ein Vorurteil, was mich betrifft.«

Er nickte anerkennend. »Was dieses Treffen beweist. Meine Güte, die meisten tun gerade so, als wäre bereits frische Luft giftig.«

Ines fiel auf, wie sehr der Junge sich damit aufhielt, seine Meinung zu predigen. Wieso nur hatte er es mit Ballin und - gelegentlich - von Lorenz überhaupt ausgehalten? Abwägend fragte sie sich, ob sie ihn damit aus der Reserve locken konnte, winkte dem Kellner und legte ihren Köder aus.

»Es wundert mich«, begann sie langsam, um dann wohlbetont die Stimme zu heben, »dass Sie es mit einem Alten wie Ballin überhaupt ausgehalten haben.«

»Es ist ... nein.« Altmann stockte. »Nennen Sie es kindliche Neugier.«

Ines hob die linke Augenbraue. »Wie darf ich das verstehen?«

Der Junge lächelte überheblich. »Nun, ich hätte angenommen, dass Sie etwas besser informiert sind. Ich bin Soziohistoriker. Ich erforsche das Sozialverhalten der sogenannten Alten.«

Ines hob auch noch die andere Augenbraue. Das war es also. Eine Art Karikatur von diesem anderen übermütigen Psychohistoriker, den sie am liebsten nicht gekannt hätte. Ines seufzte und sagte zu sich selbst, dass sie für den Moment feiern musste, dass sie nun immerhin zu begreifen begann, was vor sich ging.

»Nahm Ballin an einer Studie teil?«, fragte sie.

Altmann lachte. »Sie halten mich also für uneingeschränkt opportunistisch?«

Ines entschied sich für ein raubtierhaftes Grinsen. »Ist das denn falsch?«

Bevor Altmann jedoch antworten konnte, stand endlich und immerhin mit einer bemüht wirkenden Verbeugung, die ein ordinärer Serviceroboter in ihrer Imperfektion niemals hinbekommen hätte, der Kellner am Tisch.

Ines entschied sich für Banana-Split mit Krokant, nicht direkt um Eis, sondern vielmehr, um Zeit zu kaufen. Altmann wollte erst nicht, doch dann nahm er den Helmut-Schmidt-Becher, Relikt einer vergangenen Zeit aus einer vergangenen Stadt.

»Ich ...« Altmann hatte anscheinend Mühe, den Faden wiederzufinden, »... werde versuchen, das nicht als Beleidigung aufzufassen.« Er holte theatralisch Luft. »Sie werden es nicht für möglich halten, doch allein war er besser zu ertragen, und ja, ich glaube sagen zu dürfen, dass er mich durchaus zu seinen Freunden zählte.«

Ines gab nicht auf. Zu gut war die Gelegenheit. »Aber Sie haben sich bei einer Studie kennengelernt?«

Altmann verengte die Augen und sah Ines vorwurfsvoll an. »Wie viele Freunde haben Sie, die Sie vorstellen würden als ›Menschen, gegen die Sie ermittelt haben‹?«

Sie schluckte, doch sie entschied sich dafür, es mit Fassung zu nehmen. »Touché. Und die Wahrheit?« Wieso war das eigentlich so schwer? Konnte es möglich sein, dass … »Haben Sie ein Verhältnis gehabt?«

Die Temperatur in dem altehrwürdigen Restaurant an der Kröpcke-Uhr fiel binnen Sekunden unter die der in just jenem Moment servierten Eisbecher. Ines und Altmann tauschen frostige Blicke aus. Der Junge zeigte keine Reaktion, doch Ines' Instinkte waren nicht vollkommen eingerostet. Wenn die Frage auch darauf abgezielt hatte, ihn bloßzustellen, blieb ihr nun nichts als Mitleid. Und ein, nein, zwei mögliche Motive. Wenn es wahr war.

Die Sekunden verrannen, dann nahm Altmann einen Löffel Eis, das ihm kaum schmecken konnte, und fing an, aus voller Kehle zu lachen.

»Machen Sie sich nicht lächerlich«, rief er. »Ich kann kaum glauben, dass man Sie ein Genie der Kriminalistik genannt hat. Aber, wie heißt es so schön, Alter schützt vor Torheit nicht.«

Ines blinzelte mehrmals und musste sich das Grinsen verkneifen. Sie hatte ihn erwischt, überrumpelt und bloßgestellt. Vielleicht hatte sie endlich einen so großen Teil des Puzzles offengelegt, dass sich andere Teile zusammenfügen würden. Zufrieden nahm sie von ihrem Eis und kostete das wunderbar ungesunde und gleichzeitig durch die allgegenwärtige biomolekulare Anpassung unwichtig süße Aroma. Wenn Altmann also Hieronymus Ballin so nahegestanden hatte, dann kam er unbedingt in Frage, etwas mit seinem Ableben zu tun zu haben. Sie musste seine Biosignatur bekommen, um die Bewegungsdaten gegen Ballins abgleichen zu können.

Überhaupt, fiel Ines ein, hatte sie bisher nur Ballins Todeszeitpunkt und -ort in Betracht gezogen, doch nicht die Zeit davor. Sie musste auch seine letzten Bewegungen und Handlungen rekonstruieren.

Ines seufzte und sah Sergej Altmann an. Ob ihm bewusst war, wie sehr er ihr gleichzeitig geholfen und undankbarerweise für neue Arbeit gesorgt hatte? Wohl kaum. Ohne jede Anteilnahme starrte er auf sein Eis und kümmerte sich nicht um die neugierige Alte gegenüber.

»Glücklicherweise«, bemerkte Ines, »ist Homosexualität heute anerkannter denn je.«

Altmann grunzte. »Doch sind jegliche interspeziesistischen ›Kontakte‹ verpönter denn je«, sagte er vieldeutig.

»Aber nicht verboten«, meinte Ines.

»Was wollen Sie von mir hören?«, fragte er. »Sie wissen doch jetzt alles, was Sie wissen wollten, nicht wahr?«

»Nein«, sagte Ines und begriff, dass sie ihn noch weiter bloßstellen musste.

»Was denn?« Altmann schien gleichermaßen unruhig und gleichgültig zu sein. Sein Geheimnis war gelüftet.

»Ich will herausfinden«, sagte Ines und pausierte kurz, »wer Hieronymus Ballin ermordet hat.«

Sergej Altmanns Kinnlade landete auf dem sprichwörtlichen Fußboden vor ihm. »Sie meinen …«

Ines nickte wissend. »Es gibt ernstzunehmende Hinweise darauf.«

»Aber …«

»Ich weiß, was im offiziellen Bericht steht«, sagte sie langsam. »Und ich werde Ihnen gerne glauben, dass Sie bisher nichts anderes gehört haben.«

Sie sah, wie Tränen in seine Augen schossen. Entweder er war ein sehr guter Schauspieler oder konnte einfach nur nicht länger Teilnahmslosigkeit heucheln. Ines konnte sehen, wie etwas sich veränderte. Ihr Instinkt sagte ihr, dass Sergej Altmann kein Mörder war. Doch das bedeutete noch lange nicht, dass er bar jeder Schuld sein musste. Sie widerstand dem Drang, eine Hand auf seine Schulter zu legen, eine grotesk unangemessenen Geste, selbst für eine Alte, und nickte einfach nur vielsagend.

»Ich weiß nicht, ob es Ihnen zusagen wird oder nicht, doch Constantin von Lorenz hat mich auf diese Spur gebracht. Egal, was zwischen Ihnen klemmt oder auch nicht, ich denke, Sie verstehen jetzt, dass die Sache wert ist, untersucht zu werden.«

Ungeschickt wischte Altmann mit der reich verzierten Serviette aus echter Seide, die den Gründerzeitstil des Restaurants perfekt vollendete, den Mund ab, doch so, dass Ines ohne Mühe erkennen konnte, dass es ihm nur darum ging, die jähen Tränen zu verbergen, die seine Wangen entlang rannen.

»Darauf können Sie Gift nehmen«, sagte er.

»Nun, das hatte ich nicht eben direkt vor«, sagte Ines in grober Verletzung der impliziten Bedeutungsebene der Aussage. »Doch ich kann Ihnen versprechen, dass ich die Wahrheit herausfinden werde.«

Altmann war total fertig. Unfähig, sein Eis aufzuessen, zu atmen oder zu begreifen, welch Ungeheuerlichkeit sich hier plötzlich vor ihm entfaltet hatte, saß er einfach nur da und stammelte ein ungelenkes »Danke« in Ines Richtung.

»Schon gut, Sergej«, sagte sie sanft. »Ich werde allerdings Ihre Hilfe benötigen.«

»Alles, was Sie wollen«, sagte er. »Aber bitte … behalten sie *es* für sich.«

Ines nickte. »Selbstverständlich.« Das könnte noch nützlich sein. Wofür auch immer. Genüsslich löffelte sie die letzten Reste ihres Desserts in sich hinein und lächelte innerlich. Das war ja doch noch ziemlich aufschlussreich gewesen.

Mit einem Wisch über das drahtlose Bezahlfeld der Tischkante gab sie Betrag und Trinkgeld an das Restaurant ab und erhob sich, ohne auf Altmann zu warten. Ines wusste, dass er Zeit für sich haben musste und kaum jetzt noch eine Hilfe sein würde. Doch konnte sie sicher sein, dass er es noch werden würde. Und für den Moment gab es auch genug zu tun.

Als sie den Kröpcke in all seiner Geschäftigkeit zurückließ, brach sich nur langsam die Erkenntnis Bahn, dass alles noch viel komplizierter geworden war, nicht einfacher. Allein, es beschwor keine neuen Zweifel herauf, sondern gebar nur pure, längst verloren geglaubte Entschlossenheit. Ines Schultheis begriff endlich, dass diese Herausforderung ihrer angemessen war.

#

Ihre Füße waren schwer und der Wind war kalt. Sie fror nicht, denn die überlegene, aufgewertete Physiologie hatte keine Probleme damit, genug Energie umzusetzen, dass selbst ein gut gebauter, dafür umso schwächlicher gepolsterter Körper wie Ines' in den ziehenden und zerrenden Scherwinden der deplatzierten Hochhausschluchten des historischen Stadtteils Georgstadt warmgehalten werden konnte. Wie von allein fanden ihre Beine die Packhofstraßenpassage unter dem größten Kaufhauskomplex Norddeutschlands hindurch. Ines' Gedanken waren an vielen Orten, rasten umher von Altmann zu von Lorenz und zurück und versuchten, einen Sinn aus dem zu destillieren, was sie erfahren und doch noch nicht verstanden hatte. Langsam begann sie zu begreifen, warum Altmann so abweisend ihr gegenüber gewesen war. War die Gesellschaft bereit dafür, zu erfahren, dass Ballin eine Beziehung zu einem Jungen gehabt hatte, noch dazu homosexueller Natur?

Ines hatte Mühe, ihre eigenen Vorurteile zu kontrollieren, sagte sich, dass es kein Problem mehr gab, und wusste doch, dass das Gegenteil der Fall war. Wenn gleichgeschlechtliche Liebe auch in Ordnung war, vermochte sie dennoch nicht zu sagen, welche Schockwellen der Empörung eine Junger-Alter-Affäre zur Folge gehabt hätte oder noch haben konnte. Sie sah die Schlagzeilen des Boulevards vor sich und verstand Altmanns Vorsicht nur zu gut. Wollte er noch irgendetwas in seinem Leben erreichen, und sei es auch ›nur‹ das Programm, durfte niemand davon erfahren. Und umgekehrt - es war noch viel unerhörter für den Toten. Die Alten übten sich trotz ihrer schieren Anzahl in Isolation, zeigten nichts als überlegene Moral und Intellektualität … abgesehen von Ausnahmen wie ihr selbst. Doch dabei wusste sie genau, dass die ungeschriebenen Gesetze besagten, sich unter keinen Umständen mit Jungen abzugeben - und erst recht nicht so. Ihr Herz gefror zu Eis, als sie all die Konsequenzen ihrer Entdeckung überblickte. Es gab gute Gründe, kein Wort darüber zu verlieren, doch nichts konnte rechtfertigen, deswegen einen Mord zu vertuschen.

Zu allem Überfluss wurde sie gerade jetzt auch noch gewahr, dass sie die Gelegenheit verpasst hatte, Altmanns Biosignatur zu ergattern. Der kurze Ärger verflog in der sanften Erkenntnis, dass die Situation es nicht hergegeben hatte, doch das vermochte sie nicht vollkommen vom innerlichen Selbstvorwurf zu befreien.

Klaus-Peter Haßlochs eigenartige Intervention kam an die Oberfläche ihres Verstandes und gewährte ihr eine düstere Vorahnung, was er ihr hatte sagen wollen. Irgendjemand wusste, um was es hier ging, und wollte auf keinen Fall, dass sie, oder für alle praktischen Betrachtungen, die Öffentlichkeit davon erfuhr. War sie in Gefahr? Vermutlich nicht. Ines war noch nie für Verschwörungstheorien zu haben gewesen, und so seltsam es sich für den Moment auch präsentierte, am Ende gab es stets eine banale Erklärung. Und genau die würde sie schon finden.

Eifersucht? Ines nickte mental, als sie die Leinebrücke am Leibnizufer erreicht und damit die Hälfte des Weges zurückgelegt hatte. Von Lorenz und Altmann mochten sich nicht. Gut möglich, dass sich einmal mehr die uralte Weisheit bestätigte, dass sich die meisten Kapitalverbrechen im persönlichen, familiären Umfeld ereigneten. Aus den ursprünglichsten Gründen überhaupt.

Ruhig und mit warmen Fingern nahm sie ihr Padphone heraus und begann, eine Liste der Dinge zu machen, die sie in Erfahrung bringen musste. Erinnerte sich daran, von Lorenz' und Altmanns Bewegungsmuster in den Tagen vor Ballins Tod zu rekonstruieren, ehe sie überhaupt eine Hypothese darüber aufstellen konnte, was passiert sein mochte. Doch eines war sicher: Diese Spur würde an einen Ort führen, an dem sie nicht sein sollte. An dem niemand sein sollte. Vielleicht hatte deswegen auch Hieronymus Ballin sterben müssen.

Sie streifte die Kälte wie einen liebgewonnenen Mantel ab, als sie ihr Heim erreichte, mit dem Turbofahrstuhl in ihr Penthouse im obersten Stockwerk fuhr und, ohne ein grüßendes Wort an Helmut zu denken, nur eines befahl: »Holographieverbindung, Betancourt.«

# # #

Das gruselig-wohlige Schwirren der Lüftung, die dafür sorgte, dass die Holographie-Projektoren genau im richtigen Moment Ionen zum Beleuchten fanden, sorgte für die bekannte Gänsehaut, die Ines immer bekam, wenn sie das Fernsprechzimmer betrat, bevor die Verbindung hergestellt war. Doch diesmal war es anders. Sie wusste genau, was sie sagen und nicht sagen würde, wie sie ihre Lippen, Augenbrauen und kaum sichtbaren Stirnfalten einsetzen musste.

Als François de Betancourts Avatar vor ihr erschien, erschauderte sie. Ein Teil ihrer selbst freute sich aufrichtig, ihn zu sehen, doch erst jetzt begriff sie das kalte Grausen, das ihr im Nacken saß. Noch bevor sie ihn begrüßt hatte, wusste sie, dass sie ihm unmöglich abverlangen konnte, was sie vorhatte, denn das letzte Mal, dass sie einen Freund von ferne um Nachforschungen gebeten hatte, war er dabei umgekommen.

»Hallo Ines«, sagte François und zeigte sein Elsässer Grinsen, das vielleicht vom Wein des frühen Abends, vielleicht von der nach all den Jahren nicht gewichenen Vertrautheit beseelt schien.

»Hallo«, murmelte Ines mehr zu sich selbst.

Falten zeigten sich auf der glatten Stirn des Franzosen. Ines vergeudete keinen Gedanken daran, dass er erst nicht und dann doch ins Programm gekommen war. Sie hatten wenig gesprochen, seit er versucht hatte, sie umzubringen. Natürlich wusste sie, wie es dazu gekommen war, und keine Sekunde hatte sie gezögert, ihm zu verzeihen - doch als für die Dauer eines Jahrzehnts unausgesprochenes Hindernis stand es zusätzlich zwischen ihnen. Ines begriff, wie selten sie selbst mit den Menschen sprach, die ihr etwas bedeuteten, und auch, wenn es in diesem Fall keinen Grund zur Eile gab, wusste sie doch in einer Ecke ihres Verstandes, dass eines Tages all ihre Freunde tot sein und nur Stille in ihrem Holographiezimmer herrschen würde.

Hastig schob sie all die Gedanken beiseite und beschäftigte sich mit dem eigentlichen Hindernis: War es opportunistisch, egoistisch, ja verlogen, ihn überhaupt zu kontaktieren?

»Na, raus mit der Sprache. Du siehst ja gerade aus, als wärst du in einen Mordfall vernarrt.«

Ines erstarrte. Sie hatte vergessen, dass auch François geübt darin war, Menschen zu lesen. Nicht so gut wie sie … aber nicht schlecht. Sorgsam blickte sie sich um, dann beschloss sie, sich zu einem kleinen Lächeln zu zwingen. »Weißt Du«, sagte sie, »das kann man vielleicht sogar so sagen.«

»Tatsächlich?«

Zögerliches Nicken. Stille Wertschätzung des langgezogenen Zischens seines französischen Akzents am Ende des Wortes.

»Und du benötigst also meine Hilfe?«

Etwas weniger zögerliches Nicken.

»Ich habe mir beinahe gedacht, dass du nicht aus purer Höflichkeit anrufst«, sagte François etwas vorwurfsvoll, doch er strahlte jetzt über das ganze Gesicht. Dann fügte er hinzu, diesmal sehr vorwurfsvoll: »Das machst du nämlich nie.«

Ines zwinkerte ihm zu und überspielte die nicht böse gemeinte Kritik. »Ich entnehme deiner Reaktion, dass es dir ganz gut in den Kram passt, etwas Spannendes zu tun zu bekommen.«

Hinweggefegt alle Zweifel und Schuldigkeiten. Er wollte ja helfen. Dann sollte er es auch. Oder?

Der Franzose nickte. »Ich bin ganz gespannt«, sagte er.

Ines atmete tief ein. »Also gut.« Das wohlbekannte Kribbeln in Nacken und Fingern kam, sie schloss kurz die Augen und dann war es wie früher. »Ich untersuche den Tod eines Neu Hamburger Alten namens Hieronymus Ballin«, sagte sie und fuhr fort, ohne seine Reaktion abzuwarten. »Ein Freund namens Constantin von Lorenz äußerte den Verdacht, dass irgendetwas nicht mit rechten Dingen zugegangen sei, obschon der offizielle Bericht ganz klar von einem Verkehrsunfall ausgeht. Nun will ich gar nicht auf die heutzutage niedrigen Verkehrszahlen hinaus, sondern vielmehr wird dich interessieren, dass eben jener Herr von Lorenz anscheinend keinerlei Erinnerung daran hat, wo er war, als Hieronymus Ballin starb, noch, wie er davon erfahren hat. Ein lokaler Mnemonik-Experte hat festgestellt, dass ihm, wie es aussieht, jegliche Engramme für die drei Tage vor dem Unfall fehlen, daher steht er auf der Liste der Verdächtigen. Ich weiß, dass er irgendwann um die Zeit am … nun ja, Tatort war, doch mehr auch nicht. Auf jeden Fall ist er verdächtig, denn ich habe von unserem gemeinsamen Freund Damian Fregüzli einige beunruhigende Informationen zum Obduktionsbericht bekommen - es sieht vielmehr so aus, als wären die Verletzungen des Toten derart manipuliert, dass es sich zwar wie ein Schleudertrauma darstellt, doch genauso gut auch ein Fall von Strangulation sein kann - die Frage ist dann nur, von wem und warum.«

Ines seufzte und wartete auf eine Reaktion. François pustete langsam Luft aus den Backen und schien seinerseits darauf zu warten, dass sie fortfuhr.

»Es gibt aus meiner beschränkten Sicht zwei Verdächtige - Constantin von Lorenz und Sergej Altmann, ein weiterer, jedoch junger Freund des Opfers. Ich habe Grund zur Annahme, dass Altmann und von Lorenz sich in herzlicher Abneigung verbunden waren, warum auch immer. Als Motiv halte ich jedenfalls Eifersucht für zweifellos möglich.«

Wieder sah sie François eindringlich an. »Ich habe für meine pensionierten Verhältnisse schon etwas zu viel in offiziellen Datenbanken verbracht, die ich nicht hätte aufrufen sollen und dürfen, wenn du verstehst, was ich meine. Kurz gesagt, wäre es sehr nett, wenn du versuchen könntest, herauszufinden, was Altmann und von Lorenz in den drei Tagen vor Ballins Tod für Bewegungsprofile aufweisen. Nur wenn wir herausfinden, was sie getan oder nicht getan haben, kann ich rekonstruieren, was wirklich vorgegangen ist.«

Unsicher sah sie François an. Was sie verlangte, war nicht weniger, als geheime Akten zu beschaffen und die informationstechnische Selbstbestimmung der beiden »Verdächtigen« zu verletzen. Das Gefühl des unangemessenen Opportunismus kehrte zurück und machte Ines klar, dass sie sich ganz schön weit aus dem Fenster lehnte dafür, dass sie nicht mehr hatte als von Lorenz' leeres Gehirn, einen gezinkten Obduktionsbericht und ein Autowrack im LKA, das nicht zum Unfallhergang passte. Sie sorgte sich um ihn, doch es nützte alles nichts. Wenn sie selbst noch einmal versuchte, die Behörden zu hacken, wäre das Risiko einfach viel zu groß. Ganz sicher hatte Klaus-Peter Haßloch seine Warnung ernst gemeint - sie war längst auf dem Radar der Behörden.

Und dann war der ganze Holographieraum mit dem Lachen von François de Betancourt gefüllt. Hell und warm und herzlich lachte François de Betancourt aus vollem Hals.

»Ines, du kannst einfach nicht anders, nicht wahr?«

Fragend blickte sie den Avatar des Mannes aus Süddeutschland an.

»Ich hatte ehrlich gesagt etwas Bescheideneres erwartet, doch natürlich wurde ich nicht enttäuscht.«

»Was bedeutet das?«, fragte sie verdattert. Der Elsässer war stets sehr geradeheraus gewesen. Doch jetzt war auch er ein Alter. Das bedeutete, der Anstand gebot, nicht sofort die Karten auf den Tisch zu legen.

François strahlte. »Es fühlt sich gut an, etwas zu tun zu haben, nicht wahr?«

Ines nickte zögerlich.

»Ich mache es«, sagte er feierlich. »Nicht auszudenken, dass du selbst Dummheiten unternimmst, nicht wahr?«

»Danke«, war alles, was sie schließlich hervorbrachte, beinahe überwältigt von Sorge und Dank und Erinnerungen. Brachte sie ihn in Gefahr? Unsinn.

Sie hob die Hand zum Gruß und beendete die Holographieverbindung. »Viel Spaß!«

Als der Sessel und sein Besitzer vor ihr verblassten, fragte sie sich mehr denn je, ob sie die richtige Entscheidung getroffen hatte. Nur die Zeit konnte ihre Zweifel beseitigen.

# # #

Helmut räusperte sich. Die den Robotern eigene Weise, menschliche Gesten zu simulieren, hatte schon viele Jahre zuvor das unheimliche Tal verlassen und war so passend, dass nur dann und wann noch jemand Notiz davon nahm; wie sie genau dann grotesk unpassend zu werden schien, wenn man genau im falschen Moment daran dachte, dass es sich um einen Roboter handelte.

Dies war so ein Moment. Der feine Geruch der Holographie-Ionisation war noch nicht verflogen, da stand sein gestählter, glänzender Körper hinter dem bequemen Kommunikationssessel und lenkte Ines ab.

Genervt fragte sie, was los sei, und dachte darüber nach, dass die Verhaltenssubroutinen schon wieder überholt werden mussten. Beinahe erwartete sie, dass er sagte "Ich bin nur ein Roboter und habe Sie aus Versehen gestört", doch stattdessen sah sie, wie die mühsame Simulation von Gemütsregung in Helmuts Gesicht keine Spur von Reue zeigte.

»Ich darf melden, dass bereits die nächste Holovisions-Anfrage ansteht.«

Ines zog eine Augenbraue hoch, wollte die Blechbüchse anfluchen, doch sie erhaschte eine kurze Intuition dafür, dass es Wichtigeres zu tun gab. »Nun?«, fragte sie.

»Herr von Lorenz«, meldete der Roboter.

Die zweite Augenbraue nach oben. »Ach was.«

»Bitte?«, fragte Helmut in der ihm ganz und gar eigenen - zumindest war sie davon überzeugt, dass er sich diese Art der Entschuldigung erst bei ihr angewöhnt hatte - Art, die sie dazu brachte, eben doch nicht zu fluchen.

»Ja, Helmut, ich bin bereit.«

Der Roboter nickte und entfernte sich. Das Licht dimmte wieder herunter und einmal mehr flackerte das diffuse blaue Leuchten der sich aktivierenden Projektoren auf.

»Frau Schultheiss.«

»Hallo«, sagte sie und erwartete, dass er schon sagen würde, worum es ging. Doch Constantin von Lorenz zögerte.

»Ich …« Falten bildeten sich und erzeugten auf der glatten Stirn einen scheinbaren Sturm der Entrüstung über die Unbill, die sie zwei Alten verursachen mussten. Ines sah, wie er schluckte und sich in dem großen Holographie-Sessel zurechtrückte. Noch einmal Luft holte. »Ich habe etwas gefunden«, sagte er.

»Aha?« Es war gewiss unfair, nicht interessierter zu sein, doch die Erfahrung diktierte Ines' Verhalten. Unausgesprochene Fragen wurden meist besser beantwortet als explizite.

»Es … ist ein Brief von Hieronymus Ballin.«

Stille.

Ines war verwundert, doch nicht so aufgeregt, dass sie ihre Haltung nicht wahren konnte. Wieder wich sie der Frage aus, die gestellt werden musste, und zog stattdessen beide Augenbrauen in die Höhe.

Sie sah, dass von Lorenz sich wieder sammeln musste. Jetzt spürte auch sie Adrenalin durch ihre Adern fluten. Es war also etwas Spannendes. Etwas … Neues.

»Darin …« Es fiel von Lorenz schwer, es ihr mitzuteilen. Ines erahnte den Anflug von Schweißperlen auf der Stirn und meinte beinahe, unangenehmes Transpirant zu riechen, eine immersive Erweiterung, die sie dem Holographie-System glücklicherweise verboten hatte.

Von Lorenz setzte neu an. »Darin bittet er mich, bei seinem geplanten *Ableben* behilflich zu sein.«

Das Universum schwieg still und ließ Ines für die winzigste Zeitspanne erstarren. »Das ist ja interessant«, brachte sie hervor als sie die Kontrolle wiedergefunden hatte.

Von Lorenz musterte Ines. »Das ist alles, was Sie dazu zu sagen haben?«

»Verzeihen Sie«, sagte Ines, »ich muss mich erst durch die mentalen Folgerungen kämpfen, die diese Information für mich aufwirft.«

Stille. Erwartungsvolle Miene des Alten am anderen Ende des Raumes.

»Woher stammt dieser Brief?«

»Ich … das kann ich nicht sagen«, erklärte von Lorenz.

»Wie darf ich das verstehen?«, fragte Ines. »Wissen Sie es nicht, oder wollen Sie es mir nicht mitteilen?«

Von Lorenz erhob sich aus dem Sitz, sodass seine Projektion kaum einen Meter vor Ines stand. Sie konnte sehen, dass sein ganzer Körper beben musste.

»Frau Schultheiss … Sie können sich nicht vorstellen, wie es sich anfühlt, sich selbst für einen Mörder zu halten. Ich kann es Ihnen im Moment nicht sagen.«

»Na schön …«, sagte sie langsam. »Ich stelle dies für den Moment hintan. Doch seien Sie gewiss, dass ich dies nicht aus Bosheit oder Verdacht frage, sondern weil es für die Sache bedeutsam sein könnte.«

»Ich verstehe.«

»Nun …« Ines kratzte sich am Kinn, »lassen Sie uns die Bedeutung dieses Fundes bewerten.«

Von Lorenz nickte - zufrieden, dass der für ihn so unangenehme Teil zunächst ausgeklammert wurde. Ines hatte indes begriffen, dass er sich nicht daran erinnerte, woher er den Brief hatte, wobei er anscheinend so gut versteckt worden war, dass diejenigen, die für die ›Korrektur‹ seiner Erinnerungen verantwortlich sein mussten, ihn glatt übersehen hatten. Sie würde ihn mit dieser Frage konfrontieren, doch zunächst galt es, herauszufinden, ob das Objekt authentisch war - denn, wie sie finster bemerkte, es gab eine zweite Möglichkeit. Mit seiner Schriftfertigkeit war nicht auszuschließen, dass er selbst ein solches Schreiben aufgesetzt hatte, um sich ein Alibi zu beschaffen - alles eingedenk der Tatsache, dass es ihm in diesem Falle gelungen sein musste, den Mnemologen und sie über den Zustand seiner Erinnerung zu täuschen - und er selbst der Mörder von Hieronymus Ballin war. Allein, die Frage blieb, was er damit bezweckte, Ines in der anfänglichen Manier der Ratlosigkeit um Unterstützung zu bitten. War es der verzweifelte oder berechnende Versuch, sich selbst von eventuell aufkommenden Verdächtigungen reinzuwaschen?

Nein, entschied Ines, das ergab keinen Sinn. Wenn von Lorenz Ballin ermordet haben sollte, so wäre er es auch gewesen, der die Vertuschung eingeleitet hatte - dann wäre es kaum nötig gewesen, Ines dafür zu begeistern. Auch wenn sie nicht sicher sein konnte, so fühlte sie doch klar und deutlich, dass er ihn nicht ermordet hatte. Sterbehilfe - vielleicht - dann musste man sehen, welch seltsame Kombination von Einflüssen dazu führen konnte, dass ein Alter seine wahrhafte Unsterblichkeit einfach so wegwerfen wollte, doch für die Bewertung dessen war noch Zeit. Erst einmal musste sie genau wissen, was in diesem Brief stand.

Ines seufzte und massierte sich die Handknöchel. »Halten Sie es für möglich«, fragte sie, »dass der Brief nicht echt ist?«

Sie musste genau wissen, woher die Nachricht stammte. Vielleicht bekam sie nicht nur einen Hinweis darüber, wie sich jener seltsame Nachmittag an der Rethener Leinebrücke abgespielt hatte, sondern auch, wie man verhindern konnte, alles darüber zu vergessen.

»Ich bin von seiner Authentizität überzeugt«, sagte von Lorenz sofort. »Ich habe nicht viele Briefe von Hieronymus bekommen, doch Qualität, Sprache und Schriftbild sind vollkommen kohärent.«

Das konnte man leicht behaupten. Ines wollte nicht über seine Erfahrung mit Handschriften urteilen, wusste sie schließlich auch das eine oder andere darüber. »Ich muss ihn sehen«, sagte sie. Etwas zu hastig.

»Das werden wir schon einrichten können«, sagte von Lorenz. »Wird es Ihnen zunächst genügen, eine Fotokopie zu erhalten, bis sie hierher kommen können?«

Sie nickte. »Genau darum hätte ich Sie gebeten. Es ist weise, ein so wichtiges Beweisstück nicht herumzutragen.«

»Wunderbar.« Von Lorenz schien etwas ruhiger, doch noch auf etwas zu warten.

»Was denken Sie?«, fragte Ines ihn direkt. »Ich habe Sie das schon einmal gefragt. Wollte er wirklich sterben?«

Von Lorenz fuhr mit den Fingern über das Papier, als ob sie die Essenz des Toten durch seine Schrift hätten aufnehmen können. »Ich weiß es nicht«, sagte er resigniert. »Alles deutete darauf hin, nicht wahr? Ich bin beruhigt von dem Gedanken, dass, wenn ich schon mit seinem Tode beschäftigt war, so es doch kein Mord gewesen zu sein scheint - was mich wirklich belastet hat, verstehen Sie?«

Ines nickte, auch wenn sie innerlich nicht ermessen konnte, was von Lorenz für Gedanken gehabt haben musste. Es war leichter zu akzeptieren, dass er einem Freund geholfen und ihn nicht aus niederen Beweggründen umgebracht hatte - etwas, das einem Alten vollkommen ungeheuerlich vorkommen musste; wenn auch nicht unbedingt ungeheuerlicher, als es die Tatsache war, dass ein Unsterblicher offenbar seiner Existenz absichtlich ein Ende machen wollte. So oder so: Sie brauchte Zeit zum Reflektieren.

»Ich werde über diese Sache nachdenken«, sagte Ines voller Eindringlichkeit. »Bitte teilen Sie mir unverzüglich mit, wenn Ihnen noch etwas einfällt«, sagte sie. »Oder wenn Sie mir sagen möchten, woher der Brief stammt.«

Von Lorenz nickte betreten. »Ich denke, ich werde es Ihnen jetzt sagen.«

Ines' Augenbrauen fuhren in die Höhe. »Nun?«

»Er lag ganz oben auf meinem Briefwechsel mit Hieronymus. Es …« Sie sah, dass er mit den Tränen kämpfte. »Es ist nur so, dass ich erst jetzt die Kraft fand, über meine Unterlagen zu sehen.«

Sie nickte. »Ich verstehe.«

Erstaunlich, dass niemand daran gedacht hatte, diesen Brief verschwinden zu lassen. Wieso hatte man ihn übersehen?

Sie schüttelte den Kopf, halb belustigt. ›Keine Zeit für Verschwörungen, Ines.‹

»Bitte?« Von Lorenz taxierte die Ermittlerin.

»Nichts«, log sie rasch. »Ich danke Ihnen für dieses sehr interessante Gespräch. Wenn ich noch etwas für Sie tun …«

»Ach danke, aber ehrlich gesagt, glaube ich, dass es besser ist, wenn ich ein wenig allein darüber nachdenken kann.«

»Gut«, sagte Ines. »Auf Wiedersehen.«

»Auf Wiedersehen, Frau Schultheiss.«

Das blaue Glühen erstarb und zurück auf der nackten Projektionswand ihr gegenüber blieben wieder einmal mehr Fragen als Antworten. Ines seufzte, stand aus dem Sessel auf und fragte sich, was als Nächstes passieren würde. Anscheinend hatte dieses Rätsel beschlossen, seine Geheimnisse dann preiszugeben, wenn es selbst das für angemessen hielt - egal, was sie auch anstellte. Belustigt schüttelte sie noch einmal den Kopf. Das konnte doch nicht wahr sein. Dieser »Abschiedsbrief« passte viel zu gut. Das war noch nicht die ganze Wahrheit.

16.

Sie wusste keineswegs, ob es eine gute Idee war, ihrer Impulsivität zu folgen. Doch da sie jetzt schon einmal da war, konnte sie genauso gut um Einlass bitten und sehen, was sich ergab.

Bevor sie die Kraft fand, das Klingelschild zu entziffern, drehte sie sich um die eigene Achse und musterte die Mietskasernenwüste von Neu-Kronsberg, versteckt und vergessen hinter der alten Messeautobahn, die, obschon längst von kaum mehr als den Landwirtschaftsrobotern verwendet, noch immer die Grenze der Kernstadt ausmachte. Ines bewunderte die Menschen, die hierhergekommen waren, manchmal mit den bloßen Kleidern am Leib, um der Wasserhölle des Nordens zu entfliehen. Und doch, schien es ihr, war niemand von ihnen hier heimisch geworden. Und niemand hätte heimisch werden können, denn nirgendwo zeigte sich deutlicher die Diskrepanz zwischen willkommenem Wachstum und unwillkommenen Wachstumsdienern. Hastig sog sie einen weiteren Atemzug der Neu-Kronsberger Luft in ihre kalten Lungen und erinnerte sich, warum sie hier war.

Halb entschlossen drückte sie auf den Knopf hinter dem in leicht verwitterten Lettern »Altmann« stand. Altmann war kein Hamburger Flüchtling wie sie, sondern kam aus nicht weniger ärmlichen Verhältnissen des Donbass. Sie machte sich keine Mühe, die Widrigkeiten, die er gesehen haben musste, gegen ihre eigenen abzuwägen. Am Ende war sie alt und unsterblich und er verbittert und jung geblieben. Innerlich würdigte sie sich für das unüberlegte Wortspiel, das einmal eine gänzlich andere Bedeutung gehabt hatte, und lauschte der Gegensprechanlage. Bemerkte erst jetzt die schmutzige Kamera über den beschrifteten Schildchen und zog unwillkürlich ihren Trenchcoat zurecht.

»Sie«, schnarrte es aus dem Lautsprecher. »Was wollen Sie?«

»Ihnen helfen«, sagte Ines wie aus der Pistole geschossen.

»Pffft.« Die schlechte Qualität der Anlage vermochte sein Grunzen in einer Art zu verstärken, dass es abwertender nicht hätte wirken können.

»Herr Altmann«, sagte sie, »ich weiß, dass auch Sie herausfinden wollen, was passiert ist.«

Stille.

»Es ist bekannt, was passiert ist«, schnarrte es schließlich zurück. »Stand alles in der Zeitung und dem Polizeibericht.«

»Und nichts von dem, was ich Ihnen gestern erzählt habe, hat Ihre Zweifel geweckt?«

»Pffft.« Dann wieder Stille. Ines sagte sich, dass er mit sich kämpfen musste, doch vielleicht irrte sie sich und er wollte sie nur nicht kommentarlos abservieren. Die Profilerin in ihr sagte, dass er es ohne Zögern tun würde, wenn er wollte.

»Also schön«, grunzte die Gegensprechanlage. »Aber wehe, Sie können mir nichts Neues erzählen.«

Ines wollte antworten, dass er die richtige Entscheidung traf, doch ging der Kommentar im Summen des Türöffners unter. Immerhin, es war ein Anfang.

# # #

Es roch nach Zimtplätzchen - so weihnachtlich war ihr noch nicht zumute - und war viel zu warm in seiner Wohnung. Ines wollte sich eigentlich nicht damit beschäftigen, Einrichtung und Arrangement zu analysieren, doch musste sie schließlich den antrainierten Instinkten nachgeben. Die größtenteils aus Vollholz bestehenden Möbel waren für einen Jungen bemerkenswert passend zusammengestellt, wenn auch etwas zu billig verarbeitet für jemanden, der es trotz Flucht und der Perspektive, wahrscheinlich niemals ins Programm zu gelangen, zu etwas gebracht hatte.

Sein Beruf äußerte sich in großformatigen Photographien von mit Gegensätzen gespickten Collagen, die den Isolationskult der Alten dadurch zu kritisieren suchten, Arme und Mittellose mit ihnen zusammen darzustellen. Sie spürte Anerkennung für einen Kampf, der geführt werden musste, auch wenn er aussichtslos schien. Vielleicht, dachte Ines, war sie eine der wenigen Alten der Erde, die immerhin verstehen mochte, worum es ihm ging.

»Ich würde gerne helfen, Ihre Perspektive der Alten positiv zu gestalten«, sagte sie.

Altmann ignorierte den Satz, doch er hielt ihr stattdessen eine frische Tasse Kaffee vor die Nase.

»Sie sind nicht hier, um über das Elend der Welt zu philosophieren«, sagte er bestimmt, doch auf eine überraschende Art auch eigenartig sanft.

»Wenn jemand stirbt, so muss man trauern, egal, um wen es sich handelt.«

»So viel Humanismus höre ich nicht oft, wissen Sie.«

Ines nickte. »Ich habe viele Alte kennengelernt, die sich für Humanisten halten und doch nur Speziesisten sind.«

»Und so viel Offenheit auch nicht.«

Sie versuchte sich an einem zögerlichen Lächeln, wartete sie doch darauf, dass er ihr einen Sitzplatz anbot. Doch vielleicht war es seine Art, zu rebellieren, dass er hier und jetzt, wo er die Kontrolle hatte, die Konvention zurechtbog, nein, geradezu beugte.

»Sehen Sie, Frau Schultheiss«, sagte er, »Sie haben mich etwas überrumpelt gestern. Was Sie sagen, klingt plausibel, und doch ist es nicht das, was ich erinnere. Ich meine … ich für meinen Teil will nicht glauben, dass es Ungereimtheiten gibt. Ich will einfach nur in Ruhe verarbeiten, dass er gestorben ist. Ich entschuldige mich für die … Aufgewühltheit, die ich gezeigt habe.«

Ines musterte Altmann. Er zeigte bemerkenswerte Ruhe dafür, dass er, und da hatte er recht, tags zuvor noch sehr emotional gewesen war. Sie hatte erwartet, dass er sie für ihre unangemessene Art zurechtweisen würde. Sie war ihm zu nahegetreten, und er war ein Mann, der sich das gewiss nicht gefallen ließ. Und doch stand er gefasst vor ihr und analysierte seine eigene Reaktion - wahrscheinlich in dem sicheren Wissen, dass sie es auch tun würde. Womöglich, dachte sie, wollte er ihrem Urteil auf die Sprünge helfen. Doch da würde er kein Glück haben.

»Auch ich habe mich zu entschuldigen«, sagte sie. »Ich bin Ihnen unangemessen nahegetreten.«

Altmann wiegte nachdenklich den Kopf hin und her. »Sehen Sie, gestern hätte ich Ihnen noch zugestimmt. Doch ich glaube, ich begreife, warum es notwendig war.«

Ines sagte nichts, sondern musterte ihn lediglich.

»Ja«, nickte er wie zu sich selbst. »Es war nötig, mir in der schonungslosen Offenheit Ihrer Überzeugung zu sagen, was Sie dachten«, sagte er. »Deswegen glaube ich, dass Sie mir wirklich helfen wollen. Dass Sie ein hehres Ziel verfolgen.«

»Ja«, sagte Ines.

»Wir wollen uns setzen«, sagte er endlich und bot ihr einen der altmodischen Schaukelstühle an.

»Ukrainische Handwerkstradition«, sagte er und wirkte etwas melancholisch, doch fügte er nichts weiter hinzu.

»Schön«, sagte Ines und wartete. Er musste ihr erst erlauben, weiter vorzudringen.

»Worum«, fragte er, »geht es Herrn von Lorenz?«

Sie sagte nichts. Wartete, worauf er hinaus wollte.

»Sie sagen, es gibt Ungereimtheiten. Dass Hieronymus ... ermordet worden sei. Ich verstehe das nicht.«

»Genau deswegen kam Constantin von Lorenz zu mir", entgegnete Ines. »Er versteht es auch nicht, und ich ...« Sie zögerte. »Ich verstehe es auch noch nicht.«

»Was genau gibt es denn zu verstehen?«, fragte Altmann mit unüberhörbarer Zurückhaltung.

Ines seufzte und nahm ihr Pad heraus. Wischte umständlich die Dinge zurecht, die sie ihm zeigen wollte und versteckte jene, die er - für den Moment - nicht zu sehen bekommen sollte.

Farbe wich aus einem Gesicht, das nur vermutet, doch niemals ernsthaft befürchtet hatte, was sie ihm präsentierte. Der ramponierte Leichnam Ballins zeigte sich auf dem viel zu kleinen, viel zu hoch aufgelösten Display und trieb ihm die Tränen ins Gesicht.

»Ich ... ich verstehe das nicht«, stammelte er und versah damit ironischerweise seine vorherige Einschätzung mit einer ganz anderen Bedeutung. Wog innerlich anscheinend ab zwischen Zorn und unendlicher Trauer und entschied sich für letzteres.

»Woher haben Sie das?«

Ines musterte den Mann. Umso wichtiger war jetzt, dass sie herausbekam, was er für die eigentliche wahre Version der Ereignisse hielt. »Es ist in der Pathologie des Landeskriminalamtes aufgenommen worden«, sagte sie, dabei verschweigend, wer den Auslöser der Kamera betätigt hatte und unter welchem Umständen.

»Das kann doch nicht sein«, sagte Altmann. »Nach der Kollision wurde er in das Laatzener Agnes-Karll-Krankenhaus gebracht und verstarb dort. Er war in keiner Pathologie.«

»Die Photographien haben GPS-Stempel«, sagte Ines gezwungen matt, denn Triumph durfte sie auf keinen Fall zeigen.

»Ja …« Altmann schob Foto um Foto über die Display-Slideshow. »Ja, das sehe ich. Ich verstehe es nur nicht.«

»Dann …«, sagte Ines, »sind wir jetzt schon mal drei.«

»Ich tue Constantin von Lorenz unrecht«, sagte Altmann, offenbar empört über sich selbst. »Ich werfe ihm all die Dinge an den Kopf, die uns trennten, und dabei bin ich es, der die offensichtlichen Dinge nicht zu sehen imstande ist.«

»Seien Sie nicht zu hart zu sich«, sagte Ines. Dann, nach einem Moment: »Es würde mich nicht wundern, wenn Sie nicht allein dafür verantwortlich wären, sich nicht präzise an die Ereignisse jenes Tages zu erinnern.«

»Wie meinen Sie das?«

Langsam wiegte sich Ines in dem Lehnstuhl hin und her. Sie konnte sich nicht der Bequemlichkeit, die er eigentlich bot, hingeben, doch verstand sie es, dennoch nicht zu angespannt auszusehen. »Ich meine damit, Constantin von Lorenz' Erinnerungen wurden verändert oder gelöscht oder beides. Und …«

Altmann riss die Augen auf. »Sie glauben, bei mir ist es ebenso?«

Ines nickte betrübt und musste sich zusammenreißen, nicht die Freude über die entlockte Erkenntnis in den Vordergrund zu stellen. Die Erinnerung daran, wie sehr es zugleich möglich schien, dass Altmann Mörder und Gedächtnis-Manipulator zugleich sein konnte, flammte in ihr auf und hinterließ das wohlige Gefühl des Ermittlungserfolgs, das sie so vermisst hatte. »Glauben ist in meinem Beruf eher fehl am Platze, wie Sie wissen. Doch ja, ich bin ganz und gar davon überzeugt.«

»Wie ist das nur möglich?«

»Genauso wie die Frage danach, wie Hieronymus Ballin wirklich umgekommen ist, scheint mir die Antwort auf diese Frage das zentrale Problem zu sein. Darüber hinaus jedoch auch Folgendes: Gesetzt den Fall, wir haben recht - wer könnte ein Interesse daran haben, so etwas zu tun?«

Altmann nickte. Fassungslos blickte er sich in seinem Wohnzimmer um, blieb bei Ines hängen, doch er musste die Augen wieder abwenden. In jenem Moment schien es, als stierten all die Alten auf seinen anklagend arrangierten Fotos ihn an wie einen Schuljungen, den es zurechtzuweisen galt.

Mitleidig fühlte sie mit ihm, doch sie bremste sich immer wieder. Es gab keine Entlastung. Weder für von Lorenz noch für Altmann, egal, wie plausibel alles schien, was sie jeweils vorbrachten. Sichere Beweise zu finden ...

Ines versuchte, die unmögliche Aufgabe zu erfassen, die da noch vor ihr lag. Unmöglich allein, weil sie keine Idee hatte, wie sie es anstellen sollte. Und wenn nun jemand drittes die vorhandenen Beweise in den Gehirnen der Männer längst getilgt hatte ...

»Ich bin bestrebt, nichts auszuschließen«, sagte sie schließlich, »doch mir scheint, dass nur zwei Möglichkeiten übrig bleiben.«

Fragend blickte Altmann sie an. Teilnahmslos saß er da und wartete, dass etwas passierte - auch wenn er längst begriffen hatte, dass sich das Rätsel so nicht würde auflösen lassen. »Was?«, stammelte er Ines entgegen, doch sie wusste, dass er es nicht wirklich wissen wollte. Dass er nicht würde hören wollen, er und von Lorenz seien Verdächtige.

»Die zwei Möglichkeiten«, sagte Ines, »sind persönliches Motiv ... oder politisches.«

»Politisches?«

Ines zögerte, von Ballins Abschiedsbrief zu erzählen, den von Lorenz aufgetan hatte.

»Angenommen ... es war kein Unfall.«

„... sondern Mord?«

Ines nickte finster. Sah, wie Altmann die Faust ballte.

»Ich kann nicht glauben, was Sie sagen. Wer würde ihn umbringen wollen?«

»Das weiß ich nicht, und deshalb sitze ich hier«, sagte Ines. »Sie haben ihn ... am besten gekannt.«

»Ja ...«, sagte Altmann. »Ja.«

Er nahm einen Schluck aus seiner Tasse, als könne er auf diese Weise ermessen, was sie ihm erzählt hatte. »Frau Schultheiss, ich kann mich an nichts erinnern, was darauf hindeuten würde, dass Hieronymus auch nur einen einzigen Alten vor den Kopf gestoßen hätte.«

Nachdenklich legte Ines den Kopf zur Seite. »Das verstehe ich. Vielen Dank.«

»Sie …« Altmann zögerte. »Sie sind damit zufrieden?«

Ines lächelte. »Sehen Sie, ich habe schon vor langer Zeit gelernt, dass jemand entweder die Wahrheit sagt oder lügt, aber beides immer mit Absicht. Lassen Sie mich daher offen zu Ihnen sein. Wenn Sie lügen, so wird weitere Fragerei dies nicht ändern, und wenn Sie umgekehrt die Wahrheit sagen, so weiß ich alles, was es zu wissen gibt.«

Altmann nickte anerkennend. »Diese Weisheit ist nicht zu leugnen. Was jedoch, wenn ich … mich nicht erinnern könnte?«

»Eine wohlüberlegte Anmerkung«, sagte Ines. »Constantin von Lorenz war deshalb beim Mnemologen. Ne mementum, quod erat deletandum.«

»Weil man nicht erinnert, was man vergessen hat«, sagte Altmann mehr zu sich selbst. »Jetzt verstehe ich.«

Überrascht sah Ines von ihrer Kaffeetasse auf. »Ja?«

»Ja«, sagte Altmann. »Dann ist es Mord.«

Fragend blickte sie ihn an.

»Ich meine, wenn von Lorenz sich nicht erinnern kann, wie Hieronymus gestorben ist, obschon er ihm zu meinem großen Unbill sehr … nahestand, dann könnte es, was ich nicht sicher weiß, bei mir genauso sein. Und der Schluss kann nur sein, dass die Bilder, die Sie mir gezeigt haben, echt sind und Hieronymus keines natürlichen Todes gestorben ist.«

»Doch warum das ganze vertuschen?«, fragte Ines, obschon sie die Antwort kannte. Ihre Antwort. Und sie musste nicht lange auf die Bestätigung warten.

»Alte sind ermordet worden, ohne dass es vertuscht wurde - was wir nur wissen, weil es eben nicht vertuscht wurde, nicht wahr?«

»Ja, wieso?«, fragte Ines.

Altmann lächelte grimmig und traurig zugleich. »Doch niemals... war ein Alter der Mörder.«

Ines nahm ihr Pad heraus und wischte eilige Kommandos hinein. »Es gibt siebenhundertdreiundzwanzig Fälle von Mord an Alten in der öffentlichen Datenbank. In vierunddreißig Jahren.«

»Und?«, fragte Altmann.

»Sie haben recht«, sagte Ines. Natürlich hatte er recht. Jeder Junge auf dem Planeten wusste das. Jeder Alte genauso. »Alte begehen keine Verbrechen.«

»Vielleicht doch.« Altmann sah unglücklich aus. »Zumindest, so muss man sich fragen, keine, die bekannt werden.«

»Ja …«, sagte Ines. »Herr Altmann, ich würde Sie bitten, auch Ihr Gedächtnis untersuchen zu lassen.«

Altmann nickte. »Sie haben recht. Es muss sein.«

Zufrieden schaukelte Ines vor sich hin. Er hatte zugestimmt. Dann war die Chance, dass Altmann selbst ihn ermordet hatte, eher gering. Zumindest sofern er es nicht einfach nur vergessen hatte.

»Was müssen wir tun?«, fragte Altmann. »Wo waren Sie mit Constantin von Lorenz?«

»Dr. Sven-Ingvar Michaelsson, Am Marstall«, sagte Ines.

»Entschuldigen Sie mich bitte«, sagte Altmann. »Ich gehe telefonieren.«

»Selbstverständlich.«

Sobald er den Raum verlassen hatte, sprang sie auf. Zu gut war die Gelegenheit, sagte die kalte, unverhoffte Chance. Moral kämpfte mit Neugier, Anstand mit Ermittlerinnenheißsporn. Zu gut war die Gelegenheit, diktierte nun auch ihr Ermittlerverstand. Ruhig ging sie durch den Raum, betont leise und unauffällig. Und dann, wann immer sie vor der Schublade eines Schrankes oder einer Kommode stand, zog sie sie ruckartig und doch leise auf und linste hinein. Ordner, Unterlagen, Schreibkram. Unmöglich konnte sie jetzt darin wühlen oder nach etwas Bestimmtem suchen. Nein. Nur einen Eindruck bekommen, dachte sie. Die Tasse mit dem jämmerlichen Rest Kaffee als Versicherung der Beiläufigkeit in der Hand bewegte sie sich im Uhrzeigersinn zum Fenster hinter dem Schreibtisch. Noch hörte sie, wie Altmann mit der hohen, etwas künstlichen Inkarnation seiner Stimme sprach, wie die meisten Leute es beim Telefonieren zu tun pflegten. Trotzdem musste sie sich vorsehen … was war das?

Zitternd lag die Hand auf dem Griff der mittleren Schublade von Altmanns Schreibtisch und wagte es nicht, sie weiter aufzuziehen, zu deutlich sah Ines den Schatten, der sich darin abzeichnete. Es konnte alles oder nichts bedeuten, doch Altmann besaß eine Pistole. Sie wusste natürlich, dass Ballin erwürgt, und nicht erschossen worden war, doch das bedeutete nicht, dass man Altmann nur anständige Ziele unterstellen dürfte … Rasch schob sie den Schreibtisch wieder zu und nahm eine neutrale Position am Fenster ein. Sie ermahnte sich, dass es nichts bedeuten musste. Sie hatte ihn bisher nicht gefragt, ob er mit Ballins Tod zu tun hatte, also hatte sie kein Recht, seine implizite Aussage anzuzweifeln. Und wenn er zudem einer mnemologischen Untersuchung zustimmte … Ja. François könnte sicher herausfinden, ob die Waffe korrekt registriert war.

»Es ist nur der Kronsberg«, sagte Altmann entschuldigend, als er zurückkehrte, »nicht der Rethener Markt oder die Calenberger Neustadt oder das Zooviertel.«

»Ich weiß, dass ich mir kaum erlauben kann, etwas darauf zu erwidern, da ich eines dekadenteren Horizontes meiner Wohnung schuldig bin«, sagte sie, »doch fand ich den Ausblick auf Landschaft, die mehr als nur zugebaut ist, immer angenehmer.«

»Sie können die Nordsee sehen, nehme ich an«, sagte Altmann.

Ines nickte schuldbewusst. »Und die Wedemärker Hallig und den Deister und an guten Tagen sogar den Harz.«

»Erkauft mit Heldenmut in jungen Jahren.«

»Wir werden zusammen eine weitere Heldentat vollbringen«, sagte sie jovial. »Wir werden herausfinden, was man hier mühsam verborgen hat.«

»Da bin ich mir nicht so sicher«, sagte Altmann resigniert.

»Wieso?«

»Ihr Mnemologe Dr. Michaelsson wies mich ab. Mit einer, wie ich bemerken darf, durchaus glaubhaften Begründung.«

»Was hat er denn gesagt?«, fragte Ines.

»Nun, er war sehr … direkt«, sagte Altmann. »Er habe diesen Monat bereits genügend neue Patienten aufgenommen und würde lieber Alte behandeln.«

»Natürlich«, sagte Ines. »Und das Ihnen.« Sie seufzte. »Ich regle das.«

Altmann nickte. »Wenn Sie es hinbekommen, so werde ich es durchführen lassen.«

»Gut.«

Versonnen blickte sie noch einmal auf den kaum einhundert Meter hohen Kronsberg, linste wieder zur mittleren Schublade mit der Pistole und fixierte dann Sergej Altmann. »Ich freue mich darüber, dass wir so offen sprechen konnten.«

Sie deutete eine Verbeugung an und vermochte nicht zu ermessen, wie viel es ihm bedeuten musste, dass eine Alte ihm genügend Respekt zeigte. »Sie hören von mir.«

»Danke«, sagte Altmann und zum ersten Mal klang es nicht nur ehrlich, sondern auch aufrichtig.

Ines nickte und machte sich auf einen Weg, der, wie sie wusste, nur noch weiter ins Ungewisse führte.

# # #

Es war wieder kalt geworden in Neu Hamburg. So kalt, dass Ines' Trenchcoat nicht mehr auszureichen vermochte und sie darüber hinaus das Gefühl hatte, das charakteristische Frostquietschen der Kapseln hören zu können, auch wenn es noch kaum frostig genug dafür war. Erinnerungen an Katastrophen in der Frühzeit der Technologie kamen in ihr auf. Ungewollt schwemmte ihr aufgewühlter Verstand Bilder von zerborstenen Vakuumleitungen an die Oberfläche ihrer Wahrnehmung, bis sie die unvermeidlichen Flashbacks an jene Nacht vor zehn Jahren sah. Michel …

Sie riss sich zusammen und begriff, dass es keinen Sinn haben würde, Dr. Michaelsson in ihrem Zustand anzurufen. Einmal mehr ignorierte sie die freundlichen, wenn auch programmiert-erzwungenen Worte ihres Haushaltsroboters und brühte sich eigenhändig so starken Kaffee, dass der zu schnelle Abbau des Koffeins durch ihre programmierte DNA zumindest die Illusion eines Effektes erzeugen konnte.

Minutenlang stand sie reglos vor dem großen Terrassenfenster und starrte hinaus in die Aussicht, der Sergej Altmann nur kurz zuvor gespottet hatte. Die kalte, klare Luft gab endlich einmal den Blick frei auf die ungestüme Nordseebrandung, die schonungslos die Docks und Strände der Stadtteile Nordhafen, Vahrenheide und Isernhagen in Gischt und Salz und Meer tauchte. Selbst am Fenster fröstelte es sie noch. Der Mnemologe wollte also lieber Alte behandeln. Seltsam. Warum sollten sie ihn denn nur aufsuchen?

Gab es etwa noch mehr Menschen wie Constantin von Lorenz, die nicht sicher waren, ob sie Erinnerungen *verloren* hatten?

Ines beschloss, dass sie gut daran tun würde, sich an das zu halten, was sie hatte, und nicht über andere Alte mit anderen Problemen zu spekulieren. Hier und jetzt ging es um Sergej Altmann.

Geübt schnippte sie mit den Fingern, teilte Helmut mit, was sie zu tun gedachte und fragte sich nochmals, ob sie eigentlich wusste, worauf sie sich da eingelassen hatte. Ob sie am Ende auf der falschen Seite stand. Blickte für einen winzigen Moment tief in ihr Herz und erahnte, dass diese Identität der verdienstvollen Alten, die keinen Finger mehr krumm zu machen brauchten, mehr Risse von innen als von außen bekommen hatte. Und dann fand sie die Kontrolle wieder. Was sie betraf, hatte auch das noch Zeit. Später. Immer später.

Sie betrat schließlich den fertig vorbereiteten Fernsprechraum, der schon gemächlich das Holo-Glühen zeigte, und setzte sich in den viel zu vertrauten Sessel, der dafür sorgte, dass die Aufnahme sie dem Gegenüber optimal zeigen konnte. Ines Schultheiss holte tief Luft und vergewisserte sich, dass sie in der Lage war, das Gespräch zu führen, das sie wollte. Dr. Michaelsson würde keine Chance haben.

# # #

Sven-Ingvar Michaelsson rieb genüsslich die Handinnenflächen aneinander, als die Verbindung hergestellt wurde. Ines wusste nicht, was er damit ausdrücken wollte, doch sie setzte *das* Gesicht auf. Raubtierhaft unschuldig lächelte sie den Arzt an und hob entschuldigend die Hände.

»Es bedrückt mich, Sie schon wieder stören zu müssen«, sagte sie mit *der* Stimme, süß wie Honig. »Schließlich sind Sie ein vielbeschäftigter Mann.«

»Zuviel des Lobes«, flötete Michaelsson zurück. »Womit kann ich dienen?«

»Ich brauche noch einen Termin«, sagte Ines.

Seine Miene erstarrte. »Ich fürchte, Sie erwischen mich unpässlich.«

»So?«

»Ich ...« Der Schwede räusperte sich umständlich und beugte sich leicht vor, als wolle er flüstern. »Ich kann Sie unmöglich dieses Quartal noch einmal dazwischenschieben.«

Ines zog eine Augenbraue in die Höhe, doch sie zwang sich, nicht spitz darauf hinzuweisen, dass für Constantin von Lorenz innerhalb weniger Tage ein Termin zu finden gewesen war. »Das ist sehr bedauerlich ...«, flötete Ines zurück. »Doch ich würde nicht zu einem Mnemologen gehen, dem ich nicht voll und ganz vertraue.« Sie überlegte, ob sie hinzufügen sollte, dass die Zeit, die sie redeten, gut und gerne auch für eine zusätzliche Untersuchung verwendet werden konnte, doch es war nicht der richtige Zeitpunkt dafür.

Michaelsson wirkte jetzt vollkommen elend. »In der Tat ... bedauerlich.«

Wieder der flüchtige Eindruck, als wolle er ihr etwas mitteilen, ohne es sagen zu können. Konnte es sein, überlegte Ines, dass ihm jemand ... verboten hatte, sie zu behandeln? Sie seufzte. »Also schön.«

»Ja?« Hoffnung keimte in seinem Blick auf, als könnte er es kaum abwarten, die erlösende Nachricht ihrer Aufgabe zu erhalten. Doch nicht um seiner selbst willen.

»Bitte nennen Sie mir den besten Kollegen Ihres Faches«, sagte Ines schroff, um deutlich zu machen, wie enttäuscht sie war, obschon sie längst eingesehen hatte, dass es vermutlich keinen Unterschied bedeutete.

»In Neu Hamburg?«

Ines nickte.

»Ich ...« Der Mnemologe zögerte. »Mir fällt niemand ein, dem ich Sie anvertrauen würde.«

»Und ... jemand anderen?«, fragte sie zaghaft.

»Alt?«

»Vielleicht«, entgegnete Ines.

Michaelsson zog nun seinerseits eine Augenbraue hoch. »Nun, den Pöbel können Sie natürlich zu Dr. Precht schicken, ins Empelder Ghetto.«

»Wie bitte?«

Michaelsson sah unendlich elend aus, als hoffte er, dass sein ganz sicher nur vorgeschobener Autospeziesismus ihn vor ihrem Zorn retten könnte. »Den Pöbel verarzte ich ohnehin nicht«, insistierte er. »Precht, Empelde.«

»Ich verstehe«, sagte Ines.

»Gut«, sagte Michaelsson. »Gut, gut, gut. Auf Wiedersehen, Frau Kommissar.«

»Auf Wiedersehen.«

Der Mnemologe verblasste, doch nicht die Zweifel und Aufgebrachtheit in Ines' Verstand. Hatte er sie ›Frau Kommissar‹ genannt? Warum? Hatte er das Gefühl, dass sie an etwas … herumforschte? Ines hielt inne und genoss das langsame Zusammenstürzen der levitierten Luftpartikel, die die Form des schwedischen Mnemologen verloren und zu Boden fielen. Nein, es war eine Botschaft. Jemand wollte nicht, dass sie ermittelte. Und Michaelsson hatte es bereits ausbaden müssen. War gar Klaus-Peter Haßloch in der Praxis am Marstall zu einem unangekündigten Besuch gekommen, wie bei ihr ein paar Tage zuvor? Kein Wunder, dass er sie oder jemanden, den sie ihm anschleppte, nicht untersuchen wollte.

Ines kam aus dem Fernsprechzimmer und blickte erneut aufs Meer. Die Zeichen standen auf Sturm.

# # #

Sie war aufgewühlt, keine Frage. Ohne groß darüber nachzudenken, hatte sie den Wintermantel gepackt und war auf dem Weg auf die Straße. Sie wusste nicht, *warum*, doch genau, *wohin* sie jetzt musste. An den Tatort. Ines fröstelte, als sie in den kalten November hinein die frische Brise der Nordseeküste einatmete, zum Kapselbahnhof ging und einmal mehr ganz deutlich spürte, wie es nicht die Kälte war, die ihr Rückgrat hinaufkletterte und eine sich bleiern und schwer anfühlende Kette um ihren Hals legen wollte.

Keinen Gedanken verschwendete sie an die Architektur der Calenberger Neustadt, die sie sonst mit Nostalgie einer Zeit erfüllte, die sie kaum kannte und die längst vollkommen vergangen war. Ihre Beine trugen sie, ohne dass sie bewusst darüber nachgedacht hätte. Es war zu leicht, Constantin von Lorenz einfach zu glauben. Doch wie sollte sie ihn nur dazu bringen, die Authentizität des Briefes untersuchen zu lassen?

Ines seufzte einen langen Schweif kondensierender Luft in die alten Arkaden am Leibnizufer und ging hinab in die Unterwelt der Kapselbahnen. ›Nicht abkaufen‹ war der einzige, geradezu ikonographisch persistierende Gedanke, der in ihr noch vorhanden war, als sie an der automatisierten Durchlassschranke abwesend den Zielort in den Touchscreen eintippte.

Nach dem charakteristischen ›Plopp‹ des Unterdrucks lehnte sie sich zurück und genoss die achtundzwanzigeinhalb Sekunden Transfer zum Rethener Marktplatz.

Zehn Kilometer südlich war der Wind nicht so beißend, doch nicht weniger winterlich. Gehetzt beobachtete sie zwar, dass ihr normalerweise detailversessener Blick über die neue Stadtmitte einfach hinwegstreifte, rastlos die mentalen Bilder von Hieronymus Ballins vermeintlichem Abschiedsbrief suchend. Plötzlich blieb sie stehen, noch ein ganzes Stück von der Leine entfernt, und sah, dass die Lösung ganz nahe vor ihr lag. Dass der Brief zwar Teil davon war, doch nicht die Antwort enthielt, die sie … fühlte.

Es musste eine halbe Ewigkeit lang gebrummt und vibriert haben, dann schließlich begriff sie, wie ein Teil ihrer inneren Unruhe auf das Padphone in ihrer Handtasche zurückzuführen war. Zittrig und mit kalten Fingern befreite sie das Technologiestück aus der Lederhülle und blickte gelangweilt auf den Bildschirm. Textnachricht von François. Er konnte doch nicht …

Dieser Teufelskerl!

»Ines, nur ganz kurz. Ich habe noch nicht alle Details darüber, aber schon einmal vorweg: Du weißt, dass Sergej Altmann nur Stunden nach Ballins Ableben im Krankenhaus war? Die digitalen Akten geben eigenartigerweise nicht her, um was es sich handelte, aber ich bin mir ganz sicher, dass die Signatur der Datei, die seine Aufnahme dokumentiert, authentisch ist. Ich versuche weiter, herauszufinden, warum er dort war.

Viele Grüße

François «

Sie schüttelte den Kopf. Deswegen sollte man immer im Team ermitteln, erinnerte sie sich. Denn zwei Gehirne dachten an mehr als ein einzelnes. Und drei Gehirne … gut, irgendwann verbrauchte der Schwall aus Meetings und Koordinationsprotokollen mehr Zeit, als er einbrachte, aber ganz, ganz kurz fühlte sie sich zurückversetzt in die Zeit, als …

Ines seufzte und erinnerte sich, warum sie hier war. Lenkte ihre Schritte weiter in Richtung Leinebrücke und dachte über die neue Information nach. Wenn Altmann im Krankenhaus gewesen war, dann entweder um sich selbst behandeln zu lassen oder nach Ballin zu sehen. War es möglich, dass Ballin nicht an Ort und Stelle gestorben war, wie die Akten es sagten? Was, wenn er, schwer verletzt von seinem Suizidversuch, eingeliefert worden war und man um sein Leben gekämpft hatte?

Spekulationen, sagte sie sich. François würde es schon herausbekommen. Und dann …

»Altmann hat eine Pistole«, schrieb sie ihm. »Finde heraus, ob sie gemeldet ist und alles andere. Danke.«

Das hätte sie beinahe vergessen. Sie war nicht sicher, wie wichtig es sein mochte, schließlich konnte Altmann Ballin nicht erschossen haben, so viel war klar. Trotzdem … wenn ein Junger eine Waffe hatte, so durfte sie nicht einfach darüber hinweggehen.

Eine Möwe entledigte sich ihrer Notdurft so knapp neben ihrer Schulter, dass Ines viel zu schnell wieder in die Realität katapultiert wurde. Sie dachte nicht über Glück oder Determinismus an sich nach, sondern nur darüber, dass manchmal Details außerhalb des eigenen Einflusses über unmittelbare Ereignisse bestimmten. Dann stand sie am dritten Pfeiler der Brücke, musterte die noch immer vorhandene abgeplatzte Auto-Farbe am Pfeiler und blickte hinunter in das gemächlich dahinfließende Brackwasser. Versuchte, Hieronymus Ballin in seinem Wrack in ihrem Kopf zu visualisieren und erkannte, dass zwei weitere Gestalten mit ihr interessiert das Autonomobil betrachteten: Sergej Altman und Constantin von Lorenz standen Seite an Seite und sahen mit Ines, wie der längst tote Hieronymus Ballin qualvoll im zerquetschten Auto starb.

Oder?

Ines blinzelte. Ballin und von Lorenz standen am Geländer der Brücke und unterhielten sich. Vertraute Blicke wurden ausgetauscht. Eine Träne rollte Ballins makellose Wange hinunter, von Lorenz bot ihm ein Taschentuch, doch mit einem ebenso eleganten wie präzisen Heben der flachen Hand lehnte der Alte ab. Voller Entschlossenheit. Dann, wie aus einem unsichtbaren Dimensionstor entstiegen, kam eine dritte Gestalt auf die Männer hinzu. Brüllte und schrie, doch Ines konnte nicht hören, worum es ging. Sie sah, dass auch der hinzugekommene Mann weinte. Altmann. Wieder und wieder schrie er auf Ballin ein, doch der zuckte mit den Schultern, ließ sich nichts anmerken, von dem Schmerz, der ihn leitete, oder ihm abging. Jetzt erst erblickte sie das geparkte Fahrzeug. Es war nicht am Pfeiler zerschellt, sondern ganz normal abgestellt worden. Makellos wie sein Besitzer. Und doch …

Sie sah wie Ballin einstieg. Sah den Lauf der Pistole, ehe die Scheibe von gespritztem Blut verfärbte, der Airbag aufbrach, obschon er keine Kollision abzufedern mochte und seinem Besitzer nicht das Leben retten konnte. Sah, wie Altmann vergeblich nach den verriegelten Türen trat und schrie und weinte. Wie er von Lorenz erblickte. Auch ihn anfiel wie ein waidwundes Tier, das mit Ballin zusammen innerlich verbluten würde. Doch er ließ nicht von Constantin von Lorenz ab, gab keine Ruhe, versuchte gar, ihn die Brüstung hinunterzuwerfen, als könnte sein Zorn, auf den Alten projiziert, Ballin wieder lebendig machen …

Ines' Padphone vibrierte.

»Du hast nicht zufällig die Seriennummer der Waffe aufgeschrieben?«

Sie ballte die Fäuste. Hatte sie natürlich nicht. Aber sie wusste das Modell, immerhin. »H&K 3k4, 0.45« schrieb sie rasch zurück. »Nummer habe ich nicht.«

»Ok, schon gut.«

Nachdenklich starrte Ines auf die selbstständig aktualisierende Unterhaltung. Das war die Ermittlungsarbeit der Zukunft, doch war es auch ihre Vergangenheit. Sie holte tief Luft und betrachtete die Szenerie. Korrigierte ihr inneres Auge, dass Ballin nicht angeschossen, sondern höchstens bedroht worden sein konnte.

Wenn Altmann die Waffe dabei gehabt hatte. Was niemand mehr beweisen konnte.

»Sie gehörte dem Toten.«

Stille. Ines schien es, als würde das leise Dahinwabern des Wassers mit dem Pfeifen des schreiend kalten Windes zu einem einzigen stummen Ton verschmelzen, der auf seltsam gleichgültige Art und Weise die Zeit anhielt.

Es war Ballins Waffe?

»Bist Du sicher?«

Was für eine dumme Frage.

»Es ist eine H&K 3k4 auf Ballin gemeldet gewesen. Die Akten geben nicht her, ob sie sichergestellt wurde … also scheint es nicht nur möglich, sondern dringend geboten, Altmanns Wohnung für den aktuellen Lagerort zu halten.«

Ines pfiff leicht durch die Vorderzähne und ließ die Zeit wieder weiterlaufen, den Winter gewähren und ihren Verstand frösteln. Es wurde immer komplizierter, nicht einfacher. Was war hier passiert? Welches Drama antiken Ausmaßes hatte sich hier abgespielt?

Sie schüttelte den Kopf und wandte sich zum Gehen. Hier gab es keine Erkenntnis für sie. Wieder brummte das Pad.

»Die Akten des Krankenhauses sind unter Verschluss«, schrieb François. »Tut mir leid.«

Na klar. Nachdenklich blickte sie auf die automatisch angebotenen Antworten ihres Padphones. Die Heuristik versuchte verzweifelt, digital-semantischen Sinn in der Konversation zu finden und schlug Sätze wie ›Wir sehen uns dort‹ und ›Bis bald‹ vor.

»Ich kümmere mich selbst darum«, schrieb sie und wischte den Tastaturschutz aufs Display. Ja, sie würde sich selbst darum kümmern. Ines stolzierte über die altehrwürdige Brücke zurück auf die Rethener Seite, um ein noch ehrwürdigeres Bauwerk aufzusuchen.

17.

Der rote Backstein war verwittert und wirkte doch standhaft wie die sprichwörtliche deutsche Eiche. Sie konnte nur erahnen, welch Elend und Triumph diese Mauern gesehen haben mussten. Fragte sich, ob die entstellten Menschen des Eugenischen Krieges hier Zuflucht gefunden hatten oder abgewiesen worden waren. Stellte nachdenklich fest, dass sie nicht viel über den Verlauf im damaligen Hannover wusste - in Hamburg war es ihr schwer genug gefallen, durchzukommen.

Ines dachte bald an ferne, beinahe vergessene Schmerzen im Rückgrat, an Titanplatten und -schrauben, an Furcht und Hoffnung und vergangenen Zorn.

Ines Schultheiss richtete sich zu voller Größe auf, als sie die von poliertem Stahl gehaltene Milchglaspforte passierte und auf die große Empfangshalle zulief.

Sie hielt sich nicht damit auf, die mondänen Transparenzspielereien des neuen Innenhofes zu genießen, sondern kramte wieder nach dem Pad. François war ihr digitaler Guide.

»Auf welcher Station war Altmann?«

Verzögerung. Nicht durch Signallaufzeit nach Süddeutschland, nein, durch echte, menschliche Schaffenskraft.

Jetzt stellte sie sich doch an die unpolarisierte Scheibe und blickte hinaus in die graue Kälte, aus der sie kam, und betrachtete voller Zufriedenheit die Nebelschwaden, die aus Richtung der Leine auf das Krankenhaus zu waberten.

»Kann ich Ihnen helfen?«

Ines legte sich ins Zeug - die würdevolle Drehung zu der jungen Frau, die hinter ihr stand, dauerte sicherlich mehrere Sekunden -, bedauerte dabei, dass sie ihren Antigravgurt nicht dabei hatte, und sah die Frau schließlich mit großen, sanft zwinkernden Augen an.

»Ich bin nicht sicher«, sagte sie ohne eine Spur von Zweifel, die der weißgekleideten Angestellten unmissverständlich deutlich machte, dass jegliches Scheitern auf sie zurückzuführen wäre …

»Bitte«, sagte die Krankenschwester, deren Schild sie als ›Hildegard Mayer‹ auswies.

»Nun, ich würde gerne einen Freund, Herrn Sergej Altmann besuchen«, sagte Ines und hob das Kinn so hoch, wie sich ihre eigene antispeziesistische Ethik mit dem Habitus der Alten verbinden ließ.

»Ich sehe mal nach, wo er liegt«, sagte Hildegard Mayer sofort und fummelte an einem viel zu winzigen Pad herum. Legte die Stirn in Falten. Ließ die Profilerin vor ihr etwas zu leicht erkennen, wie Horror ihre Gedanken bewölkte, denn natürlich konnten sie einen Mann dieses Namens nicht finden.

»Ich … ich bin nicht sicher«, stammelte die Junge und druckste herum. »Einen Moment bitte.«

»Wie ich bereits sagte … *ich* bin nicht sicher, ob Sie mir helfen können.«

Dabei zog sie das ›Sie‹ so sehr in die Länge, dass es sie selbst beinahe stach. Ungerecht und falsch war es. Es schmerzte sie aufrichtig, die Junge derartig bloßstellen zu müssen, doch wenn sie etwas herausfinden wollte, so konnte sie es nur auf diese Weise erreichen.

»Es tut mir leid«, sagte Hildegard Mayer. »Wirklich.« Sie verbeugte sich umständlich und schien am liebsten auf der Stelle verschwinden zu wollen, doch natürlich ließ die Etikette diese Abkürzung nicht zu.

»Das wird kein Problem sein«, sagte Ines herrisch und im Duktus einer Alten, die immer bekam, was sie wollte und sich nun anschickte, der Krankenschwester zu erklären, wie sie es anzustellen hatte. »Bitte sehen Sie doch einfach nach, ob sie überhaupt Akten über Sergej Altmann haben«, sagte sie und fügte noch hinzu: »Und dann gehen wir einfach auf die Station, auf der er zuletzt war.«

Zitternd wandte die Krankenhausangestellte das Gesicht ab. Sie konnte den Anblick der felsenfest überzeugten Alten nicht länger ertragen, und Ines bewertete sie nicht danach. Hastig atmend wischte sie weiter ihre unruhigen Finger über den Touchscreen, murmelte sich selbst Mut zu und starrte unentwegt auf den viel zu kleinen Bildschirm.

»Ich kann nichts über einen Herrn Altmann finden«, sagte die Krankenschwester, endgültig nur noch aus Schweiß und Scham und Zittern bestehend.

»Also schön.« Ines verachtete den eigenen Hochmut, doch es war die einzige Möglichkeit. Oder?

Hoffnungsvoll blickte Hildegard Mayer sie an.

»Es gibt doch ein Papier-Archiv, nicht wahr?«

Zögerliches Nicken.

»Für den Fall, dass die digitalen Akten … unvollständig sind.«

Zweifelndes Nicken.

»Wir wäre es, wenn wir da nachsehen würden?«

Dankbares Nicken. »Bitte folgen Sie mir«, sagte die Krankenschwester hastig und trippelte in Richtung des Verwaltungstraktes. Ohne Identifizierung winkte sie Ines durch eine Sicherheitsschleuse, auf der übergroß ›Personal‹ stand, und dann ging es auch schon eine ächzende Eisentreppe aus dem letzten oder vorletzten oder vorvorletzten Jahrhundert hinunter in die Katakomben des Krankenhauses. Es roch nach Wäscherei oder Desinfektionsmittel oder beidem - und dann roch es nur noch nach Staub, denn er war überall - eine Schande für eine Heilanstalt, die viel von Hygiene hielt. Doch lagerten hier keine Kranken, sondern nur Papier, und das konnte sich keine Infektionen einfangen. Ines wollte es zu gerne der Tatsache zubilligen, dass wahrscheinlich nur selten jemand herunterkam - doch war man irgendeinem archaischen Verwaltungsakt folgend verpflichtet, analoge Kopien der Akten vorzuhalten. Einerlei. Unsicher suchte Hildegard Mayer das Register.

»Hier ist es.«

»Gut«, sagte Ines.

»Wissen Sie wirklich nicht, auf welcher Station Ihr Freund war?«

»Nein«, sagte Ines sanft, »doch ich bin mir sicher, dass er über die Notaufnahme kam.«

»Dann sehen wir da zuerst nach.« Die Krankenschwester zögerte. »Sie … äh, wissen natürlich, dass Sie nichts anfassen dürfen?«

Ines nickte zufrieden. Sie sah sich etwas verstohlen um und begriff, dass sie ganz allein hier unten waren und vermutlich nicht öfter als einmal die Woche jemand die neuen Ausdrucke einsortieren kam. Jetzt war sie ohnehin schon näher dran, als sie zu hoffen gewagt hatte. Hildegard Mayer schien das als

Absichtserklärung einer ehrenhaften Alten zu reichen, verbeugte sich schnell, als wolle sie sich für die unausgesprochene Unerhörtheit entschuldigen, ihr auch nur implizit zu unterstellen, sich ungebührlich verhalten zu wollen, und begann, in den großen Registerblättern zu rascheln.

»Da«, sagte sie schließlich. »Sie haben Recht. Notaufnahme.«

»Nun?« Ines hatte keine Lust, in das komplizierte Indexschema des Krankenhauses eingeführt zu werden und wollte nur, dass die zierliche Junge endlich den richtigen Gang des Archivs ansteuerte, doch Hildegard Mayer stand unschlüssig da und schien zu überlegen.

»Seltsam«, sagte sie. »Normalerweise ist die Akte im Fundus der letzten Station, auf der der Patient war, doch hier gibt es keinen Vermerk. Sind Sie sicher, dass er stationär behandelt wurde?«

Ines nickte ruhig, doch wusste sie, dass ihre Sicherheit zunehmend künstlerische Freiheit annehmen würde, da ihr Verstand ihr einzuflüstern begann, dass nicht auszuschließen war, herauszufinden, dass jemand - derselbe jemand, der von Lorenz' Gedächtnis verändert haben musste - die Akten entfernt oder verändert hatte.

»Es gibt drei Orte, an denen sie sich befinden kann«, sagte Mayer. »Zuerst sehen wir in der Ambulanz nach.«

Ines nickte folgsam und schwebte ihr so würdevoll hinterher, wie es ohne Antigrav-Modul möglich war. Sie war recht zufrieden mit ihrem Auftreten, doch all das konnte sich als umsonst herausstellen, wenn Altmanns Akte nicht aufzufinden war - was sie zunehmend für wahrscheinlich hielt.

»Die Ambulanz ist zeitlich sortiert«, sagte Mayer, »wir fangen am besten am Ende an.«

Damit meinte sie selbstverständlich nur sich selbst, denn Ines hielt den gebotenen Abstand und ihre Aura der Unnahbarkeit aufrecht.

»Altmann, Sergej«, sagte die Krankenschwester triumphierend, und wedelte mit dem schmalen Mäppchen, das sie aus einem Ordner herauszog. »Dann wollen wir mal sehen.«

Das Lächeln wich jedoch schnell wieder aus den Mundwinkeln.

»Na so was«, sagte die Junge.

»Was ist?«, fragte Ines. ›Zu schnell‹, ermahnte sie sich selbst.

Die Krankenschwester hatte es nicht bemerkt.

»Hier steht, dass er aufgenommen wurde, vor neun Tagen.«

»Und weiter?«

»Nichts weiter.«

Ines stutzte und trat näher an die Junge heran.

»Die Station steht nicht vermerkt, ebenso wenig die Eingangsdiagnose.«

»Ist das ... ungewöhnlich?« Der Selbsthass fraß Ines jetzt wahrhaftig innerlich auf. Natürlich wusste sie, dass es ungewöhnlich war, schließlich hatte sie viele solche Aufnahmeprotokolle gesehen, ob von Lebenden, Überlebenden oder schließlich nicht mehr ganz so lebendigen Personen. Es war kaum zu ertragen, die arme Krankenschwester so für dumm zu verkaufen, doch nur so kam sie weiter - und dann, da war sie sicher, würden sich weitere Seltsamkeiten finden lassen.

»Allerdings«, sagte Hildegard Mayer und schien scharf nachzudenken. »Doch wenn wir jetzt wissen, um welchen Zeitpunkt es sich handelt, so können wir alle Stationen nachprüfen. Irgendwo muss es ja eine Akte geben, wenn es schon eine Aufnahmenotiz, wenngleich auch eine seltsame, gibt.«

»So sehe ich das auch«, sagte Ines. »Wie viele Stationen gibt es?« Sie wusste es, doch wollte sie um jeden Preis den Anschein vollendeter Ratlosigkeit wahren.

»Neunundzwanzig.«

»Nun«, entgegnete Ines im perfekt herablassenden Alten-Habitus, »dann wollen wir jene ausschließen, die nicht in Frage kommen.«

Hildegard Mayer blickte sie fragend an.

»Geriatrie, Pädiatrie, Onkologie, Gynäkologie und so weiter.«

»Ah, natürlich«, sagte die Junge, auch wenn Ines sehen konnte, dass sie ihrer Logik nicht folgen konnte.

»Sergej Altmann«, log Ines, »hatte einen Autounfall.«

»Ah ja.«

»Wollen wir mit den unfallchirurgischen Stationen beginnen?«

»Ja. Ja, ja.«

Die Junge war vollkommen verwirrt und begriff nur langsam, in welche Richtung Ines sie sanft, aber bestimmt drängen wollte. Sicherlich tat die stickige Luft des Kellergewölbes ihr Übriges.

»4b«, sagte sie schließlich. »Ist gleich hier drüben.«

»Prima«, sagte Ines mäßig enthusiastisch und folgte den schlurfenden Schritten der Sterblichen zwei Regalreihen weiter.

Zielsicher griff Hildegard Mayer nach den etwa eine Woche alten Akten und ging sie durch. »Noch habe ich keine Spur von … ach sehen Sie mal.« Sie zögerte, als ob sie begriff, dass sie es Ines nicht hätte zeigen dürfen, doch dann streckte sie den Arm mit dem Ordner hinaus. Drei Seiten waren zwischen zwei anderen Berichten von vor acht Tagen offenbar achtlos hinausgerissen worden, sodass die verstärkten Ringeinfassungen und ein wenige Zentimeter großer Zettel darin geblieben waren.

»Nennen sie mich paranoid«, sagte Hildegard Mayer, »aber ich wette, dass hier die Akte ihres Freundes gewesen sein muss.«

Ines hob eine Augenbraue und gab sich Mühe, die Aufregung der Krankenschwester nicht zu stark aufzunehmen.

»Sagen wir mal, es erscheint nicht ausgeschlossen«, sagte Ines.

»Ich … es tut mir leid, dass ich Ihnen nicht weiterhelfen konnte.« Hildegard Mayer war nun ein aufgelöst dreinblickendes Häufchen sterblich-junges Elend, das das eigene Versagen nur schwer ertragen konnte.

»Es ist nicht Ihre Schuld«, sagte Ines. »Diese Reise war auch so recht aufschlussreich.« Natürlich teilte sie der Jungen nicht mit, was sie damit meinte.

»Wir … wir könnten natürlich noch die anderen Stationen absuchen, die in Frage kommen«, sagte Mayer halb ernst gemeint. Ines konnte sehen, wie sehr sie sich einfach in Luft auflösen wollte.

»Ich glaube nicht, dass das zum Erfolg führen würde«, sagte Ines, »ich muss mich wohl damit abfinden, ihn in ein paar Tagen anzurufen.«

Dankbares Nicken. Hildegard Mayer hatte wirklich keine Ahnung, worauf sie da gestoßen war. Ines war nicht sicher, ob sie diesen … Fund melden würde, doch selbst wenn, so würde es für sie kaum einen großen Unterschied machen. Was sie selbst betraf, so war es keine Straftat, um Auskunft zu bitten. Abschätzig schielte Ines in die Überwachungskamera am Ausgang des Archivs und taxierte plötzlich die längst fällige Frage, ob jemand sie bei ihren Ermittlungen beobachtete. Dachte an den Überraschungsbesuch von Klaus-Peter Haßloch, der ihr klar zu verstehen gegeben hatte, dass sie sich aus der Sache heraushalten sollte. Wieso fiel ihr das gerade jetzt ein? Halb belustigt schüttelte sie den Kopf. Was sollte schon passieren? Würden sie auch ihre Spuren verwischen? Vielleicht.

Nachdenklich blickte sie auf die schlurfenden Füße der Jungen vor ihr. Ahnungslosigkeit allenthalben. An der Treppe kehrte der scharf-langweilige Geruch der Krankenhauswäscherei zurück.

Hier gab es nichts mehr herauszufinden. Die Verschwörung reichte bis hierhin, doch gab es keine Spur, der sie hätte folgen können. Alle Hoffnung ruhte also auf François.

# # #

Alle Probleme der Welt, so schien es ihr, ließen sich immer auch im Kontext einer Kapselstation betrachten. Während sich in den glänzenden, mit poliertem Stahl und organischen Transparenzsegmenten verzierten Strukturen die trübe Wintersonne spiegelte, die selbst bei derart niedrigem Stand durch die wenigen offensichtlichen Solarmodule die gesamte Station ausreichend mit Energie versorgen konnte, erinnerte Ines sich daran, dass es zumeist robotische Hilfskräfte waren, die ihren Dienst verrichteten, wo, wie in der Calenberger Neustadt, der List, dem Rethener Markt oder Neu Wilhelmsburg die Quartiere der Alten lagen. Und so wurde sie sich der Ausnutzung und des Elends der Jungen in der einzigen Laatzener Kapselstation durchaus bewusst, wie sie unter den Kosten einer einzigen Fernbeförderung ächzten, doch sie wusste auch, dass eine Überlandreise heute wieder so beschwerlich war wie dreihundert Jahre zuvor. Und dazu kam, dass sie dann auch noch der einzigen Alten, die einfach so nach vorn gerufen wurde, Platz machen mussten.

Ines hatte keineswegs darauf bestanden, bevorzugt behandelt zu werden, doch Enttäuschung über ihre mageren Fortschritte brach sich Bahn und sorgte dafür, dass sie die Annehmlichkeiten der Unsterblichkeit und einer Gesellschaft, die vollkommen darauf ausgerichtet war, dankend annahm. Wieder und wieder kehrte ihr Verstand zu dem Fetzen Papier zurück, der traurig und allein in dem Ordner hing und sich fragen lassen musste, welch ungeheure Information das Blatt enthalten hatte, dass jemand die Arbeit auf sich nahm, es zu entfernen. Gewaltsam womöglich, doch andererseits von jemandem gebilligt, der größere Pläne hatte. Sie hatte endlich begriffen, dass es sinnlos war, klein zu denken, und von Lorenz oder Altmann Urheberschaft an dieser Sache zubilligen zu wollen. Wie sie es auch drehte und wendete, es wollte ihr nicht klar werden, wozu das ganze diente - zu viel ließ sich am Ablauf des Todes von Hieronymus Ballin herumdrehen.

Natürlich - es war klar, dass er ermordet worden war, und wenn sie zusammenfasste, was sie in den paar Tagen seit von Lorenz' flehendem Brief herausgefunden hatte, so musste sie eingestehen, dass sie außer der Erkenntnis, dass sein Gedächtnis verloren - vermutlich gelöscht worden - war, nicht viel Licht ins Dunkel hatte spülen können.

Ines seufzte und setzte sich in die gepolsterte Kapselschale. Alle Ansätze waren ins Leere gelaufen. Sie hatte Fotos der Leiche und des Wagens. War das genug, um die Ermittlungen neu aufrollen zu lassen? Formal vielleicht. Aber es gab Grund genug anzunehmen, dass sie dem Landeskriminalamt nicht trauen konnte. Also musste sie noch höher zielen. Der Präsident des LKA war ein Junger - verdient zwar, doch letztlich frei von jeglicher Ambition oder Einfluss. Sie konnte sich an den Bürgermeister oder den Gouverneur wenden - doch mit welcher Hypothese? Dass unsauber gearbeitet wurde? Von Lorenz' mnemologische Untersuchung würde kaum als stichhaltiger Beweis für eine Vertuschungstheorie ausreichen.

Und was ..., fragte sich ihr immer düsterer Verstand, *wenn es hart auf hart kam?* Wenn jemand ... jemand wie Klaus-Peter Haßloch beispielsweise ... sie ruhigstellen wollte?

Die Beschleunigung in Richtung Norden war gewohnt angenehm und ließ Ines für einen kurzen Moment die brennende Ungeduld und Ohnmacht vergessen - doch als sie die Station in der Calenberger Neustadt verließ, kehrte alles noch kräftiger zurück als zuvor.

»François, ich muss mit Dir sprechen«, schrieb sie in ihr Pad. »Am besten holographisch.«

Reden könnte helfen. Es half ihr selten, doch manchmal brachte es sie innerlich zur Ruhe.

Der Wind war noch frischer als in Laatzen und peitschte gnadenlos von der See her. Der Himmel war noch hellgrau, doch er würde schon bald dunkel und eisig und voll chaotischen Wintersturms sein.

# # #

François grinste.

»Schön, dich zu sehen«, sagte er.

Ines blickte in das schwarze Loch ihrer dampfenden Kaffeetasse, die seit ihrer Ankunft schon zweimal ganz voll gewesen und jetzt wieder halb leer war.

»Gut, dass du da bist. Ich …«

»Es ist lange her«, sagte er.

Sie stutzte. Vor zwei Stunden hatte er doch noch …

»Wie meinst du das?«, fragte sie.

»Oh, nur beiläufig wollte ich dich schelten, dass du dich die letzten Jahre nicht hast blicken la...«

»Was?« Ines riss die Augen auf und musste einen ganz und gar würdelosen Anblick abgeben.

»Oh, schon gut«, sagte François. »Wir sind Alte und darüber erhaben, nicht wahr?«

»Ja«, sagte Ines zittrig. »Ja, du hast recht. Entschuldigung.«

»Entschuldigung angenommen«, sagte François strahlend. »Nun guck nicht so. Du hast doch nicht aus schlechtem Gewissen angerufen. Blickst gerade so, als wärst du geradewegs in einen Mordfall vernarrt.«

Sie ließ ihre Tasse mitten in den Projektor fallen. Zitternd blickte sie auf die teilweise desintegrierten Teile von François' Avatar und hörte seine fern wirkenden, verzerrten Worte des Bedauerns.

Er erinnerte sich nicht daran, mit ihr gesprochen zu haben. Ihr geholfen zu haben. Daran, worum es ging. Sie hatten ihn gelöscht.

Ohne ein freundliches Wort oder wenigstens den Versuch dazu beendete sie die Holo-Verbindung nach Süddeutschland. Jetzt ging es ums Ganze. Es war soweit. Sie war die nächste.

Zitternd vor Aufregung ging sie aus dem Sprechzimmer in ihr großes Wohnzimmer und blickte sich um, als würde sich der Ausweg irgendwo in einer Schublade verstecken.

Scheiße. Wie stellten sie es an? Wurde man im Schlaf abgeholt und dann einer Gehirnwäsche unterzogen, die so gnadenlos effizient und schnell war, dass sie innerhalb weniger Stunden ganze Leben auslöschen konnten? Ines holte ihr Pad heraus und schaute nach. Da war die verschlüsselte Konversation mit François von vor drei Stunden. Drei Stunden. Länger dauerte es also nicht. Wie eine Wurzelbehandlung beim Zahnarzt. Ihr schauderte.

Der Sturm vor dem Fenster ließ mittlerweile die Nordsee nur noch als düster-ferne Erinnerung existieren - und andererseits teleportierte der Niederschlag das Meerwasser ja bis an die Scheibe heran. Doch der Sturm sorgte sie nicht. Was konnte sie tun, damit ihre Erkenntnisse nicht wie die anderen annihiliert wurden?

Ines war sicher, dass sie das nächste Ziel war.

Sah vor sich eine eigenartig beschleunigende Version der Welt, in der sie schon gar nicht mehr wusste, was zuvor gewesen war. Allein die Vorstellung …

Ne mementum, quod erat deletandum.

Von François konnten sie nur wissen, wenn sie ihre Verbindung entdeckt hatten. Kein Zweifel. Und jetzt? Die Daten auf dem Pad verschlüsseln und irgendwo verstecken? Das hatte wohl kaum einen Sinn. Ihre einzige Sorge galt ihrer eigenen Erinnerung. Es nützte ja nichts, wenn es Beweise gab, wenn sie sich nicht daran erinnerte. Finster wähnte Ines die Wahrheit der Stabilität der posteugenischen, doch durch und durch spezisistischen Gesellschaft schon darin gesichert, nicht etwa den Überwachungsstaat wieder zu errichten, sondern ganz einfach unliebsame Individuen ihre Kritikpunkte wortwörtlich vergessen zu lassen. Und wofür das Ganze?

Nein, sie hielt inne. Erst einmal ging es hier nur um Mord, und da konnte es ganz handfeste, undystopische Gründe geben, warum jemand ihn vertuschen wollte. Es spielte keine Rolle, wer und warum. Es spielte nur eine Rolle, ihr Gedächtnis, ihre Erkenntnisse zu sichern. Und wie?

Sie erinnerte sich daran, wie es das erste Mal gewesen war, dass sie untertauchen musste. Wie sie einen Tag lang in Ulm-Stuttgart mit Alix herumgeirrt und am Ende doch in Johann Blisterhubers Falle getappt war. Zusammen mit … Alix!

Natürlich. Vielleicht. Womöglich.

Ines bremste sich. Noch jemand, von dem sie neuneinhalb Jahre nichts gehört hatte. Und doch - er war der einzige, der verstehen würde, was sie antrieb. Und er war ein Bio-Hacker. Ines konnte sich nicht ausmalen, welche schwarze Magie und kriminelle Energie vonnöten sein mochte, so etwas Perfides wie eine Methode, die das Gedächtnis punktuell ausradieren konnte, zu erschaffen, doch sie wollte ja weniger. Nur sich dagegen schützen. Obschon sie gar nicht wusste, wie sie es anstellten. Einerlei.

Sie nahm einen kleinen Notizzettel und schrieb in krakeligen Lettern die Adresse ab, die er ihr vor viel zu langer Zeit geschickt hatte. Sie hätte ihn besuchen sollen, als sie Zeit dazu gehabt hatte. Doch Alte hatten immer und zugleich niemals Zeit.

Die Klingel ging.

Ines' Synapsen beschleunigten ihr wahnwitziges Tempo noch weiter in Richtung Unendlichkeit. Wer konnte das nur sein? Sie bekam ohnehin schon selten Besuch, und dann bei solchem Wetter.

Adrenalin verdrängte das wirkungslose Koffein als Hauptbestandteil ihres Arterieninhalts. Die Türkamera.

Drei in schwarze Trenchcoats gehüllte Gestalten.

Nicht antworten. Nur nicht antworten.

Sie zitterte am ganzen Körper. Die Zeit war um. Ines nahm das Padphone und wischte umständlich darauf herum. Tippte hastig Neu Hamburg-Warschau in die Suchmaske. Ignorierte die Kapselwerbung. Sie wusste, dass man Kapseln jederzeit umlenken konnte. Nein, sie brauchte einen Flug. Am besten sofort.

17:48 gab es einen. »Buchen?« erschien auf dem Pad.

Nein. Vor Ort und in bar.

»Helmut«, rief sie, »Pack meine kleine Reisetasche.«

Wieder klingelte es.

Panik, doch es gelang ihr, sie wegzudrücken. Für den Moment. Ein letztes Telefonat.

»Taxizentrale Neu Hamburg. Was kann ich für Sie tun?«

Sie zögerte. Der Hinterausgang über die Feuerleiter. Und selbst dann hatte sie nur wenig Zeit, wenn sie erst einmal merkten, was vor sich ging.

»So schnell Sie können, Rote Reihe 17«, sagte Ines.

»Kein Problem.«

Sie legte auf und wickelte sich in den wasserdichten Mantel.

Sah den Haushaltsroboter aus dem Schlafzimmer kommen.

»Danke«, sagte sie unnötigerweise.

»Haben Sie weitere Aufträge?«, fragte er höflich.

»Lass niemanden rein«, sagte Ines und zwinkerte ihm zu.

»Ich bin nicht sicher, ob ich die Anweisung verstanden habe«, sagte er, doch sie hörte schon gar nicht mehr zu, nahm den Akku aus dem Pad und öffnete die Wohnungstür.

Stimmen im Treppenhaus. Höchste Zeit.

Mit dem Fingerabdruck versiegelte sie ihre Wohnungstür in dem Bewusstsein, dass es sie kaum aufhalten würde, und ging zur Feuerleiter am Ende des Flurs.

Der Wind heulte lauter, als sie es jemals für möglich gehalten hatte. Fünfundzwanzig Stockwerke also. Ines seufzte und begann den hastigen Abstieg.

Als sie in der siebten Etage war, sah sie das eierschalenfarbene Autonomobil vorfahren. Hören konnte sie nichts, denn ihre Ohren waren voll Wasser und Wind.

Moment mal. Was, wenn der Flieger nicht starten konnte?

»Keine Wahl«, hörte sie sich selbst sagen.

Sie hatte keine Ahnung, wo die Männer waren, die sie suchten, doch es kümmerte sie auch nicht, solange sie es nur zum Flughafen schaffte.

»Herzlich Willkommen, Ines Schultheiss, sagte das Taxi, als sie die Fahrertür aufriss und sich selbst auf den Fahrersitz warf.«

»Flughafen Neu Hamburg-Pattensen«, sagte sie schroff, doch beruhigte sie sich auch schon, als das selbstfahrende Auto sich in Bewegung setzte. Sie konnte nichts mehr tun.

Als das Taxi auf die Straße am Hohen Ufer einbog, konnte sie sehen, dass der dunkle Wagen der mysteriösen Männer direkt vor ihrem Hauseingang geparkt war. Von den Männern selbst keine Spur. Vielleicht ließen sie sich von Helmut gerade darüber belehren, dass seine Herrin auf Reisen war und er keinen Zutritt gewähren würde. Vielleicht war er auch schon deaktiviert.

Oder reagierte sie viel zu panisch?

Nein, es war logisch, dass man als nächstes und letztes sie ausschalten musste. Es gab keine andere Möglichkeit.

Längst sah sie die Waterloosäule und den Telefunkenkreisel vorbeifliegen. Es war nur eine kurze Fahrt zum Flughafen. Doch wenn sie dort jemand erwartete …

»Wir sind da«, meldete der Autopilot. »Wenn Sie ihren Lastschrift-Chip bitte gegen die Vertiefung der Mittelkonsole halten möchten …«

Ines seufzte. Sie musste bezahlen. Das bedeutete, dass sie früher oder später dahinter kommen würden, wo sie war. Doch wenn sie sich bis dahin schon in der Luft befand …

Lustlos hielt sie das Padphone, dessen Bezahlfunktion auch ohne Akku funktionierte, gegen die Bezahlstelle, schnappte ihre Tasche und stieg aus.

Das funkelnde Empfangsgebäude des bescheidenen neuen Flughafens lag vor ihr und sah aus, als wolle es sich bereits in vorauseilendem Gehorsam eine Decke aus Matsch und Schnee überziehen. Sie musste wirklich Glück haben, wenn der Flug noch gehen sollte.

# # #

»Ich muss wirklich diesen Flug noch bekommen«, sagte sie.

»Ganz ruhig«, entgegnete der junge Mann am Schalter. Er war vielleicht achtzehn Jahre alt und begriff fraglos nicht die Verzweiflung ihrer Situation. Ganz davon abgesehen, dass sie sich natürlich nicht die Mühe machen konnte, es zu erklären. Bequem und entspannt saß er auf einem Hocker vor dem Touchscreenterminal und wischte so langsam über das Display wie ein Alter, der Fernschach spielte. »Ich muss erst Ihre Personalien aufnehmen.«

Sie hielt den ID-Chip des Padphones an das Lesegerät. Spätestens jetzt, schlussfolgerte sie, ging es um Sekunden.

Wieder langsames, gediegenes Wischen, Touchen, Schieben.

»Hören Sie«, hörte sich Ines ihre eigene Ungeduld verstärken, »geht das nicht etwas schneller?« Sie fragte sich indes schon, ob es helfen würde, zu betonen, dass sie eine Alte war und mit dem Zucken eines Augenlids dafür sorgen konnte, dass er seine bequeme Position verließ. Für immer.

»Sie haben Glück«, sagte der Mann ungerührt. »Allerdings werde ich einen Nachbucher-Aufschlag verlangen müssen.«

»Spielt keine Rolle«, sagte Ines verzweifelter als nötig.

»Gut.«

Gut? Gut war es noch lange nicht. Nur … aufgeschoben. Zittrig nahm sie die Bordkarte in Empfang und blickte sich hastig um.

Gate dreizehn.

Dann mal los.

Es war der würdeloseste Anblick, den ein Alter im ganzen Flughafen seit vielen Jahren abgegeben haben musste, doch Ines ignorierte alles um sich herum. Sie hatte drei Minuten bis zum Boarding und musste noch durch die ganze Sicherheitsabfertigung. Wenn man sie denn ließ.

Ächzend kam sie an der Gepäckschleuse zum Stehen und zeigte artig die antik wirkende, hastig ausgedruckte Bordkarte vor.

»Sie wollen nach Warschau? Wird knapp, was?« Der Grenzschützer vor ihr feixte, wobei sein nicht kleiner Bierbauch kräftig mitmachte.

Ines nickte. Atmete. Nickte weiter. Fühlte sich widerlich, dass sie vom Wohlwollen der Sterblichen abhing und bemerkte nicht einmal, dass der antrainierte Reflex der Selbstschelte von überbordendem Speziesismus ausblieb. Sie war zwar unsterblich, aber das bedeutete nicht, dass es sich nicht so anfühlen konnte, als würden Arme und Beine vor Anstrengung abfallen.

»Ich kenne Sie doch«, sagte eine Stimme hinter ihr.

Panik. Beherrschung. Panik. Polizeiausbildung.

»So?«

»Sie sind Ines Schultheiss, nicht wahr?«, sagte ein anderer Polizist.

Sie nickte resigniert, doch bemerkte sie zu ihrer Überraschung, dass der Sicherheitsangestellte keinerlei Anstalten machte, sie festzuhalten, sondern das Scannerbild ihrer Tasche kaum kontrollierte.

»Ich beeile mich«, sagte der Mann und fügte hinzu. »Sie sind ein großes Vorbild für mich.«

Ines richtete sich zu voller Größe auf. »Das … schmeichelt mir.«

»Keineswegs«, sagte der Mann. »Ihretwegen wurde ich Polizist.«

Sie versuchte ein Lächeln, doch sie musste nur husten.

Der Grenzschützer verbeugte sich knapp. »Und jetzt los. Nicht, dass Sie meinetwegen Ihren Flug verpassen.«

»Danke«, rief Ines, doch sie kümmerte sich im gleichen Augenblick schon gar nicht mehr um die Sicherheitsschleuse. Wurde da eben schon der Flug ausgerufen?

Sie dachte nicht mehr an den Beamten, dem sein verhängnisvoller Fehler bald klar werden und der ihn teuer zu stehen kommen würde.

Neu Hamburg und Pattensen und der Flughafen um sie herum verschwammen zu einem bewegungsunscharfen Schemen, der, zäh wie Sirup, in die falsche Richtung um sie herumfloss. War das ihr Gate?

Ines rannte weiter und weiter.

Da war es.

Das Bodenpersonal tauschte eindeutige Blicke aus, doch sie hatte es geschafft.

Unstet und wacklig auf den Beinen wabbelte Ines Schultheiss die Gangway hinab.

Sie hatte Alix ja gar nicht Bescheid gegeben!

Blick auf ihr Padphone.

Egal. Besser, niemand wusste, wohin sie flog, als dass es jeder wusste.

18.

Als sie dem Hyperschalljet entstieg und geradewegs in die verdachtlose, doch berüchtigte Warschauer Passkontrolle hinein trudelte, kehrte das vage Gefühl des Unwohlseins jäh zurück. Die Polen waren für ihre ausgeprägten speziesistischen Tendenzen bekannt, und so verwunderte es Ines nicht, dass unter all den geschäftigen Passagieren nur die drei Alten herausgefischt wurden.

Mit Argusaugen tasteten die Männer der Flughafenpolizei ihre biometrischen Dokumente ab. Sie konnte nicht entscheiden, ob es offene Schikane oder bereits internationale Fahndung nach ihr war. Nein, natürlich. Sie war ein wenig paranoid. Warum auch nicht, was sonst hätten die Leute des LKA vor ihrem Appartementblock kaum zwei Stunden zuvor bedeuten sollen? Ines versuchte, sich nichts anmerken zu lassen und all ihre Sorgen unter der Fassade des hochüberlegenen Habitus einer wohlsituierten Alten zu verbergen, doch innere Zweifel machten ihr klar, dass es so einfach nicht sein würde. Die Männer der Polizei gaben sich alle Mühe, möglichst jedes Dokument einzeln zu prüfen, und am Ende stand nur noch sie mit den vier polnischen Beamten am Schalter vor der kleinen Gangway.

»Alles in Ordnung«, sagte schließlich einer der Männer. »Sie kchönnen jetzt gechen. Willchommen im Warschau.«

Ines nickte halb dankbar, halb abwertend und stakste davon. Wer konnte schon wissen, wie lange es dauern würde, bis den Beamten klar würde, welch wertvollen Fang sie da womöglich hatten laufen lassen?

Sie orientierte sich. Die Architektur der Warschauer Terminals war interessant. Der klotzige Stil der sozialistische Ära mischte sich mit postmodernem Stahl und hypermodernen Biowaben-Strukturen zu einer einzigartigen Mischung zugleich klaustrophobischer und dennoch sehr heller Architektur, die unverwechselbar und doch austauschbar wirkte. Ines dankte der Neuen Europäischen Einigung, dass sie immerhin nicht auch noch durch eine komplizierte Zollabfertigung musste, und eilte zu den Treppen des Kapselbahnhofs.

Plötzlich wähnte ihr inneres Auge überall die Sicherheitskameras der Flughafensecurity. Offene Panik erfasste sie. Paranoia. Sie zwang sich, tief durchzuatmen. Drehte sich um die eigene Achse.

»Gchet es Ihnen gutt?«

Neben ihr stand ein Mann mittleren Alters mit altmodischem Sozialismus-Schnauzbart, doch tadellosen Manieren. Ines täuschte ein herzliches Lächeln vor. »Danke, kein Problem. Ich versuche, mich gerade zu orientieren.«

»Wo möchten Sie denn chin?«

»Ich … äh … zum Taxistand!«

Die Erkenntnis kam so plötzlich wie die Paranoia und wusch all die Sorgen und Ängste in einer Woge aus Erleichterung hinweg. Das war die Lösung. Natürlich war der Ruf der Warschauer Taxis nicht so gut wie der ihrer autonomen norddeutschen Pendants, doch wer wie Ines halb unter dem Radar bleiben wollte, musste sich eben mit den zwielichtigeren Methoden des Transportwesens abfinden.

»Ist obben«, sagte der Mann, lächelte und lief in Richtig der Kapseln davon. Ines nickte ihm zu und machte kehrt. Das wusste sie natürlich auch. Zwar erst seit etwa drei Sekunden, doch jetzt schien ihr sonnenklar, was zu tun war. Sie nahm den zerknitterten Zettel aus der Manteltasche und las nachdenklich die Adresse. Dann endlich setzte sie sich in Bewegung und folgte dem zeitlosen gelben Autopiktogramm bis zu seinem logischen Ende.

Einem seltsamen, abseitigen Geheimagentenimpuls folgend wählte Ines das dritte Taxi der Reihe. Sie wollte ganz sichergehen. Natürlich war das nicht möglich, doch die jähe Illusion von Kontrolle fühlte sich wenigstens gut an.

»Hallo, ich möchte …«

»Ah, Deutsch?« Der Fahrer lächelte zufrieden und herzlich wie die meisten Polen und verbarg seinen Speziesismus hinter Gastfreundlichkeit.

»Ja, ich …«

»Okay, Verzeihchung. Ich muss immer erklären die Deutsche.« Ines blickte ihn fragend an.

»Die ist dritte Taxi.«

Ines nickte. »Ja, und gerne würde ich …«

»Nein, nein«, sagte der Fahrer entschieden. »Nimmst du erste Taxi.« Er deutete, noch immer lächelnd, auf die beiden Autos vor ihm.

Ines beschloss, die Diskussion etwas zu beschleunigen. Sie nahm einen Zwanzig-Euro-Schein aus der Tasche und hielt ihn dem Mann unter die Nase. »Ich möchte dieses Taxi.«

»Chacha.« Der Mann lachte so laut, dass sein massiger Bauch zu vibrieren schien. »In Warschau, wir chaben, wie sagt man? Anstand. Gibst du zwanzich Euro an Taxi eins und Taxi zwei, dann wir machen Losfahren.«

Ines seufzte. Sie verstand den Mann und andererseits auch nicht. Doch jetzt gab es kein Zurück mehr. Ein anderes Taxi zu nehmen, hätte bedeutet, ihn zu brüskieren. Und wer konnte wissen, ob das eine gute Idee war? Sie nahm also ihre Handtasche, zückte weiteres Geld und marschierte an die Spitze der Taxischlange. Die Männer staunten nicht schlecht, als sie ihnen jeweils das Geld gab. Selten hatte sie so zufriedene Gesichter gesehen, als sie endlich mit dem dritten Taxi losfahren konnte. Anerkennend nickten die anderen Fahrer ihr zu, als sie das Terminal verließ.

»Gut, du scheinst entschlossene Frau. Wo wir fahren chin?«

»Woloska 439.«

Ungläubig starrte der Mann sie an.

»Du bist zugleich ziemlich verrückte Frau.«

»Verzeihung?«

»An diese Stelle ist größte Speziesistische Kommune von Polen.«

Ines nickte und seufzte. »Ich weiß.« Doch es musste sein. Sie hoffte einfach, dass Aliaksandr Wasovskiy ihr helfen konnte. Die Ungläubigkeit des Taxifahrers verdeutlichte ihr, wie sehr sie sich hier verrennen konnte, wenn sich ihr Plan als überhastetes Stück Hoffnung herausstellte. Doch dann konnte sie einfach nach Neu Hamburg zurückkehren und sich dem LKA stellen. Es spielte dann keine Rolle, ob sie Erfolg hatte, doch sie musste es probieren. Ihre Verzweiflung schien in ihrem Gesicht Ausdruck zu finden, denn der Taxifahrer schien seine Überraschung gar nicht bremsen zu können.

»Chast du ausgeprägten Todeswunsch?«

Ines schüttelte den Kopf. »Ich besuche einen alten Freund.«

»Ich würde nicht sagen, dass es gibt viele Alte in jener Gegend, aber ich werde dich nicht aufhalten.«

»Danke schön.«

»Chacha. Dies ist ein freies Land, nicht wahr?«

Das, nickte Ines, konnte man nur hoffen.

# # #

Der Taxifahrer hatte es eilig, wieder in Gang zu kommen, als er sie ausgeladen hatte. Selbst ihm als Jungem war das Viertel nicht geheuer.

›Seltsam‹, dachte Ines. Warum ging sie nur so ein Risiko ein, ohne die Sicherheit, dass ihre Befürchtungen wirklich zutrafen? Dann erinnerte sie sich. Nur Wasovskiy war brillant genug, ihre Erinnerungen retten zu können. Wenn überhaupt. Doch sie hatte auch ihn beinahe neun Jahre nicht gesehen.

Zaghaft las sie das Klingelschild an der heruntergekommenen Holzeinfassung der Tür.

»Soziokulturelles Zentrum der Humanisten Polens« stand in sozialistischer Brachialschrift auf einem Messingschild. Darunter gekritzelt: »Einlass für Frauen, Kinder, Männer, Schwule, Lesben, Transmenschen und alle anderen Arten von Menschen.«

Es entbehrte nicht einer gewissen Ironie, dass diejenigen, die sich tolerant und weltoffen gaben, ausgerechnet jenes Drittel der Menschheit ausschließen wollten, das ihnen all das erst ermöglicht hatte - aber sie war nicht hier, um über Politik oder Weltanschauung zu diskutieren. Schweren Herzens betätigte sie die Klingel.

Es dauerte eine Weile, dann knarzte die breite Tür und ein ausgemergeltes, von verkifften Augen dominiertes Gesicht kam gemeinsam mit dem süßlichen Duft von Tetrahydrocannabinol an Ines' Aufmerksamkeit. Ungläubiges Staunen und offener Hass lösten sich in Wogen auf dem Gesicht ab, das unfähig schien, zu verarbeiten, was es sah. Die Frau war nicht in der Lage, die absurde Realität von einer Halluzination zu unterscheiden, weil beides die gleichen unglaublichen Fakten zu enthalten schien.

Ines lächelte sie an. »Hallo. Würden sie bitte Frau Ines Schultheiss melden? Ich möchte mit Alix Wasovskiy sprechen.«

Die Frau zuckte mit den Schultern. »Alix ist nicht da.«

»Oh … also, wissen Sie, wo ich ihn finden kann?«

Die Frau starrte Ines ausdruckslos an. Ihre Gleichgültigkeit wurde nur übertroffen von dem penetranten Geruch des Hanfs, der an ihr vorbeiströmte. »Mir egal«, sagte sie.

»Nun, mir aber nicht«, fauchte Ines. »Ich …«

Als sie die Gleichgültigkeit der Frau in Feindseligkeit umschlagen sah, erhob sie die Hände und verbeugte sich. »Nichts für ungut. Einen schönen Tag noch.« Schnell wandte sie sich ab und vernahm das gewaltsame Schließen der Tür.

Leer und ratlos stand sie auf der Straße und fragte sich, woher sie jetzt einen Plan B nehmen sollte. Hierzubleiben würde sie jedenfalls nicht weiterbringen. Wer außer Wasovskiy konnte ihr helfen? Ines machte eine mentale Notiz, ihre Schritte zum Flughafen zu lenken, und nahm ihr Pad aus der Tasche. Das Problem war nicht, dass sie keine weiteren Nanogenetiker kannte, die sie hätte fragen können, doch ausnahmslos alle waren selbst Alte. Und wenn es eines gab, das sie verhindern musste, dann, dass Alte mitbekamen, was sie herausgefunden hatte. Bis sie sicher sein konnte, dass sie nicht einfach vergaß, was die Welt aus den Angeln heben würde.

Ines scrollte lustlos durch endlose Listen von Suchergebnissen, als sie sanft auf die Schulter getippt wurde. Einigermaßen gereizt drehte sie sich um. Wer wagte …

»Alix«, schrie sie halb vor Überraschung und halb vor Schrecken, denn hinter ihr stand ein grotesk aussehender Mittvierziger mit grünem Irokesenschnitt und einer Art großer, aus der Mode gekommener, doch elegant geschwungener Tribal-Tätowierung über dem rechten Auge. Ines bemerkte die in passendem Ton gefärbte Iris seiner Augen und tausende anderer Details, die ihn in fast zehn Jahren zu einem komplett anderen Menschen gemacht haben mochten, und doch täuschte Ines' zuverlässiges Gesichtsgedächtnis nicht.

»Ines«, sagte er. »Ich brauchte einen Moment, um aus Alyssas Beschreibung einen Sinn zusammenzureimen.«

»Das wundert mich nicht.«

Er ignorierte die unverhohlene Verachtung in ihrem Kommentar und streckte ihr die Hand hin. »Es ist lange her«, sagte er. »Und Du bist nicht die Sorte Mensch, die zufällig in Warschau an meiner Tür klingelt.«

Ines nickte. »Ich brauche deine Hilfe. Das heißt, wenn du mir helfen kannst.«

»Das klingt nach den Herausforderungen längst vergangener Tage«, sagte er gefasst, doch voller Wehmut. »Aber das wollen wir nicht hier besprechen. Überhaupt möchtest du hier nicht mit mir, und ich ehrlich gesagt auch nicht mit dir gesehen werden.«

»Politik«, sagte Ines voller Verachtung.

»Nein«, grinste Alix. »Nur falsche Moralvorstellungen.«

»Letztlich spielt nur eine Rolle, dass du mich nicht abweist, ohne mich angehört zu haben«, sagte Ines.

»Ich werde mich nicht für das Verhalten meiner Freunde entschuldigen«, sagte Alix, »denn normalerweise würde ich ihnen zustimmen.«

»Danke«, sagte Ines.

»Wofür?«

»Dass du eine Ausnahme machst.«

»Wenn das mal kein Fehler ist.«

# # #

Sie sprachen kein Wort mehr, während sie die Straße zurück liefen. Ines konnte nur mutmaßen, wie radikal Alix' Überzeugungen geworden waren, doch sie beschloss, dass es das Risiko wert war, ihm dennoch die ganze Wahrheit zu erzählen. Wenn er begriff, dass sie ehrlich war, hoffte sie, würde er kooperativ sein. Zumal es gut in sein Weltbild passen würde, was sie vorzutragen hatte.

Ines wusste nicht, wie sie selbst ihre Entdeckungen einzuordnen hatte. Eigentlich hatte sie mit der moralischen Bewertung warten wollen, bis sie herausgefunden hatte, ob Gedächtnismanipulation Ausnahme oder Regel war und wer sie vornahm und verfügte. Ihr schauderte bei dem Gedanken, dass es sich um eine offizielle Angelegenheit handeln könnte. Immerhin, wie sonst waren die Gestalten vor ihrem Appartement zu erklären?

Sicher war, dass so ein Mord vertuscht werden sollte, doch noch immer wusste sie nicht, warum.

Die Welt hinter der billig furnierten Eingangstür war nicht so, wie sie sie sich vorgestellt hatte. Zwar gab es die typischen Eigenarten von Kommunen zu bewundern - billige, hastig und zufällig zusammengeworfene Möbel und Dekors - doch fand sich nicht die kiffende Meute vor einem improvisierten Lagerfeuer in einem Innenhof wieder. Stattdessen gab es Büros und getrennte Schlafräume, Konferenzsäle und eine große, geräumige Küche, in der es nach polnischem Eintopf duftete. Es war weniger miefig als befürchtet, doch auch weniger liberal als erhofft.

»Wo können wir ungestört reden?«, fragte sie Alix, als sie durch den Hauptflur gingen.

»Gar nicht«, sagte er. Alix wirkte belustigt, beinahe so, als hätte er mit der Frage gerechnet und die Antwort genossen.

»Mhh?« Ines hatte keine Lust, eine ausformulierte Frage zu stellen.

»Diese Gemeinschaft teilt als oberste Maxime die maximale Transparenz«, erklärte Alix. »Was ich weiß, werde ich den anderen erzählen, also kannst du es auch gleich allen mitteilen. Wir sind nicht so radikal, wie man uns gerne hinstellt, doch dies ist der Grundsatz all unseren Denkens.«

Ines entließ Luft durch die Schneidezähne.

»Denk in Ruhe darüber nach«, sagte er. »Du bist mein Gast und kannst so lange hierbleiben, wie du willst. Doch wenn du meine … unsere Hilfe willst, musst du vollkommen offen sein.«

Ines blickte ihn lange an und nickte dann.

»Ich meine es ernst«, sagte Alix. »Kein Druck. Keine übereilten Entscheidungen.«

»Doch«, sagte Ines. »Mir bleibt keine Wahl … und keine Zeit.«

»Ich hab's mir fast gedacht«, sagte Aliaksandr Wasovskiy und zeigte ein verschmitztes Lächeln, das Ines nicht zu erwidern vermochte. »Warum sonst solltest du ohne Ankündigung und ohne Bedenken der möglichen Reaktion hier auftauchen? Was also ist die Krise, die wir für dich lösen sollen?«

Ines zuckte mit den Schultern. »Ruf die Leute zusammen«, sagte sie. »Das wird sie sicher interessieren.«

»Einige von uns sind vom Scheitern der Menschheit so sehr überzeugt, wie du wahrhaftig unsterblich bist«, sagte Alix. »Was kannst du ihnen erzählen, dass sie dich nicht einfach auslachen werden?«

»Mir ist gleichgültig, wem ich es erzähle, solange das Ergebnis ist, dass man mir helfen wird«, erklärte sie mit versteinerter Miene. »Mir ist ferner klar, dass Verbitterung ein mächtiger Feind sein kann. Doch ein Alter steht unter Mordverdacht. Allein das ist bereits ungeheuerlich, nicht wahr? Und doch ist es nicht, was sie hören werden. Als dies begann, hielt ich es für die Phantasie eines emotional Gebrochenen, eine Psychose. Aber ich bin überzeugt, dass es um viel mehr geht.«

Sie konnte sehen, wie der in die Jahre gekommene Nanobiologe an ihren Lippen hing. Ines atmete ein. »Alix, ich glaube, dass die Alten nicht so unfehlbar sind, wie wir euch gerne glauben machen wollen. Ich habe handfeste Hinweise dafür, dass in Neu Hamburg nicht nur ein Mord vertuscht wird, sondern die Art und Weise unvorstellbarer ist als alles, was ich für möglich hielt.«

»Was ist es, Ines?«, stammelte Alix, verwirrt von Ines' Worten, bleich wie ein Jünger, der nach Jahren erschreckt festgestellt hat, dass der Götze, den er so lange fruchtlos anbetete, endlich zum Leben erwacht ist.

»Sie manipulieren Erinnerungen«, flüsterte sie. »Lassen niemanden verschwinden oder erpressen oder foltern, sondern sorgen einfach dafür, dass er - oder sie - vergisst. Denn wer nicht weiß, dass er böse ist, kann kaum Verbrecher genannt werden.«

Ines schien es, als hätte Alix minutenlang an die leere Wand gestarrt, als seine Augen sich wieder mit Leben füllten. »Du wirst es vor der Gemeinschaft wiederholen?«, fragte er.

»Wie ich gesagt habe. Mir bleibt keine Wahl.« Sie schluckte.

»Ich hoffe, das sehen die anderen auch so", sagte Alix und fand seine polnische Jovialität wieder. »Komm.«

# # #

Die Warschauer Speziesisten waren wie jede andere politische Strömung, ob radikal oder nicht, zwar davon überzeugt, dass das

Ende der Zivilisation bevorstand und dass all ihre Befürchtungen wahr waren oder es schon bald werden würden.

Als sie jedoch Ines Schultheiss dabei lauschten, wie sie ihnen haarklein erklärte, dass von Alten Morde vertuscht und Erinnerungen gelöscht wurden, war es komplett still im Auditorium des alten Behördengemäuers. Die Ungeheuerlichkeit der Realität gefror ihre Herzen zu Eis und versteinerte ihre Seelen, wie nur die wahrhaftige, ungeschönte Realität es vermochte.

Beinahe hatte sie damit gerechnet, dass sie auf der Stelle gelyncht werden würde, allein dafür, dass sie ihnen lieferte, was sie seit Jahren so gerne hören wollten, doch die Wucht der Authentizität lähmte die Speziesisten von Warschau derart, dass sie nicht einmal mehr an ihren elektrischen Joints zogen oder das unvermeidliche Autonomie-Bier auszutrinken imstande waren. Aus dem abendlichen Happening mit der mehr als seltsamen Alten, die Alix von früher kannte und mit der sie so gar nichts anzufangen wussten, war eine todernste Angelegenheit geworden, die die Entschlossenheit der Jungen hart auf die Probe stellte.

»Ich erbitte die Hilfe der Expertise auf dem Gebiet des Bio-Hackings, das ihr habt«, schloss Ines ihre bittere Rede. Nun blickte sie gleichermaßen erwartungsvoll und furchtsam in die Runde. »Ich denke, ich habe durch meine Erklärungen bewiesen, dass mir an Wahrheit und Rechtschaffenheit mehr gelegen ist als am sogenannten Status Quo. Wenn wir einen Weg finden, mich vor der unvermeidlichen Erinnerungskorrektur zu bewahren, die mich in Neu Hamburg erwartet, so soll das Wissen um diesen Skandal der Menschheit nicht verborgen bleiben.«

Vereinzeltes Nicken im Saal. Kopfschütteln. Fassungslosigkeit.

Alix Wasovskiy räusperte sich.

»Ich … ähem. Ich denke, es wäre das Beste, wenn wir die Versammlung für eine kurze Zeit unterbrechen. Einwände?«

Alix wirkte selbst für Ines, die ebenso hoch angespannt war, zittrig und nervös. Doch er erntete zustimmendes Nicken. »Gut«, stammelte er. »Bis in … sagen wir, fünfzehn Minuten.«

Die Anwesenden erhoben sich nur zögerlich, zu schwer wog die Last der Offenbarung noch immer. Fragende, gar panische Blicke wurden ausgetauscht, doch hier und da stieg schon bald wieder der süßliche Dampf von in ätherischem Öl gelöstem THC in die Luft.

»Wie kam es an?«, fragte Ines ihren alten Leidenskameraden, der sich nachdenklich die glatten, nicht vom Irokesenschnitt verdeckten Teile seiner Schädelplatte rieb.

»Ich bin nicht sicher«, sagte er. »Für einige ist es natürlich ein Schock, dass, was wir schon immer befürchtet und herbeifabuliert haben, anscheinend wirklich eingetroffen ist. Als würde Winston Smith dem Großen Bruder persönlich vorgestellt.«

Ines lachte hohl. »Das ist wenigstens nur Fiktion.«

»Wenn sie Erinnerungen manipulieren, dann ist jeder Zweifel, jede reflektorische Regung nichts als ein blasses Echo einer besseren Vergangenheit, deren selige, verklärte Freiheit wir nur mehr noch erahnen können. Der Unterschied zwischen Fiktion und Realität ist, dass wir die Realität für … real halten.«

»Nicht, wenn wir es aufhalten können.«

Alix nickte abwesend. Dann kehrte seine Aufmerksamkeit ins Jetzt zurück. Ines spürte, dass ihm etwas auf der Seele lag. »Ines, wir sprechen nur darüber, ob die Gemeinschaft es erlaubt, dir Hilfe zukommen zu lassen. Du hast mich nicht einmal gefragt, ob ich eine Idee habe.«

Sie nickte düster. »Es gibt keine Alternative. Der Appetit kommt beim Essen.«

»Einfach so? Ich bin nicht Seoung Lee. Ich habe keine Ahnung, wie man überhaupt Erinnerungen manipuliert, woher sollen wir wissen, wie man es verhindert?«

Ines lachte. »Nein, dann hättest du es nämlich längst besser gemacht als er. Du bist viel klüger. Alles, worum ich dich bitte, ist, dass du dir darüber den Kopf zerbrichst. Sieh es als das letzte Rätsel der Welt an.«

»Kein Druck«, flüsterte er.

»Nie«, sagte sie und musste sich ein Lächeln verkneifen. Der Schalldruck im miefigen Konferenzsaal war nun angestiegen, hörbarer Ausdruck der Tatsache, dass die Radikalen und weniger Radikalen gleichermaßen auftauten. Ines war es noch immer nicht möglich, eine vage Tendenz auszumachen, zu fremd waren Ablauf und Kultur dieser Jungen für sie nach zehn Jahren faktisch selbstgewählter Isolation.

›Warum werden die Alten so, wie sie sind?‹, fragte sie sich. ›Niemand zwingt uns dazu.‹

Sie empfand nichts als Sympathie für die Lebensweise der polnischen Autonomen, die mehr als alle anderen verstanden zu haben schienen, dass die Endlichkeit der Existenz ihr gerade einen fokussierten Sinn geben konnte - und es gehörte dazu, dass das mehr oder weniger bewusste Ignorieren der Sinnfindung Teil des Genusses war. ›Existenzverwalter‹ war das Wort, das Ines in ihren Gedanken erschien und das sich wie ein unaufhaltsamer Stempel durch die vor Dekadenz knackenden Wirbelsäulen der Alten bohrte. Constantin von Lorenz, Klaus-Peter Haßloch … sie alle knickten unter der Wucht der Erkenntnis wie Zahnstocher um, alle Viere von sich gestreckt. Abwesend tastete Ines unter dem Kostüm nach ihren Lendenwirbeln. ›Ihren Wirbeln‹? Neuneinhalb Jahre hatte sie sie nicht mehr gespürt, nachdem sie den flüssigen Lebenssaft des Programms ohne ihre Zustimmung in ihre Venen gespritzt hatten. Sie war zornig, dann wütend, und mit der Zeit nur noch gleichgültig geworden. Doch hier gab es eine Aufgabe. Ines spürte, dass in ihrer Brust noch Leidenschaft für Rechtschaffenheit schlummerte, und dass es gerade diese Menschen waren, die ihr bewusst machten, was es bedeutete, lebendig zu sein. Sie fasste einen Entschluss. Wie auch immer dieser ›Fall‹ ausging, ob mit oder ohne gebrochenes Gedächtnis, sie würde wiederkommen, ihre unnötige, widersinnige Aura der Unnahbarkeit, von der viele Alte sagten, dass sie quasi genetisch programmiert wäre - was nur eine mäßig kreative Ausrede war, arrogant sein zu dürfen - abwerfen und lernen, wie es sich anfühlte, jung zu sein. Denn, selbst verglichen mit den Zwanzigjährigen, die sie ansahen, als ob sie in eine Wagenladung altsozialistischen Filzes gewickelt gewesen wäre, sie war jünger als sie alle hier. Und durfte es nicht sein.

Alix Wasovskiy hatte in der Zwischenzeit einen anachronistischen Gong betätigt, der majestätisch und grotesk deplatziert zugleich zu einer Gesellschaft der Nichtkonformisten passte, dass es Ines' persönlicher Moment der starren Ungläubigkeit wurde, zu sehen, wie all die Unangepassten, Heimatlosen, Ziel- und Hoffnungslosen, die vor allem anderen nur der Hass auf die Alten, das Establishment einte, zivilisiert und diszipliniert wieder den Saal betraten, als wäre dies eine Sitzung des Weltparlaments gewesen.

»Willkommen zurück«, sagte Alix Wasovskiy in langsamem Polnisch in den Raum hinein, sodass auch Ines ihn mühsam verstehen konnte. »Lasst uns beginnen.«

Auf der Stelle reckten sich ein dutzend Arme in die Höhe.

Alix deutete auf einen Mann, vielleicht Anfang Dreißig, dessen Bart vor THC-Rauch gelblich schimmerte und der zigfach durchstochene Ohrläppchen besaß. »Pavel.«

»Du sagst, es ist nötig, dein Gedächtnis aufzuwerten. Warum kannst du nicht einfach jetzt an die Öffentlichkeit gehen?«

Ines fühlte sich seltsam bloßgestellt davon, dass der Mann sie ungefragt duzte, machte sich jedoch klar, dass es der Geist der Gemeinschaft sein musste, und beschloss, ihn nicht mit Alten-Arroganz zu bestrafen. Bedächtig nickte sie und überlegte, ob sie in schlechtem Polnisch antworten sollte. Sie sah kurz zu Alix und räusperte sich. »Er wird übersetzen.«

Alix nickte knapp.

»Also, Pavel«, begann Ines. »Du hast völlig Recht, das könnte ich tun. Doch denke einen Schritt weiter.« Sie wartete einen Moment, ob er beleidigt war, dass sie ihm mangelnde Weitsicht vorwarf, doch er war anscheinend zufrieden damit, im Recht zu sein. »Wenn wir das Szenario weiterspinnen, ist völlig klar, was passieren wird. Angenommen, was ich behaupte, ist unwahr. Dann macht es keinen Unterschied, denn es gibt nichts zu beweisen, richtig?«

Zustimmendes Nicken im Plenum.

»Doch andererseits. Was würde wohl ein - ja, nennen wir es beim Namen - korruptes Regime versuchen, wenn ich derartige Behauptungen in die Welt setzte?«

»Sie würden dich unglaubwürdig machen«, sagte Alix ruhig und vollkommen teilnahmslos neben ihr.

Ines nickte. »Genau das würden sie tun. Und wie einfach wäre es, wenn man mich dazu glauben machen wollte, ich hätte mir das Genannte nur ausgedacht? Was, wenn ich mich eines Tages gar nicht mehr daran erinnern könnte?«

Betretenes Schweigen zeigte Ines, dass sie ihre Position hatte deutlich machen können. »Nein, Pavel«, sagte sie jetzt streng, »ich wiederhole noch einmal, dass du vollkommen recht hast. Und obwohl du recht hast, ist genau das keine Option.«

»Und doch helfen wir einer Alten! Wir verraten alles, woran wir glauben.«

Ines wollte sich gerade eine Sekunde der Entspannung genehmigen, da rief jemand dazwischen, ohne aufgerufen zu sein. Sie sah nicht gleich, woher der Ruf kam, doch erkannte sie sofort die Verbitterung, die ihn trug. Ohne Lautsprecher und Mikrophon sprach er für alle, die bisher geschwiegen hatten. Es war die Stimme eines kleinen, doch stämmigen Mannes, der auf eine bedrückend schlichte Art und Weise normal wirkte. Es gab keine äußerlichen Veränderungen in Morphologie oder Typologie, noch trug er eine provokante Frisur oder Piercings. Der Mann starrte einfach nur gerade nach vorn und brüllte Ines an, ohne Argumente oder Sichtweise hervorzubringen. Er war der reine Hass, ohne den es die Warschauer Kommune des Speziesismus nicht gegeben hätte.

Gejohle. Zustimmendes Murmeln. Ines konnte auch hören, wie manch einer mit dem Nachbarn mit frischem Bier anstieß.

Beschwichtigend hob Alix Wasovskiy die Hände. »Erstens, wir sollten uns wohl darauf besinnen, was …«

»Richtig so!«, rief eine Frauenstimme schrill und unstet ins Gemurmel hinein. »Vielleicht spioniert sie uns nur aus. Morgen ist Razzia und wir werden für was-weiß-ich-was verhaftet. Wir dürfen sie nicht in unsere Labore lassen.«

Ines hob beide Hände, wie Alix es versucht hatte, doch nutzte sie die kalte, mächtige Aura der Alten. Und tatsächlich - obschon sie nichts mehr hassten als alles Unsterbliche, wirkte der Eindruck und die reflexartige Gewohnheit doch wie erwartet - für einige Sekunden hallte kein geiferndes Keuchen mehr durch die mit Holzimitat vertäfelte Halle.

»Sie haben recht, ich sollte das Labor nicht sehen.« Wieder versuchte sie den Erst-Loben-dann-Schelten-Trick. »Und doch müssen Sie sich entscheiden. Wenn Sie mich für einen unaufrichtigen Vorwand halten, Sie auszuhorchen, dann ist die einzig logische Vorgehensweise, mich auf der Stelle auf die Straße zu setzen.«

»Ja. Machen wir das! Wir haben schon genug Zeit vergeudet!«
Es war dieselbe Stimme wie beim Einwurf zuvor, und diesmal war
das Gejohle noch größer und grummelte sich unter dem Dach
entlang zu einer donnernden Woge des Missmuts hinab.

Ines musste dagegen anschreien, denn Alix Wasovskiy
begnügte sich damit, ratlos den Kopf zu schütteln und flehentlich
ins aufgebrachte Auditorium zu starren.

»Bedenken Sie eines!«, rief sie aus voller Kehle. »Wenn ich jetzt
gehe, dann erfahren Sie nicht, ob meine Geschichte stimmt. Sie
erfahren nicht, ob wahr ist, was Sie Ihr jämmerliches Leben lang
nur geglaubt, aber nicht bewiesen bekommen haben. Dass Sie
verarscht werden. Dass die neue Freiheit darauf beruht, dass Sie
nicht wissen, nicht erfahren, nicht erinnern können, was wirklich
vor sich geht.«

Herausfordernde Blicke fauchte sie quer durch die staunende
Menschenmenge, deren Mitglieder nach und nach erstarrten. Sie
hatte ihnen den Köder hingeworfen und sie gleichzeitig zu Tode
beleidigt. Es war die einzige Chance. Erst jetzt begriff sie selbst, was
sie getan hatte. Dass sie ihre schlimmsten Seiten hervorbringen
musste, und dass nur der speziesistische Hass die Warschauer
Kommune dazu bringen konnte, zu kooperieren. Entweder sie
bekam, was sie wollte, oder sie hatte sich knapp dreihundert
Feinde auf Lebenszeit gemacht. Ines schluckte.

Zaghaft begannen einige sich wieder ordnungsgemäß in die
Grabesstille hinein zu melden.

Und wie der Sturm der Entrüstung sich in tatenlose Ohnmacht,
die gleichermaßen triumphale Läuterung darstellte, wandelte,
erwachte auch Aliaksandr Wasovskiy wieder zum Leben.

»Ja. Äh, also. Wer noch etwas sagen will, bitte der Reihe nach.
Und dann … Dann können wir wohl darüber abstimmen … denke
ich.« Unsicher tippelte er von einem Bein auf das andere und
zögerte weiter. Ines stieß ihn vorsichtig vors Schienbein, sodass
ihm klar wurde, dass der Moment nicht ungenutzt bleiben durfte.

»In Ordnung. Maja.«

Eine ganz in Camouflage-Grün gekleidete Frau stand auf. »Ich
würde gerne sicherstellen, dass die Bedingungen eines
Einverständnisses uns rechtlich absichern. Sie soll unterschreiben,
dass sie niemals hier war.«

Alix tippelte wieder von einem Bein aufs andere. »So sehr ich es begrüße, dass ihr Frau Schultheiss …«

Ines begriff, dass er es nicht hinbekommen würde. Sanft fasste sie ihn beim Ellenbogen, damit er begriff, lieber still zu sein. »Maja, ich gebe Ihnen - und mir ist bewusst, wie unpassend das erscheinen mag - mein Ehrenwort, dass ich niemals erwähnen werde, wo ich die Aufwertungen, die ich benötige, bekommen habe. Doch es liegt in der Natur der Geheimhaltung, dass ich nicht werde beweisen können, nicht hier gewesen zu sein, schließlich müsste ich dann auch beweisen, bei keiner anderen Biohacking-Organisation gewesen zu sein, und wie absurd das ist, sollte selbstverständlich sein.«

Die Frau nickte unzufrieden. »Sie können uns keine Garantien geben.«

»Niemand kann das.«

»Dann sollten wir es nicht tun.«

Wieder zustimmendes Gemurmel. Ines fand es ermüdend, diesen Leuten erklären zu müssen, welche Unwägbarkeiten das Leben bereithielt, doch sie musste es trotzdem versuchen. Unglaublich, dass die Naivität dieser Jungen sie daran hindern würde. Moment mal, hatte sie da gerade arrogant aus der Perspektive einer Alten gedacht?

»Ich kann Sie gut verstehen, Maja«, insistierte sie. »Sie haben Angst vor den Konsequenzen Ihrer Entscheidungen. Gut so. Denn Verantwortung zu übernehmen, ist nicht einfach, mehr noch, wenn man es für andere Menschen tut, die es nicht können. Diese Gemeinschaft …«, sie breitete die Arme aus, »… diese Gemeinschaft ist mir sympathisch. Sie sind unzufrieden mit dem Status Quo, und als jemand, der nicht unbedingt freiwillig zu seiner Unsterblichkeit gekommen ist, verstehe ich, warum man nicht nur unzufrieden sein kann, sondern es sogar sollte. Ich habe Ihnen gesagt, was ich weiß, und ich habe Ihnen gesagt, was ich will. Niemand kann vorhersehen, was passiert, wenn ich zurück nach Neu Hamburg gehe und mich den Aufgaben stelle, die dort auf mich warten. Ich weiß nur eines: Dieses ist die beste, logischste Möglichkeit, mich dafür zu wappnen. Ich respektiere Ihren Kampf für Gleichberechtigung, ja, vielleicht sogar für Unsterblichkeit - auch wenn ich weiß, dass Sie nicht hören wollen, dass es womöglich gar nicht eben so erstrebenswert ist - und daher bitte ich Sie inständig, sich zu fragen, ob Ihr Kampf hier von der ideologischen Ebene auf die praktische gehoben werden soll. Sind Sie bereit dafür, die Konsequenzen für Ihre politischen Ansichten zu tragen? Wenn nicht, dann bedanke ich mich für Ihre Gastfreundschaft und kehre unverrichteter Dinge zurück. Doch bedenken Sie: Garantieren kann ich, kann niemand Ihnen irgendetwas.«

Ines sah, wie die junge Frau schluckte und sich hinsetzte. Ihr Monolog hatte Eindruck hinterlassen, allein, sie fragte sich, welchen.

»Weitere Anmerkungen?«, hauchte Alix in die Versammlung hinein, doch er fand nur nachdenkliche, beinahe melancholische Stille. Ines konnte nicht umhin, zu denken, dass das Ergebnis hier am Ende wie bei so vielen Gruppen allein aus Absichtsbekundungen bestehen würde. Besser wissen und besser machen, lagen oft an diametralen Enden einer großen, schlecht balancierten Wippe. Ines traute sich, die Füße vom Boden zu nehmen. Doch was die Warschauer anbetraf …

»Äh, gut. Wenn keine weiteren Wortmeldungen sind, dann bitte ich jetzt, dass wir darüber abstimmen, ob wir der Alten Ines Schultheiss ihre Bitte erfüllen möchten, ihr Gedächtnis innerhalb unserer Möglichkeiten aufzuwerten.«

Gemurmel. Anspannung. Ines sah herausfordernd in das weite Rund, doch sie vermochte es nicht einzuschätzen. Jetzt konnte alles passieren.

Sie hörte, wie Alix seufzte. »Also schön. Wer dafür ist, möchte den Arm heben.« Er selbst tat sofort, was er verlangte.

Ines begriff schnell, dass sie versagt hatte. Zaghaft und unsicher meldeten sich einige, doch die Mehrheit blieb stumm und teilnahmslos.

»Vierunddreißig«, stellte Aliaksandr Wasovskiy nüchtern fest. Er seufzte noch lauter als zuvor, ehe er fragte: »Gegenstimmen?«

Ines' Herz tat einen Satz, denn auch hier gab es nur wenige, die ihre Ablehnung offen zeigen wollten. Schnell versuchte sie im Geiste, die Arme zusammenzuzählen, doch musste sie sich eingestehen, dass sie zu wenig Übung in direkter Demokratie hatte, um schnell genug zu sein.

»Achtunddreißig«, hallte Alix' enttäuschte Stimme durch die Halle. »Der Antrag ist damit abgelehnt.«

Ines räusperte sich noch einmal. »Ich danke Ihnen dafür, mich angehört zu haben«, rief sie enttäuscht, doch sie wurde schnell verschluckt vom Rauschen des Alltags und der gespielten Geschäftigkeit, die augenblicklich zu den Speziesisten von Warschau zurückkehrte. Erschöpft ließ sie die Schultern in sich zusammenfallen und blickte Alix an. Erstaunt erkannte sie, dass er keine zur Schau gestellte Erschöpfung anbot.

»Schade um die Herausforderung«, sagte sie.

»Schade um die Chance zum Handeln«, sagte er. »Ich glaube, du warst zu hart zu ihnen.«

Fragend blickte sie ihn an. »Provokant, ja. Doch ich habe nur gesagt, wovon ich überzeugt bin. Habe nicht manipuliert oder geschwindelt.«

»Und doch ist die Wahrheit das schärfste Schwert von allen.«

Ines ließ den Kopf sinken und nickte missmutig. Sie fühlte sich vollkommen leer und allein. Beinahe war es, als würden jetzt, wie eine boshafte Eingebung des voreiligen Gehorsams, alle Erinnerungen an den Fall wie ausgesaugt einfach zu Staub zerfallen. Doch sie konnte sich nicht ewig verstecken.

»Dann also unverrichteter Dinge nach Hause«, sagte sie.

»Kommt nicht in Frage«, sagte Alix voller Wehmut. »Sei mein Gast heute Abend. Um der alten Zeiten willen.«

# # #

»Es gibt keinen guten polnischen Wein, aber das hier ist das Nächstbeste«, grinste Alix, als sie im mondänen Innenhof der alten Behörde Platz genommen hatten. Der nachgemachte Marmor vermochte nicht die brutalistischen Säulen zu kaschieren, die den Raum prägten und beengten, doch die neosozialistische Nostalgie war auch für jemanden, der unsterblich war, fast greifbar. Inmitten von Kies eingerahmter Wasserspiele, die seit langer Zeit nur mehr plätscherten, anstatt einen filigranen Anblick zu bieten, war wild jedes Gemüse gepflanzt, das im kargen Warschauer Boden wachsen wollte. Und obwohl November war, lugten doch einige mit grünen Blättern verzierte Wurzeln aus den vom Wasserspiel anscheinend eher unbeabsichtigt bewässerten Beeten. Die Zeit stand hier still, wusste Ines, und lachte innerlich bitter, denn galt für sie doch ganz und gar das Gegenteil. Wenn sie die Warschauer Hacker-Kommune verließ, konnte alles passieren. Nicht einmal ihre gewisse Popularität würde sie dann noch davor bewahren, einfach zu verschwinden, wenn sie es wollten, dachte Ines finster. Die Möglichkeiten waren grenzenlos, wenn man die Gedächtnismanipulation logisch zu Ende dachte. Vielleicht war es die Aura der Verschwörungstheorien, die im Dunst der Joints und Weingläser zu einem Nebel der Verheißung kondensierte. Negative Verheißung zwar, aber doch etwas, das auf eine seltsam definitive Art unvergesslich sein würde.

Ines schreckte aus den Gedanken auf und begriff, dass sie Alix' rhetorische Frage nicht angemessen beantwortet hatte. »Es ist egal, was es ist, wie es heißt und woher es kommt, solange es dafür sorgt, dass ich tief und fest schlafen werde«, sagte sie finster.

»Es ist Tallinner Spätlese«, sagte er, ohne sich anmerken zu lassen, wie schroff sie ihn behandelte, »danke der Nachfrage. Ein Wunder der Natur.«

»Das kommt ganz auf die Sichtweise an«, sagte sie. »Dass das baltische Klima sich zum Weinbau eignet, kann gut und gerne als menschliche Ingenieursleistung gepriesen werden.«

»Wer weiß das besser als die Menschen aus Neu Hamburg«, sagte er.

»Prost«, meinte Ines.

»Auf vergangenen Ruhm«, sagte Alix, ohne dass Ines begriff, was er damit meinte. Sie hatte ihn nie gefragt, wieso er die Aufnahme ins Programm abgelehnt hatte. Und hier saßen sie, inmitten der größten Gegner der Weltordnung, die man sich denken konnte.

»Man wird mich für eine Defätistin halten, allein dafür, dass ich hier war.«

Alix lachte. »Und wüssten sie, was du hier wolltest, wäre das noch eine Untertreibung.«

»Wieso bist du nicht ins Programm gegangen, Alix? Ist dies die Verheißung, die es dir ausgetrieben hat, oder der Unterschlupf, der dich vor der Reue bewahrt?« Sie nippte an ihrem Glas und betrachtete seine Augen genau. Vielleicht war sie damit zu weit gegangen.

»Wer will nicht unsterblich sein?«, fragte er.

»Ihr alle?«

Alix schüttelte den Kopf. »Niemand kann sich dem süßen Versprechen der Ewigkeit entziehen. Allein, die Wirklichkeit sieht anders aus. Die Plätze des Programms sind streng limitiert, und zwei Drittel der Menschheit müssen mehr oder weniger tatenlos ansehen, wie ihre Zeit abläuft, während die Alten in Ausbrüchen ihrer unendlichen Gnade einige wenige Glückliche zu sich ins Pantheon rufen. Die Ungerechtigkeit treibt mich an, Ines.«

»Die Menschheit stagniert ohne Fortpflanzung«, entgegnete Ines. »Und Fortpflanzung, das haben die letzten zwei Jahrhunderte gezeigt, ist nur möglich, wenn die Bevölkerung nicht ungebremst wächst. Das ewige Leben kollidiert mit der Idee, die Menschheit als ganze zu verbessern. Mehr zu sein als die Summe der Teile.«

Aliaksandr Wasovskiy war weder radikal noch dogmatisch. Das zeigte er Ines nicht nur, indem er sie für ihre nur halb in ihrer Wirkung zu ermessenen Worte nicht bestrafte, sondern abermals einfach nur kultiviert den Kopf schüttelte.

»Es gibt nicht wenige, die dich für diese Worte hinauswerfen würden, nicht ohne ein paar blaue Flecken übrigens, doch ich verstehe die Perspektive, in der sie Sinn ergeben. Und, verzeih meine Reserviertheit, man muss dem nicht zustimmen.«

»Gewiss nicht, nein. Aber man kann schlecht uns Alte umbringen, nur weil man wie Seoung Lee oder Johann Blisterhuber vor Neid wahnsinnig wird. Die Unsterblichkeit ist real, also muss die Gesellschaft sie als Tatsache anerkennen.«

Alix blickte sie auf eine seltsam berechnende Weise an. »Indem man die Jungen unterdrückt?«

»Vielleicht sogar, indem man die Alten unterdrückt«, entgegnete Ines. »Es mag am Wein liegen, doch ich beginne zu verstehen, weshalb man das System verdammen sollte.«

»Wie meinst du das?«

»Was ist Gerontokratie?«, fragte Ines. »Nicht wenige von uns tun den Tag lang nichts anderes, als Essays darüber zu schreiben, warum die Wirklichkeit demokratisch und egalitär ist. Doch in Wahrheit versuchen sie nur, die Defizite zu rechtfertigen.«

Alix nickte stumm. Er wirkte zufrieden mit ihren Ausführungen, nein, mehr noch. Gebannt. Gewiss hatte er niemals einen Alten so reden hören. Mit Augen und Mundwinkeln schien er sie anzuflehen, weiterzureden, doch er schaffte es nicht, es auch zu artikulieren.

»Diese Defizite«, sagte Ines und versuchte, es möglichst wenig pathetisch klingen zu lassen, »sehen wir alle. Und niemand, selbst diejenigen, die sich ›auserwählt‹ fühlen oder schlicht für etwas Besseres, sozusagen die Krone der Schöpfung halten, verschließen die Augen davor, dass diese Sache ehrenhaft und verständlich, allzu verständlich ist. Doch ist uns eben auch vollkommen klar, dass es Probleme gibt, die die Unsterblichkeit für alle auch nicht lösen würde.«

»Und deshalb manipulieren sie Gedächtnisse? Um die Unzulänglichkeiten verstecken zu können?« Alix blickte ins Leere, als käme ein großer, unaufhaltsamer Eisberg direkt auf ihn zu.

»Wo Unrecht ist, da ist man geneigt wegzusehen«, antwortete Ines. „… weil es schmerzt, die menschliche Unfähigkeit, gut zu handeln, zu erleben. Man will sich dagegen wehren, sich klarzumachen, dass die Fehler, die uns dazu bringen, zu plündern, zu morden oder bei Rot über die Straße zu gehen, in uns allen stecken. Wir fürchten uns vor dem, der uns den Spiegel vorhält.«

»Aber nicht du!« Alix zeigte triumphierend mit dem Zeigefinger auf Ines, sodass sie nicht wusste, ob es Zynismus oder Anerkennung bedeutete. »Warum bist du dem Programm beigetreten, wenn du es besser weißt?«

Ines zog die Schultern hoch und zeigte das nichtssagendste Gesicht, das sie parat hatte. Wie zynisch es wirken musste!

»Ich hatte keine Wahl«, sagte sie. »Es war die einzige Möglichkeit, mein Leben zu retten, nachdem Blisterhuber mich angeschossen hatte.«

»Die Injektion von Geneworks' mutagenetischer Aufwertung bei letalen Verletzungen ist illegal«, sagte Alix.

Ines nickte stumm. Die Injektion war illegal gewesen. *Sie* war illegal. Und niemand wusste es außer ein paar Alten, die in der

Hektik der damaligen Situation diese Entscheidung getroffen hatten. Und Alix.

Er starrte sie an. »Bedeutet das, dass sie es bei mir auch gemacht hätten, wäre es schlimmer gewesen?«

»Ich …« Sie stockte. Versuchte, ihre Gedanken zu sammeln. Ihn nicht vor den Kopf zu stoßen mit der unausweichlichen, schmerzlichen Wahrheit. »Ich weiß es nicht, Alix. Ich war nicht dabei.«

»Natürlich«, sagte er matt, doch sie konnte sehen, wie es innerlich in ihm brodelte. »Wer bin ich, mich dazu aufzuschwingen, dich zu richten, wenn es mir genauso hätte ergehen können?«, fragte er abwesend. »Und doch sitze ich hier und mache dir Vorhaltungen.«

»Alix, nicht«, sagte sie.

In einer Eruption von Willensanstrengung, genährt von so etwas wie erneuerter, doch befleckter Lebendigkeit, sprang er auf, trank sein Glas in einem Zug aus und blickte Ines finster an. »Bleib noch einen Tag länger.«

Überrascht blickte sie zurück in seine von Überzeugung überlaufenden Augen. Das Feuer, das in ihm brannte, erkannte sie wieder. Aber noch wusste sie nicht, worauf es sich stürzen würde.

»Alix, nicht«, sagte sie erneut, in vager Ahnung dessen, was er vorhaben konnte.

»Kein Alter soll mich aufhalten«, sagte er. »Nicht einmal du.«

Sie nickte düster, doch Aliaksandr Wasovskiy bekam es nicht einmal mit. Ines konnte nicht wissen, wohin er ging, als er, den kalten November-Sternenhimmel von Warschau keines Blickes würdigend, davonstob. Sie konnte nur ahnen, dass er in sein Biohacking-Labor floh. Vor ihr, der Wahrheit und der Welt. ›Vielleicht‹, sagte Ines zu sich und dem Wein, ›bekomme ich doch noch, wofür ich kam.‹

Doch zu welchem Preis?

19.

Obschon die Unsicherheit blieb, was Alix nun zu tun gedachte, und ob er sich wirklich über die Entscheidung der Gemeinschaft hinwegsetzen würde, legte sich der schwere Mantel des Weins doch irgendwann auf Ines - so schwer wog er, dass sie beinahe bis Mittag schlief. Es war nicht der Alkohol, denn der wurde von den bio-engineerten Gen-Anteilen ihres Körpers sofort unschädlich gemacht, sondern die psychologische Komponente, die sie warm und weich und tief schlafen ließ. Längst hatte man begriffen, dass es nicht des Nervengiftes bedurfte, um das Bewusstsein zu verändern. Daher wusste sie ebenso gut, dass es auch ohne baltischen Wein gegangen wäre, doch so fühlte es sich irgendwie … richtiger an. Als sie aus dem schlecht balancierten Gästebett aufstand, taten ihr alle Knochen weh - ganz so, wie es sich für einen guten Kater gehörte. Doch natürlich war es nur die vage Erinnerung davon, wie es sich anfühlen sollte. Sie tat gut daran, gegenüber den anderen Speziesisten nicht zu deutlich zu machen, dass all diese Umstände bei ihr keine körperlichen Folgen hatten, und gähnte herzhaft. Keine Spur von Alix. Sie würde sicher nicht abreisen, ohne sich von ihm zu verabschieden. Doch war es wirklich eine gute Idee, hier auszuharren und zu warten, was er ausknobelte? Andererseits, was konnten diese armen Sterblichen ihr schon antun? Sie würde ihnen ohne Mühe davonlaufen, ebenso wie sie genug Selbstverteidigungstechniken beherrschte, um ein paar von ihnen manuell abwehren zu können. Und es war ja kaum davon auszugehen, dass sie wie ein wütender Mob auf sie losgehen würden, wenn sie herausfanden, dass Alix … ja, was eigentlich genau tat?

Ines war klar, dass es keine gute Idee war, selbst in die geheimen und gewissermaßen heiligen Hacker-Katakomben hinunterzugehen. Sie erkannte unsichtbare Mauern, das war immerhin ihr Job gewesen.

»Guten Morgen«, schrieb sie per Instant Message an Alix' Pad und wartete.

Sie hatte sich längst wieder auf Decke und Bett gesetzt, ehe der leise Piepton eine Antwort signalisierte.

»Gut geschlafen? Ich könnte etwas zu essen gebrauchen. Und Koffein.«

Er hatte also die ganze Nacht durchgearbeitet? Ines bewunderte gleichzeitig Hin- und Selbstaufgabe des Bio-Hackers, der plötzlich wie verwandelt war.

»Frühstück klingt gut«, tippte sie müde auf den Screen.

»Oh, nicht nur das. Ich will auch dein Blut.«

Ines stutzte und blickte erneut auf das Pad. Kein Zweifel, da stand, was sie gelesen hatte.

»Wie bitte?«

»Oh, schon gut. Bis gleich!«

Alix grinste, als er ohne zu klopfen die Tür zu dem kleinen Kabuff aufwarf und trotz bedenklicher Ringe unter den Augen bestens aufgelegt, nein, aufgedreht schien.

»Du hättest mich in einer ungünstigen Lage erwischen können«, sagte Ines.

»Verzeihung, bitte«, nuschelte er schuldbewusst. »Die Gewohnheiten hier, weißt du?«

Ines nickte und verstand, was er meinte. »Mir ist klar, dass es niemanden gibt, der euch hier mehr abstößt als ich … nun ja, natürlich polnische Alte, aber trotzdem bin ich überrascht, dass wirklich niemand mich gestern Nacht zu einer Orgie eingeladen hat …«

Alix schüttelte den Kopf. »Wir erfüllen nicht alle Stereotypen einer Neosozialistischen Kommune, weißt du?«

Irritiert blickte sie ihn an. Es war nicht ihre Absicht gewesen, zu unterstellen, dass das soziale Miteinander abliefe wie im sprichwörtlichen Sodom und Gomorrha, doch das verstand er sicher ganz gut. Dennoch war nicht zu bestreiten, dass einige der Jungen sich dermaßen freizügig kleideten, dass man als Außenstehender nicht zu der Schlussfolgerung kam …

»Nun …« Alix unterbrach ihre Gedanken, »zumindest meistens.« Jetzt grinste er so breit, dass sie sich fragte, ob er wirklich nur einen Witz machte.

»Keine Details«, sagte sie spitz.

»Ich …«

»Ja, Alix?«

»Ich entschuldige mich für meine Neugierde … Ist es euch Alten nur untersagt, euch fortzupflanzen, oder auch …«

»Du meinst, ob wir die Unendlichkeit enthaltsam verbringen?« Belustigt erblickte sie einige Schweißperlen auf seiner Stirn, die die Beschämung seiner Frage nicht länger verdecken konnten. War es möglich, dass …

»Weißt du … wir erfüllen nicht alle Stereotypen einer sterilen, posthumanen Gesellschaft.« Ines musste grinsen.

»Wären doch nur alle Alten wie du«, sagte Alix, ohne dass Ines imstande war, den Ausdruck auf seinem Gesicht zu deuten.

»Das wünschte ich auch.«

Alix nickte. »Gehen wir was frühstücken.«

Der Ort, an dem sie aßen, war das große Auditorium. Ines zog den Vergleich mit dem altrömischen Forum, das soziales und ökonomisches Zentrum der Stadt war und vor allem den Zweck hatte, die Bürger zusammenzubringen. Während auf der schmalen Bühne zwei ältere Frauen jonglierten, saßen überall verstreut kleine Grüppchen, rauchten, redeten oder vertrieben sich die Zeit damit, über das schier unüberwindliche Leid der Welt zu klagen.

Ines fand Gefallen an der laschen Hierarchie und Struktur der Kommune und fragte sich, ob sie nicht hineingepasst hätte, wenn da nicht das kleine Detail der Lebenserwartung gewesen wäre.

»Ihr genießt das Begrenzte, das ihr habt«, sagte sie gedankenverloren zu Alix, »während wir die Tage zählen, an denen wir erfolgreich aus dem Bett zum Balkon und zurück ins Bett gekommen sind.«

Der Nanobiologe lachte nicht, sondern legte die Stirn in Falten. »Und doch würde jeder mit dir tauschen, wenn er könnte. Vorausgesetzt, niemand hier bekommt es mit.«

»Du hast keine hohe Meinung von deinen Kameraden«, sagte Ines.

»Doch, schon. Aber nicht von mir«, zwinkerte er. »Der Mensch ist Opportunist. Das muss er evolutionär betrachtet auch sein.«

»Die Evolution gibt es aber nicht mehr, Alix.«

Seine Augen verengten sich zu winzigen Schlitzen. »Sei dir da nicht zu sicher. Ist es nicht im weiteren Sinne Evolution, wenn jemand, sagen wir, ein perfektes Gedächtnis hat, das ihm erlaubt, die perfiden Machenschaften seiner Kameraden zu durchkreuzen, was ihn auf lange Sicht in der Hierarchie bevorteilt? Es ist nicht davon auszugehen, dass man deswegen später sterben würde, aber vielleicht lebt es sich …«

»Doch, Alix.« Ines war aschfahl geworden und hob die Hand, wie um seinen Gedanken zu fangen. »Die einzige Möglichkeit, in der Hierarchie aufzusteigen, ist zu hoffen, dass jemand über dir eine kürzere Ewigkeit vor sich hat.«

»Neid?«, fragte Aliaksandr Wasovskiy. »Man sagt, das sei genetisch herausgepatcht worden.«

»Und genau so wie es nur eine Redensart ist, wird nach einer Zeit eine Legende daraus, die nicht mehr von der Wahrheit zu unterscheiden ist. Wir sind Menschen, Alix. Mit Wünschen und … Bedürfnissen.«

»Anerkennung.«

Ines zog eine Augenbraue hoch und nickte für die Winzigkeit einer Sekunde. »Ja. Anerkennung. Anerkennung und Missgunst und Neid.«

»Man stelle sich vor, es gelänge jemandem, die Macht über die Erinnerungen zu haben …«, fügte Alix hinzu.

»Es reicht nicht, unsterblich zu sein«, schloss Ines. »Man muss unsterblicher sein als die anderen.«

»Wer?«

Sie zuckte mit den Schultern. »Wer weiß. Vielleicht alle, vielleicht die meisten.«

Er pfiff leise durch die Vorderzähne. »Ich wollte aus ästhetischen Gründen warten bis nach dem Essen, doch jetzt, wo es mir wieder einfällt, wäre es töricht, es nicht anzubringen. Ich brauche dein Blut.«

Ines lachte. »Was für eine passende Bemerkung. Ich hoffe, nicht alles.«

»Es wird reichen, wenn du dir diese Mikrospritze in die Haut piekst.« Vorsichtig lugte er im Auditorium umher und schob dezent ein kaum stecknadelgroßes Stück Technologie über den Tisch.

»Vielleicht an einem diskreteren Ort«, schlug sie vor.

»Natürlich«, sagte Alix etwas kleinlaut, doch Ines ignorierte seine Beschämung einfach und ging schließlich mit einem Hauch von Alten-Arroganz darüber hinweg und rammte sich die schmerzlos arbeitende Metallspitze in den Unterarm.

»Du hast also schon einen Plan?«, fragte sie und schob die wertvolle Fracht wieder zu Alix zurück.

Er grinste. »Ich habe sogar zwei Pläne.«

»Ich bin gespannt«, sagte Ines. »Wenn ich irgendwie helfen kann …«

»Deine Inspiration zuvor war mir Hilfe genug«, sagte er defensiver als nötig. »Doch es könnte erforderlich sein, dich heute Nacht im Stillen ins Labor zu bringen. Halte dich also bereit.«

Ines nickte und überlegte einen Moment lang. »Du riskierst viel für mich.«

»Und du hast mir die Augen geöffnet«, entgegnete Alix. »Ich bin schon viel zu lange untätig gewesen. Ich werde hierbleiben, wenn man mich lässt, doch ich würde nicht zögern, dir zu folgen, wenn es in Neu Hamburg etwas zu tun gäbe. Ich habe endlich verstanden, dass es nicht reicht, über die Revolution zu reden. Ich dachte, das wüssten wir Polen, doch dieses Mal ist das System besser darin, uns vorzugaukeln, dass doch nicht alles schlecht ist.«

»Vielleicht, weil wirklich nicht alles schlecht ist«, sagte Ines langsam, während sie ihn genau taxierte. Irgendein Funke war übergesprungen, aber sie vermochte nicht zu sagen, was das bedeutete. Aliaksandr Wasovskiy hatte sich verändert. Doch Ines verstand es nicht.

»Es ist noch schlechter, als ich jemals für möglich gehalten habe«, sagte er langsam. »Und wenn du … wenn wir nichts dagegen unternehmen, dann wird es immer nur schlimmer.«

»Und die Kommune?«, fragte Ines.

»Es ist ein guter Test für uns. Wenn sie mich fortjagen, dann ist es ohnehin besser, dass es so kam. Es gibt noch andere Bio-Hacker, deren Handlungswillen man testen kann.«

Ines nickte anerkennend und hob abermals ihr Glas. »Also schön. Noch einmal stürmt, noch einmal, liebe Freunde!«

»Shakespeare, Heinrich V.«, sagte Alix.

Wieder nickte Ines.

»Genieße die Frucht der Jugend, meine Freundin. Sie schmeckt süß, wenn sie frisch von der Rebe kommt. Doch leb' nicht zu lang … denn der Geschmack wird bitter mit der Zeit.«

Ines hob eine Augenbraue. Sah in Alix' aufmerksames, wartendes Gesicht und erschrak. »Es klingt, als müsste ich es kennen, doch mir fällt nichts ein. Vielleicht hast du recht mit dem Wein …«

Alix lachte. »Es wundert mich nicht, dass du die Worte eines weisen, längst vergessenen Mannes nicht erkennst. In der Zukunft klingt alles gleich alt.«

»Zur Hölle mit Recht oder Unrecht. Wenn ich nur die Bitterkeit aus euren Herzen nehmen könnte, wäre die Welt schon sehr viel besser«, sagte sie.

Alix stand formvollendet auf und verbeugte sich. »Dann will ich sehen, dass du diese Möglichkeit bekommst.« Darauf, ohne sich weiter zu erklären, stürmte er davon.

Lange sah Ines ihm nach. ›Nein, er hat recht‹, dachte sie. ›Die Welt ist nicht einfach im Innersten schlecht. Wir müssen nur die Wärme freilegen, die hinter verhärteten Mauern aus beiderseitigem Speziesismus füreinander verschüttet liegt.‹

Zuerst musste sie darauf hoffen, dass sie ein neues Gedächtnis bekam. Eines, das, wenn nicht unsterblich, dann doch wiederbelebbar sein würde.

# # #

Die Warschauer Kommune lag nie in Stille, doch konnte man die tiefe Nacht, in der lediglich ganz selten die typischen, gelegentlichen Ausrufe von - aus welchen Gründen auch immer - ekstatischen oder wahnhaften Mitgliedern zu vernehmen waren, als die ruhigste Zeit bezeichnen.

Ines lag wach auf dem notdürftig geflickten, von Löchern übersäten Laken ihres Futons und wartete. Es war ein seltsames Warten. Das Kribbeln im Bauch und unter den Fingernägeln war nicht das eines unruhigen Teenagers, der etwas Verbotenes tat. Auch war es kaum vergleichbar mit dem Rausch der unrechten Tat, den sie nur zu gut von beiden Seiten her erinnerte. Vielmehr als das lag die nackte, ausgebreitete Wahrheit vor ihr, dass sie Angst hatte. Nicht vor dem, was Klaus-Peter Haßloch ihr angedroht oder zumindest nebulös beschworen hatte, noch davor, dass vielleicht etwas schiefging, Alix einen Fehler gemacht hatte oder sie einen Hirnschaden davontragen würde. Das alles wogte in ihr umher wie der stille, beruhigende Ozean des Unvermeidlichen.

Und dann war da noch die Brandung des Sturmes, der darüber tobte. Der sie wieder und wieder daran erinnerte, was es bedeutete, wenn sie wirklich aufdeckte, dass Alte kriminell, nein, schlimmer: korrupt waren. Zum ersten Mal, zum allerersten Mal hatte Ines Angst vor dem System, auf dessen Sonnenseite sie stand und dem sie immer felsenfest die Treue gehalten hatte, selbst dann noch, als um sie herum Alte starben und allein der Opportunismus ihr hätte sagen müssen, dass es alles andere als logisch war, standhaft zu bleiben. Und da wankte sie jetzt, anhand von kaum mehr als einer kruden Theorie, ein paar Fotos und einem dementen Auftraggeber?

Ines schauderte und blickte auf die viel zu warmen Novemberwolken Warschaus.

Es war die Gewohnheit. Nichts anderes hielt ihren Gerechtigkeitssinn zurück: Die Aussicht darauf, das Luxusappartement räumen zu müssen, anders, bescheidener oder vielleicht gar nicht mehr zu leben, ängstigte sie mehr als alle Gewaltandrohungen der Welt.

Ines Schultheiss schloss die Augen und tastete über die makellosen, feinen Kämme ihrer Wirbelsäule. Die matte, ferne Erinnerung an die Titanplatten weckte Wehmut, nein, Trauer in ihr. Man hatte ihr das Leben geschenkt und es ihr damit gleichermaßen auch genommen. Doch es gab kein Zurück, kein Versuchen und erst recht kein Zweifeln. Sie musste das jetzt durchziehen, egal wie es ausging.

Ein letztes Mal blickte sie auf die blinkende Textnachricht, die längst älter als eine halbe Stunde war, die sie nicht beantwortet hatte, noch danach hatte handeln können.

»Ines, es ist soweit. Komm bitte zu mir herunter.«

Sie nahm ihre kleine Tasche, schnappte das Pad, ohne es noch eines Blickes zu würdigen, und machte sich auf den Weg. Alix würde sie jetzt gleich hacken.

# # #

Es roch nach Desinfektionsmittel - natürlich.

Ebenso natürlich schien ihr in jenem Moment, dass die Gänge des Kellerkomplexes nicht dunkel und düster waren, sondern vom klinischen Weiß eines Forschungslabors kündeten. Für einen Moment fühlte sie sich wie unter dem Straßburger Europaparlament - in kalten, zugigen Gängen ein, nein, ganze zwei Menschenleben zuvor. Was war indes *hier* ein Zeitalter zuvor gewesen? Ines' Gedanken befassten sich nicht lange mit Fragen über polnische Geschichte oder Geheimdienste des vorletzten Jahrhunderts. Sie fixierte nur Alix' wartend dreinblickende Silhouette am Ende des Ganges.

»Beeil dich«, flüsterte er. »Mir macht es zwar nichts aus, aber trotzdem muss dich ja keiner sehen.«

Ines nickte verschwörerisch und schloss die schwere Aluminiumtür so leise wie möglich hinter sich. Vage Erinnerungen an viel zu viele Besuche in viel zu vielen Leichenhallen flammten in ihr auf, doch sie schaffte es gerade noch rechtzeitig, sich klarzumachen, dass dies einem anderen Zweck diente.

»Was muss ich tun?«, fragte sie, während das Kribbeln in ihren Körper zurückkehrte und ihre Geduld in Standby schickte.

»Setz dich bitte da hin«, sagte Alix routiniert und machte sich an seinem Pad und dem großen Bildschirm an einer der Wände zu schaffen. Er stöpselte ein seltsam blinkendes Instrument an einen seriellen Anschluss des Pads und fuchtelte Ines, die er sanft in eine Art Zahnarztstuhl bugsierte, vor dem Gesicht herum. Er war bequem, doch er erinnerte sie auf unschöne Weise an die Zeit ihrer Sterblichkeit - vor allem der Sterblichkeit ihrer Zähne.

»Was machst du?«, fragte sie mit unsteter Stimme. Leiser Schwindel umfing sie, doch gelang es ihr, sitzen zu bleiben.

»Ich habe einen vollständigen Mnemonischen Scan genommen. Ich erkläre es gleich.«

Ins nickte abwesend. Ihr Kopf fühlte sich kalt an, wie in Eiswasser getaucht. War das normal? »Wa... was passiert hier?«

Alix blickte nur leicht beunruhigt zu Ines, hielt ein anderes Diagnoseinstrument vor ihren Schädel und nickte zufrieden. »Sieht alles gut aus. Du fühlst dich vielleicht etwas seltsam, aber das sollte gleich besser werden.«

»In … in Ordnung.«

Alix zeigte ihr weiterhin seine Rückseite und blickte gebannt auf den Wandschirm vor ihr. Was tat er da? Ines konnte nichts von dem erkennen, was vor sich ging. Lag das daran, dass sie zu weit weg saß oder stimmte mit ihr etwas nicht?

»Gut«, sagte er schließlich und drehte sich um.

Ines versuchte, ihn fragend anzublicken. Sie war sich zunehmend unsicher, ob sie eigentlich noch alles richtig mitbekam. »Was ist los?«

Alix schnaufte. »Ich habe einen mnemonischen Scan genommen, wie gesagt. Ich werde jetzt gleich sehen, was passiert, wenn wir ihn zurückspielen.«

»Was?«

»Dein Gedächtnisbackup wird eingespielt.«

»Und?«

Er machte ein gequältes Gesicht. »Wir verstehen nicht zu hundert Prozent, wie das Erinnerungsvermögen funktioniert. Es könnte sein, dass du doppelte Erinnerungen hast, oder Flashbacks … oder …«

»Schon gut, schon gut. Bei Risiken und Nebenwirkungen ignoriere ich einfach meinen Arzt oder Apotheker. Bringen wir es nur hinter uns.«

Alix grinste. »Braves Mädchen.«

Ines überlegte noch, was sie auf diesen unerhörten Zwischenton erwidern sollte, doch dann begann es. Mit einer Art surrealem, mentalem Klirren umschloss wieder Eis ihren Verstand und stoppte ihn scheinbar mitten in der Aktion. Ines beobachtete wie abwesend, was passierte - und dann sah sie wie durch ein Brennglas ihre eigene Vergangenheit. Sie schnappte nach Luft, doch sie war sich nicht sicher, ob sie nicht nur daran dachte, nach Luft zu schnappen. Ihre Hände krallten sich in die überaus unbequemen Lehnen des Stuhles und verharrten dort, während ihr Verstand wie auf einer über Kopf hängenden Achterbahn in rasender Geschwindigkeit die neuen, alten Erinnerungen abspielte.

Voll flirrender Realität sah sie den Peugeot-Laster auf sich zukommen, der ihr die Titanwirbel verpasst hatte, jagte durch die Straßburger Krise genau wie durch den Fall des Seoung Lee. Ihre

Mutter, Jugendsünden, das Gesicht von Michel Hansen, in grotesk überzeichneter Nähe …

»Wow …«, sagte sie, als sie zu sich kam. »Das meiste davon hatte ich fast vergessen.«

Gebannt blickte Alix sie an. »Wie fühlst du dich?«

Ines blickte sich um. »Ach … jetzt wieder ganz …"

Sie brachte den Satz nicht zu Ende. Das nächste, was sie wusste, war, dass es vollkommen widerlich roch und Alix Wasovskiy sie über ein Waschbecken stützte. Er gab ihr Zwieback und Tee, und nach einiger Zeit saß sie wieder in dem ausladenden, unbequemen Stuhl und hatte sich beruhigt.

»Ich hatte schon erwartet, dass es einige mentale … Unregelmäßigkeiten geben würde. Mit etwas mehr Zeit könnte man das Verfahren sicher schonender machen, aber ich würde es meinen ersten Scans zufolge als Erfolg bezeichnen.«

»Wenn du es sagst … gut«, ächzte Ines.

»Wie fühlst du dich?«, wiederholte Alix seine Frage.

Sie hatte keine Ahnung, wie viel Zeit dazwischenlag, doch jetzt nickte sie ihm zu. »Es geht«, sagte sie.

»Gut.« Wieder ein mitleidvoller Blick.

»Was?« Sie sah, dass er ihr etwas vorenthielt. »Alix, was ist?«

»Das war leider erst die erste Hälfte.«

»Wie bitte?«

»Ich habe den externen bio-mnemonischen Chip getestet. Um ganz sicherzugehen, sollten wir aber auch deine intrinsische Erinnerungsfähigkeit verbessern.«

Sie sah ihn fragend an. »Und was heißt das?«

»Du bekommst ein photographisches Gedächtnis.«

»Ich …« Sie stutzte. »Das ist gegen die Lizenzverträge des Programmes. Gegen die Dubai-Konvention. Gegen den allgemeinen Anstand.«

Alix grinste. »Erstens hast du selbst gesagt, dass du niemals im Vollbesitz deines Bewusstseins dem Programm beigetreten bist und zweitens …« Er grinste noch breiter. »Zweitens habe ich einige Übung darin bekommen, genetische Resequenzierung vor Regierungsscannern zu verbergen.«

»Und wenn es Nebenwirkungen mit einem Geneworks-Update gibt?«

Alix schüttelte den Kopf. »Wie du schon sagtest: Die Lizenz besagt, dass nur lebensverlängernde Maßnahmen getroffen werden dürfen. Am kognitiven Teil des Genoms dürfen sie also nichts ändern.«

»Und wenn sie es doch tun?«

Er zuckte mit den Schultern. »Ehrlich gesagt: Dann wäre ich gespannt, was passiert.«

Ines war dadurch nicht erleichtert, versuchte sich jedoch einzureden, dass es keine Alternative gab. Außerdem hatte er in einem recht: Sehr wahrscheinlich war es nun wirklich nicht, dass das Programm tatsächlich in die Gedächtniscodes eingreifen würde. Es war das eine, sicherzustellen, dass die Alten keine Demenz bekamen, doch etwas ganz anderes, ihnen mehr Erinnerungen zu geben, als ihnen genetisch vorbestimmt war. Während sie noch in den Gedanken schwelgte, wo die Grenze von erlaubter Prävention zu politisch inkorrekter, unzweifelhaft illegaler transhumaner Aufwertung verlief, hatte sich Alix mit einem subdermalen Injektor vor ihr postiert.

»Das ist es?«, fragte sie.

Alix nickte bedeutungsschwer. »Gut, dass wir ein Backup gemacht haben«, sagte er und deutete auf den bio-mnemonischen Chip. »Es könnte sein, dass du alles vergisst, was du weißt, wenn die Modifikation deinen präfrontalen Cortex reorganisiert.«

»Du genießt das richtig, habe ich recht?«

Der Pole hob beschwichtigend die Arme. »Was wir hier machen, ist auf alle mir bekannten Arten so gefährlich und illegal, dass mir nichts übrig bleibt, als mir immer und immer wieder selbst zu sagen, dass es trotzdem richtig ist.«

»Sehr aufmunternd, danke.«

»Tut mir leid, dass ich keine besseren Worte finde«, sagte er. »Ich wäre ein lausiger Arzt, schätze ich.«

Ines nickte. »Allerdings. Dann mal los, Dr. Wasovskiy.«

Die Belustigung in seinem Gesicht schlug plötzlich in den kalten Ernst eines Nano-Biologen um, der begriff, was er anrichtete. »Wir verletzen die Dubaier Konvention. Wenn ich dieses Resequenzierungs-Retrovirus in deinem Blutkreislauf freisetze, gibt es kein Zurück.«

Ines schluckte. Sie hatte gewusst, dass sie in den Untergrund musste. Sie hatte gewusst, dass es illegal sein würde. Aber augmentieren? Ines Schultheiss zögerte. Gab es wirklich keine andere Möglichkeit?

»Was macht ihr da?«

Beide fuhren herum. In der Tür stand, von tiefen Augenringen verziert, ein junger polnischer Speziesist und glotzte in das Labor herein. Sie tauschten panische Blicke aus. Ines war, als könnte sie hören, was der verkaterte Mann an der Tür dachte. Sie hielten sich nicht an die Absprachen …

»Wir haben rumgemacht«, sagte Ines hastig und zog Alix zu sich auf den Schoß.

Ohne ein weiteres Wort zu sagen, rannte der Mann davon.

»Scheiße«, sagte Ines.

Alix nickte düster und blickte auf den Injektor in seiner Hand. »Wir müssen hier raus.«

Ines wankte, als sie aus dem tief hinunter geregelten Sessel aufstand. »Was machen wir jetzt?«

»Komm«, sagte Alix mit seltsam in sich gekehrter Ruhe. »Wir machen es auf dem Weg zum Flughafen.«

»Ich weiß nicht einmal, wann ein Flug geht«, stotterte Ines, die wie paralysiert auf die geöffnete Tür starrte.

»Egal«, rief Alix und zog sie mit sich. Ines begriff seine offensichtliche Eile, denn gewiss würden gleich dutzende Mitglieder der Kommune erscheinen, und ob sie nun wissen wollten, was sie hier machten, oder anderes im Sinn hatten - sie mussten einfach weg.

Als sie die Treppe erreichten, schallte ihnen bereits aufgeregtes Geschnatter entgegen.

»Hinterausgang«, fluchte Alix und zog Ines in die entgegengesetzte Richtung davon.

Er trieb sie durch das Labyrinth von Laboren, Lagerräumen und etwas, das aussah wie ein ehemaliges Raketensilo, auch wenn es vermutlich nur ein Gasometer gewesen war, ehe sie eine kleine metallische Klappe erreichten, die fürchterlich quietschte und klemmte, doch hinter der sich schließlich die kalte Nachtluft Warschaus befand.

»Hier entlang«, deutete Alix, als sie noch immer damit beschäftigt war, sich aufzurappeln.

»Was ist da?«

»Mein Auto.«

Sie war wirklich ziemlich fertig gerade.

Als sie einstiegen, rannten gerade drei, vier Personen um die Häuserecke, hinter der der Vordereingang der Kommune lag - zumindest sofern Ines' Orientierungssinn noch rudimentär funktionierte. Alix startete den Wagen und raste los.

»Zum Flughafen?«, fragte Ines.

»Bis Neu Hamburg reicht der Akku nicht«, sagte Alix lakonisch.

Sie nickte. Holte zittrig ihr Pad heraus. »Warschau-Neu Hamburg ist nicht gerade die attraktivste Verbindung«, sagte sie. »Ich kann in fünf Stunden mit EU-Air fliegen.«

»Das klingt doch gar nicht schlecht.«

»Allerdings«, sagte Ines und buchte den Flug. »Du glaubst nicht, dass bis dahin jemand von deinen ›Freunden‹ auf die Idee kommt, zum Flughafen zu fahren, oder?«

»Ihr Zorn wird sich mehr auf mich als auf dich richten. Wenn ich zurückkehre, und das werde ich, wird es sicher ungemütlich. Aber darüber solltest du dir keine Sorgen machen.«

Ines erlaubte sich den Luxus, sich zurückzulehnen, die Augen zu schließen und einfach mal kurz durchzuatmen. Zufrieden blickte sie in den Rückspiegel und dachte nicht an das, was hinter ihr lag, oder das, was vor ihr lag.

»Kennst du diesen Wagen hinter uns?«, fragte sie plötzlich.

»Nein, wieso?«

»Er folgt uns seit drei Abzweigungen.«

»Tatsächlich?«

»Könnte auch Zufall sein«, sagte Ines lakonisch. »Aber wir sollten sichergehen. Fahr am besten einmal im Kreis um den nächsten Block.«

Alix brummte zustimmend, doch Ines konnte in seinem Gesicht sehen, dass er sie für paranoid hielt. Aber wie immer sagte sie sich, dass ein wenig Paranoia eigentlich nie schadete.

»Er ist immer noch da«, sagte Alix halb überrascht und halb anerkennend, als er zweimal abgebogen war.

»Gib ihm zwei weitere Kreuzungen Zeit, bevor du dich beunruhigen lässt, ok?«, sagte Ines. Doch so sehr sie auch beide darauf hoffen mochten, der Wagen folgte ihnen ebenso stoisch wie betont auffällig.

»Ich kann nicht glauben, dass jemand, der sich die Mühe macht, uns zu beschatten, sich so dämlich anstellt«, sagte Alix, als es sich nicht mehr abstreiten ließ, dass sie verfolgt wurden.

»Sie wissen, dass ich nirgendwohin entkommen kann. Spätestens in Neu Hamburg schnappen sie mich.«

»Du meinst, sie sind aus Norddeutschland?«

»Natürlich«, sagte Ines. »Wenn sie sich besser auskennen würden, müssten sie nicht so dicht folgen.«

»In dem Fall«, sagte Alix und grinste, »ist nicht alles verloren. Dies ist meine Stadt, das werden sie bald merken.«

»Was hast du vor?«

»Siehst du schon.«

Ines wusste, dass es keinen Sinn hatte, zu fragen, doch bevor er das Gaspedal des alten Elektroautos ganz durchtrat, drückte er ihr sein Padphone in die Hand. »Ruf bitte Piotr Kowalski an.«

Verwirrt blickte sie ihn an, doch er war ganz beschäftigt damit, im dichten Verkehr des Warschauer Zentrums den anderen Wagen abzuschütteln. Nach allem, was sie wusste, hatte er bereits jetzt genug Regeln übertreten, um für einige Jahrzehnte den Führerschein zu verlieren, doch sie verstand auch, dass ein Hinweis darauf kaum einen Sinn hatte. »Was soll ich denn sagen?«, fragte sie stattdessen.

»Grüß ihn von mir und sag, dass wir die Cessna brauchen.«

Entgeistert starrte sie ihn an. »Nicht im Ernst?«

»Doch.«

»Also das … Das kann ich wirklich nicht verlangen. Ich muss mich ihnen so oder so irgendwann stellen …«

»Wir müssen dich im Flugzeug noch augmentieren, vergiss das nicht. Ich verschaffe nicht dir mehr Zeit, sondern mir.« Während einer längeren Vollgaspassage drehte er sich zu ihr herüber und grinste sie an. »Nenn mich verrückt, aber du hast mich wirklich wachgerüttelt. Und das ist alles, was ich tun kann, um mich dafür zu revanchieren.«

Ines verzichtete darauf, noch etwas zu sagen, sondern konzentrierte sich darauf, mitten in der Nacht diesen Kowalski ans Telefon zu kriegen. Hatte sie wirklich eine Chance, ohne nervige Kontrollen und Verfolger nach Neu Hamburg zu kommen? Vielleicht. Mehr aber auch nicht.

# # #

Als von dem fraglichen Wagen keine Spur mehr war, nahm Alix irgendwann eine Ausfallstraße und steuerte das Autonomobil in Richtung leerer, öder Wildnis.

Ines erlaubte sich erst, ihre Anspannung zu lösen, als auch Alix die Hände von der manuellen Steuerung nahm und leise, aber unverkennbar entspannend ausatmete. Das Auto fuhr über rumplige, alte Landstraßen, die seit vielleicht ein paar Wochen kein einziges Fahrzeug gesehen hatten. Der Belastung entsprechend war ihre Instandhaltung. Nicht, dass es in Deutschland besser gewesen wäre. Ines kannte die kaum genutzten Landstraßen nur zu gut, die Geisterstädte mit Geisterdörfern verbanden, deren Bewohner längst alle in den Megacities lebten oder dem Zahn der Zeit oder dem eugenischen Krieg zum Opfer gefallen waren.

»Ich denke, wir haben sie abgeschüttelt«, sagte Alix überflüssigerweise, als er zufrieden und abgekämpft vom ungewohnten manuellen Fahren erstmals wieder zu ihr herüberlugte.

Sie nickte. »Wohin fahren wir?«

»Kvoridradze, noch etwa zwanzig Minuten von hier. Dort befindet sich ein heruntergekommener kleiner Hobby-Flugplatz. Und hoffentlich Piotr.«

»Hoffentlich?«

Alix blickte gequält drein. »Er wird sich ziemlich sicher dort befinden. Aber die Frage ist, ob es eine Startgenehmigung gibt.«

»Nicht, wenn er sagt, wo wir hinfliegen wollen«, bemerkte Ines nicht ohne Sarkasmus.

»Genau. Glücklicherweise weiß er das aber ja noch gar nicht.«

»Und die Startgenehmigung?«

Alix grinste jetzt. Es folgte einer dieser typischen Sätze, bei denen er sich keine Mühe gab, den polnischen Akzent zu maskieren. »Es gibt verschiedene Mittel und Wege, die Genehmigung zu bekommen.«

»Bestechung«, sagte Ines in der ihr eigenen Mischung aus verzweifelter Zuversicht und entrüsteter Abscheu.

»Bestechung ist ein sehr hartes Wort«, sagte Alix.

»Wie kann ein Wort hart sein, wenn es nur die Realität beschreibt?«

»Ach … Nicht so wichtig.« Alix richtete seine Aufmerksamkeit auf etwas anderes.

»Was ist los?«, fragte sie ihn.

»Blick in den Rückspiegel«, sagte er schmallippig.

Er hatte recht. Hinten am Horizont, im Dunst der trostlosen Straße, zeichnete sich eine Staubwolke ab.

»Wie wahrscheinlich ist es«, fragte er, »dass noch jemand, rein zufällig, genau hier lang fährt?«

Ines war nicht bereit, sich der Erkenntnis zu stellen, dass, wer auch immer sie verfolgte, einen Weg gefunden hatte, ihre Route herauszufinden. »Es könnte schon möglich sein«, sagte sie resigniert.

»Was denn? Satelliten, GPS-Handyortung, jemand der eins und eins zusammenzählen kann?« Alix schnaufte. »Wenn es eines Beweises bedurft hätte, dass deine Theorie stichhaltig ist, dann sehen wir ihn hier. Warum sonst dieser Aufwand?«

»Paranoia«, sagte sie, doch sie hörte im Augenblick des Sprechens, wie unglaubwürdig es klang.

»Quatsch.« Der harte, polnische Zungenschlag des Nanobiologen traf sie ins Mark, doch Ines musste grinsen. Alix hatte recht, ihre Vermutungen mussten richtig sein. Und das brachte sie beide in Gefahr.

»Alix, steig aus. Ich fahre allein weiter«, sagte sie.

Fassungslos starrte Alix sie an. »Hast du sie noch alle? Du kommst hierher, mit nichts als wilden Verschwörungstheorien, erzählst mir von Loyalität, Ethik und Vertrauen, und glaubst jetzt, dass du ohne mich besser dran bist?«

»Ich will dich nicht in Gefahr bringen«, sagte sie kleinlaut.

»Scheiße, was? Wir stecken knietief mittendrin, und zwar alle beide. Wenn hier einer aussteigt, dann du!«

»Kommt nicht in Frage. Ich muss versuchen, so weit zu kommen, wie es geht.«

»Und dazu brauchst du mich«, sagte Alix. Wieder hatte er recht.

»Ich kann mich vielleicht aus der Nummer herauswinden. Du hingegen bist kein Alter. Dich nehmen sie auseinander.«

»Es sei denn, du hast Erfolg.«

»Mhh.«

Während Alix den viel zu kleinen manuellen Steuerknüppel wieder fest und entschlossen umfasste und dem Autonomobil eine Beschleunigung abzwang, die seine intelligenten Fahrsubroutinen niemals selbst gewählt hätten, schwiegen sie einander an.

»Danke«, sagte Ines schließlich.

Alix nickte abwesend. »Dank mir später.«

Sie war nicht sicher, ob sie sich wieder von dem unbekannten Verfolger absetzen konnten oder nur der Straßenverlauf zerklüfteter wurde und so die Illusion von größerem Abstand erzeugte, doch das Kribbeln der Aufregung kehrte zurück und erinnerte sie daran, was auf dem Spiel stand.

»Ich habe keine Ahnung, was ich tun soll, wenn ich es bis nach Hause schaffe«, sagte sie.

»Du musst den mnemonischen Chip so verstecken, dass sie ihn nicht finden. Und dann musst du dir noch was überlegen, wie du ihn wiederfindest, selbst wenn du gar nicht mehr weißt, dass es ihn gibt.«

»Ein klassisches Henne-Ei-Problem«, sagte sie und legte die makellose Stirn in Falten. »Was würdest du denn machen?«

»Pffft. Vielleicht bei einem Anwalt hinterlegen. Andererseits ist höchst zweifelhaft, dass du es bis dahin schaffen würdest.«

»Du meinst wie das Gen-Puzzle, das Hendrick van Breuckelem damals schickte?«

»Genau.«

»Ich schätze, dass ich mich nicht auf andere Menschen verlassen kann.«

»Vermutlich nicht.« Aliksandr Wasovskiy atmete theatralisch aus und blickte dabei drein, als bedauerte er aufrichtig, schon wieder den Skeptiker geben zu müssen. Aber er hatte recht.

»Verdammt. Das Gedächtnis anzugreifen, ist wirklich perfider als alles, was ich mir vorstellen könnte.«

»Man stelle sich vor, jemand erpresse dich mit etwas, das er dir nur ins Gedächtnis gesetzt hat …«

»Allerdings … Moment mal.«

»Was?« Alix wagte es, den Blick von der Straße zu wenden, um Ines' Gesicht zu betrachten, das bleich geworden war.

»Das ist es, Alix«, sagte sie mit zittriger Stimme. »Deswegen wurde Hieronymus Ballin ermordet.«

»Was?«

»Ich … ich erinnere mich nicht mehr genau daran, aber Constantin von Lorenz erwähnte etwas … verdammt!«

»Was ist denn?« Alix' Ungeduld und Neugierde waren kaum noch zu bremsen, doch Ines konnte ihre Gedanken nicht sortieren. Sie wusste, dass sie der Lösung auf der Spur war, konnte es aber noch nicht ganz greifen. Sie würde darauf vertrauen, dass ihr Unterbewusstsein es zusammensetzen würde. Wenn nur Alix' still gewesen wäre!

Resigniert schüttelte sie den Kopf. »Irgendetwas fehlt noch. Ein entscheidender Hinweis. Ich weiß jetzt, was passiert ist, wo und wann, aber nicht, warum.«

»Und weißt du denn auch, wer?«

»Ja«, sagte sie finster. »Ja, das weiß ich. Constantin von Lorenz hat seinen Freund Hieronymus Ballin ermordet.«

Alix' Gesicht war vollkommen ausdruckslos geworden. »Unvorstellbar.«

»Genau«, sagte Ines. »Selbst für den Mörder.«

»Er hat seine Tat ›vergessen‹?«

»Ganz genau. Doch was der Drahtzieher, der Erpresser, nicht bedacht hatte, ist, dass eine Tat voll so mächtiger Emotionen nicht einfach überschrieben werden kann. Er kann sich zwar nicht erinnern, und es ist faktisch auch keine Erinnerung da, doch ein Teil von ihm erinnert sich an etwas, und dieses Etwas kann man nicht einfach so überschreiben.«

Alix stieß einen kräftigen polnischen Fluch aus. Schuldbewusst sah er, wie Ines kurz zusammenzuckte. »Meine Güte. Das ist echt krasser, als ich dachte«, sagte er. »Und nach dem zu urteilen, dass dieser Drahtzieher diverse Herrschaften in schnellen Autos auf uns ansetzt, ist davon auszugehen, dass er selbst in *eurer* Nahrungskette recht weit oben sitzt.«

»Das finde ich schon heraus«, sagte Ines.

Alix stutzte. »Woher die Zuversicht?«

»Mir ist gerade eingefallen, wo ich den Chip verstecken kann.«

»Wo?«

Sie grinste. »Sage ich dir lieber nicht.«

»Recht so«, sagte Alix und fragte dankenswerterweise nicht weiter nach.

»Wann sind wir da?", fragte sie mit Blick in den Rückspiegel.

»Nur noch den Hügel hinauf.«

»Puh.«

Hätte sie bereits den Blickwinkel aus dem Flugzeug gehabt, das sie kurze Zeit später betrat, hätte sie gesehen, dass nicht nur ein Auto die schmale, schlechte Straße hinter ihnen herjagte. Doch glücklicherweise war sie sich dieses Umstands nicht bewusst. So entging ihr auch die bedrückende Perspektive der ameisengroßen Spielzeugautos, die wie an einer Perlenschnur aufgereiht die Ruhe des Warschauer Umlandes störten und nichts anderes im Sinn hatten, als sie aufzuhalten. Koste es, was es wolle.

# # #

Obwohl sie das Flugfeld von weit her hatten sehen können, war die Realisierung, dass sie es zu dem kleinen Flughafen geschafft hatten, doch unwirklich für Ines. Alix bog mitten auf die größtenteils mit niedrigen Gräsern bewachsene Landebahn ein, ehe er neben dem automatisierten Radarturm parkte. Es standen nur vier Flugzeuge auf dem freien Platz, und Ines hielt kein einziges davon für flugfähig. Sie wusste, dass Amateurflug keinen großen Stellenwert mehr besaß, da man per Kapsel jede Megacity innerhalb von Stunden, oft gar Minuten erreichen konnte, doch musste sie auch einsehen, dass die Leidenschaft einiger weniger Einzelner ihr jetzt sprichwörtlich den Hintern retten könnte.

Gerade konnte sie sich noch zurückhalten, Alix nach seinem Freund zu fragen, da kam ein kleiner, schmächtiger Mann aus einem der scheinbar willkürlich aufgestellten Container heraus, die Terminal und Werkstatt in einem darstellten, und winkte ihnen.

»Neu Hamburg also«, sagte der Mann, dessen Gesicht von Schlafmangel gezeichnet war und doch freundlich blieb. Er hatte die typischen gelben Stellen um die Mundwinkel, die ihn als Vertreter jener Spezies auszeichneten, die wirklich überhaupt keine Hoffnung darauf hatten, jemals ins Programm zu kommen. Piotr Kowalski zog eine Augenbraue in die Höhe, als er begriff, welche Art Passagier er zu transportieren zugestimmt hatte, und sagte ab da kein einziges Wort zu Ines, sondern sprach ohne Rücksicht polnisch mit Alix, der entschuldigend die Arme in die Luft warf. Es half nichts, Ines wusste auch, dass sie es sich nicht leisten konnte, über eine solche Lappalie zu schmollen. Er führte sie zum klapprigsten der kleinen, rostigen Flugzeuge und vollführte eine theatralische Einladungsgeste. Unsicher blickte Ines zu Alix, doch er nickte und deutete auf die Sitzbank hinter dem Pilotensessel.

Vorsichtig hangelte Ines sich an den Einstiegssprossen hinauf, doch dann zögerte sie noch einmal.

»Ich brauche einen Fallschirm«, sagte sie an beide Männer gewandt.

Kowalski lachte unangenehm laut, doch Alix mühte sich, die Frage auf Polnisch zu wiederholen.

»Schon verstanden«, sagte Kowalski schließlich. »Unsterbliche Frau nicht traut meine Maschine.«

Es kostete sie weitere Beherrschung, doch Ines gelang es, nicht die Augen zu verdrehen. »Verzeihung bitte, es ist ganz anders. Ich muss den Fallschirm in Neu Hamburg benutzen.«

Wortlos drückte der Mann ihr eine Art Kissen in die Hand, das sie nach mühsamer Inspektion tatsächlich als Fallschirm identifizierte.

»Er denkt, du hast ganz schön was ausgefressen«, sagte Alix, als sie endlich alle in der kleinen Kabine saßen und klappernd und gurgelnd der Motor in Gang kam.

»Stimmt ja auch«, sagte Ines fatalistisch.

Dann kamen die Autos.

»Was zum …", sagte Kowalski, als er begriff, dass da nicht ein oder zwei Wagen hinter ihnen her waren, sondern eine ganze Kolonne von schwarzen Limousinen, in denen gezwängt große schwarzgewandete Männer mit noch schwärzeren Sonnenbrillen saßen. »Ihr habt wirklich was ausgefressen.«

Elegant wich die noch immer am Boden befindliche Cessna dem ersten Wagen aus, schwenkte wieder auf die Rollbahn ein und beschleunigte, sodass der Motor wie eine zu heiß gelaufene Kettensäge klang.

»Wir schaffen es, Piotr, nicht wahr?«, sagte Alix und krallte sich am Sitz vor Ines fest.

Plonk, Plonk, Plonk.

»Was ist das?«, schrie Wasovskiy auf.

»Die schießen auf uns«, teilte Ines hastig mit. »Köpfe runter.«

Alix folgte ihrer Anweisung, doch Piotr Kowalski blieb ungerührt in aufrechter Position und verfolgte, wie die Seitenscheiben der Autos aufgingen und überall die Läufe von Maschinenpistolen zum Vorschein kamen. »Ich bringe uns jetzt hoch«, sagte er und zog am altmodischen Steuerknüppel. Ines' Magen stülpte sich um, doch er war glücklicherweise bereits größtenteils leer, als die Cessna sich in eine elegante Rechtskurve legte und Kurs auf Westen nahm. Dann also waren sie endlich in der Luft.

»Wer auch immer euch da am Zeug flicken will«, sagte Kowalski bedrückt, »meint es ernst.«

Ines nickte. »Mal sehen, ob wir in der Luft sicher sind.«

»Ich habe jedenfalls keine Raketenabwehrsysteme an Bord«, lächelte Kowalski.

»Ich denke, dass man mich in Neu Hamburg ohnehin aufgreifen wird, warum also abschießen?«

»Warum dann so kompliziert weglaufen?«, fragte der Pole zu Alix gewandt.

»Sie muss vorher ... etwas erledigen«, raunte Alix.

Kowalski zwinkerte ihm zu. »Verstehe.«

Ines bezweifelte es zwar, doch sie war zu aufgeregt, um es richtigzustellen. Sollte er glauben, was er wollte. »Du hast auch noch etwas vor, Alix«, flüsterte sie zu ihrem Begleiter gewandt.

»Oh, natürlich.« Alix kramte in seiner Hosentasche und fischte schließlich die kleine subdermale Nadel heraus. »Ich werde nicht in der Lage sein, die Sequenzen zu kontrollieren, aber das Risiko sollte eigentlich überschaubar sein.«

»Hast du nicht vorhin gesagt, mein Gedächtnis könnte komplett gelöscht werden?«

Alix nickte gut gelaunt. »Ja. Aber erstens haben wir keine Wahl und zweitens ...« Er wedelte mit dem bio-mnemonischen Chip.

»Zweitens können wir das Problem einfach lösen, sollte es auftreten.«

Ines schnaufte. »Also gut.«

Die Zeit gefror zu einer massiven, granitharten Wand, zog sich auseinander wie Kaugummi und wabbelte vor Ines' innerem Auge umher. Dann war sie wieder im Flugzeug und blickte in Alix' fragendes Gesicht. Wortlos nahm er ein Taschentuch und tupfte Ines die Mundwinkel trocken.

»Ich habe gesabbert?«

»Nein«, sagte Alix. »Du hast wie am Spieß gebrüllt. *Dann* hast du gesabbert. Ist nicht schlimm.« Dann musterte der Nanobiologe sie. »Weißt du, wie du heißt?«

Ines dachte nach. »Ines Cathleen Maria Schultheiss«, sagte sie »geboren 27.6.2043 in Hamburg-Eppendorf«, doch das war nur, was sie sagte. Was sie sah, war so viel mehr. Vor ihrem inneren Auge erschien die präzise Abbildung ihrer Geburtsurkunde, sie sah, wie eine Frau mittleren Alters sie zu einer Art Behörde trug und die Eintragungen vornehmen ließ. Ines schauderte.

»Alix«, flüsterte sie, »ich glaube, es hat funktioniert.«

»Tatsächlich?«

Ines schloss die Augen. Karlchen Vollbrecht stand durch seine Zahnspange grinsend vor ihr. Gleich würde er ihr ein Küsschen auf die Wange drücken und dann verschämt grinsend die Straße hinab rennen. Ines spürte die Trauer der Vergangenheit, ihre Unsicherheit, Zerrissenheit. Doch es war zu spät. Oder? Straßburg. Die schmale Gasse zum europäischen Parlament. Die Geiseln. Die Schüsse. Der Laster. Es war so real, als würde es gerade geschehen. Sie spürte den Aufprall am Rücken, der ihr Schicksal besiegeln sollte, und es doch nicht tat. Sie fühlte den ohnmächtigen, unendlich fernen und vergangenen Schmerz. Sie blinzelte. Ulm-Stuttgart. Sah den Hass und die Wut in Blisterhubers Augen. Sah seine Entschlossenheit. Sah in Etienne Müllers flehendes Gesicht, als es vorbei war. Sah Seoung Lee. Las wieder und wieder sein Manifest und den Zusammenhang, den sie nicht herstellen konnte. Der Postlaster. Ulm-Stuttgart. Geneworks. Spürte den Abzug der Pistole, die sich praktisch von allein ausrichtete. Spürte das Aufbäumen ihres Körpers und des Verstandes. Sah, wie sich das Sichtfeld verengte und Blisterhuber gleichfalls kollabierte. Sah

François' aufgerissene Augen. Dann die Uniklinik. Wieder Gefühl in den Wirbeln. Der Ausblick auf die Skyline. Unsterblichkeit. Von Lorenz. Einbruch ins LKA. Klaus-Peter Haßloch, wie er ihr drohte. Jetzt gelang es ihr, ganz genau die winzigen Fältchen der Verzweiflung in seinem Gesicht auszumachen.

Sie riss die Augen auf und atmete schwer. »Du hast mir nicht gesagt, dass es auch rückwirkend funktionieren würde.«

»Was?«

»Ich erinnere mich an mein ganzes Leben wie auf einer unendlichen Festplatte. In Zeitlupe kann ich einen beliebigen Punkt ansteuern und mir ansehen.«

»Erstaunlich.« Alix sah verblüfft und beeindruckt aus.

»Ich verstehe jetzt, warum das verboten ist«, sagte sie.

»Aus großer Macht folgt große Verantwortung«, sagte Alix ohne Verzögerung. Ohne Pathos oder Schwere. Beide wussten in diesem Augenblick die simplizistische Eleganz einer tiefen Wahrheit zu würdigen.

»Ach, zur Hölle damit«, sagte sie schroff. »Zweihundert Meilen in dieser Richtung gibt es wenigstens eine Person, die das ganz anders sieht.«

»Und du kannst sie aufhalten.«

»Ja«, sagte Ines, deren Züge sich zu einer Maske der Entschlossenheit verhärteten. »Ich bin bereit.«

# # #

Neunzig Minuten später stand sie bibbernd in der aufgerissenen Türe der Propellermaschine und konnte kaum atmen vor Angst. Ballte die Hände zu Fäusten und spürte in der Linken die wertvolle Fracht verstaut. Es war alles bereit.

»Bist du sicher, dass du das machen willst?«, schrie Alix gegen den Lärm der Luftverwirbelungen an.

»Du weißt, dass ich es machen *muss*«, rief sie. »Sag mir nur, wann ich springen muss.«

»Ungefähr eineinhalb Kilometer vor dem Zielort«, schrie er.

»Ist das der große Garten?«, rief sie.

Alix zog die Schultern nach oben.

Sie legte sich eine spitze Bemerkung zurecht, überlegte es sich aber schließlich anders. Da war noch etwas. »Wann muss ich den Schirm öffnen?"«

Panische Blicke. Wasovskiy brüllte Kowalski an, ohne dass Ines etwas hören konnte. Ines dachte, dass es ganz sicher vor dem Aufprall geschehen musste, doch wann genau, wusste sie nicht.

»Nach zehn Sekunden«, formten jetzt die Lippen des polnischen Nanobiologen. Ines nickte.

»Viel Glück«, brüllte Alix. Ines nickte. »Also dann.« Ein letzter Atemzug, der den zittrigen Griff am Rahmen der Luke noch einmal verstärkte. Ein letzter Blick ins Innere.

»Danke«, hauchte Ines ungehört in die Cessna hinein. Dann sprang sie.

Sie sah, wie Alix' angespanntes Gesicht immer kleiner wurde und die wohlbekannte Neu Hamburger Erdoberfläche immer größer, schneller, tödlicher. Spürte die eisige Kälte des Novembers in zwei Kilometern Höhe. Hatte sie eigentlich mitgezählt? Dann halt von acht. Sieben. Sechs …

Tausend Dinge gingen ihr durch den Kopf. Kaum zu glauben, dass dieser Stunt das einzige war, was sie noch einen Moment länger vor den Fängen ihrer Häscher schützen sollte. War sie komplett durchgeknallt? Sie war unsterblich und setzte ihr Leben mit so etwas aufs Spiel? Wo war sie stehen geblieben? Drei. Zwei. Eins.

Motorengeräusche von rechts. Während die Cessna nur noch als kleiner, verschwindender Punkt am Horizont zu sehen war, dröhnte das maledíktische Rauschen eines Hubschraubers heran. Sie wussten also, wo sie suchen mussten. Ines versuchte, die Mauern des Stöckener Friedhofs zu finden, doch erschreckt stellte sie fest, dass sie keine Ahnung hatte, wie er aus der Luft aussah - sie orientierte sich an der Narbe der uralten Bahnstrecke, die einstmals die Stadt durchschnitten hatte, der noch älteren Kläranlage und an dem verfallenden Schnellweg. Dann sah sie das Mausoleum. Endlich.

Voll neuer Hoffnung riss sie die Leine - und wurde mit dem Ruck der gewaltigen Kraft des Luftwiderstandes nach oben gezogen. Sie hatte vergessen, sich anzuspannen, und sah lauter

Sterne vor ihren Augen tanzen. Verdammt. Etwas heftiger, und sie hätte sich das Genick brechen können.

Mühsam musste sie warten, ehe sie wieder etwas freie Sicht hatte. Es mochten jetzt noch einhundert Meter sein. Ja, sie schwebte tatsächlich auf ihr Ziel zu. Die tannengesäumte Allee mit ihren uralten Bäumen breitete sich unter ihr aus und verursachte durchaus ein triumphales, wohlig heimatliches Kribbeln. Sie konnte es schaffen. Noch ein paar Meter … Diesmal würde sie es richtig machen. Konzentriert winkelte sie die Beine an und bedeutete jedem einzelnen Muskel, alles zu geben.

Aufprall.

In einer mehr oder weniger eleganten Rolle federte Ines den Sturz ab und sprang sogleich wieder auf. Es galt, keine Zeit zu verschwenden. Sie hatte ungefähr einen halben Kilometer Weg vor sich. Doch es war die einzige Möglichkeit. Ines spürte die harte, warme Verantwortung in der Dose, die sie in ihrer linken Handfläche verkrampft hielt.

Da war es schon.

Es gab keine Zeit für Ästhetik oder gar Totenruhe. Mit chirurgischer Präzision riss sie die Blumenvase aus ihrer Halterung. Es war soweit.

»Was ich zu sagen habe, wirst du mir nicht glauben, schließlich kenne ich mich selbst ganz gut. Wenn meine Vermutungen richtig sind, wirst du dich nicht an das erinnern, was ich weiß. Was du wusstest, doch vergessen hast. Aber es gibt eine Möglichkeit, dies einwandfrei zu beweisen. Nicht, indem du es liest oder hörst oder erzählt bekommst. Sondern, indem du es erlebst«, dachte sie.

Wie ein zu allem entschlossener Dämon piekte sie die subdermale Nadel viel weiter in ihren Zeigefinger als nötig und presste sie dann unnachgiebig auf den winzigen, in der alten Pillendose verschweißten biomnemonischen Chip. Eine grüne LED blinkte auf und verdimmte auch gleich wieder. Transfer komplett. Zitternd nahm sie den DNA-Klebstoff und versenkte die Dose in der Vase.

Die Last der Welt fiel von Ines Schultheiss, als sie die Vase mitsamt Blumen sorgsam wieder aufrichtete und an ihren Platz stellte.

Hubschrauberlärm. Die Bäume wurden von der Turbulenz der Maschinen zur Seite gedrückt, doch man hatte vermutlich nicht gesehen, was sie getan hatte. Jetzt war es auch nicht mehr zu ändern. Sie nahm die Hände vor die Augen, um nicht den aufgewirbelten Friedhofsstaub ins Gesicht zu bekommen.

Dann, wie von Geisterhand, drehte der Helikopter bei und verschwand hinter den Büschen. Als Ines sich umsah, kamen aus allen Richtungen Männer in Trenchcoats und schwarzen Jacken auf sie zu.

»Ines Schultheiss«, sagte einer der Männer und blickte durch die unvermeidliche Sonnenbrille auf eine Art imaginäres Klemmbrett.

Sie nickte kaum wahrnehmbar. Apathisch, vielleicht gleichmütig, nahm sie überflüssigerweise die Hände in die Höhe. Sie durfte sich ihren Triumph nicht anmerken lassen.

»Ich muss Sie bitten, mir zu folgen. Machen Sie keine Dummheiten, dann werden Sie gut behandelt.«

Jetzt konnte sie nur noch hoffen.

20.

Der Mann hatte nicht gelogen, doch das, was er unter guter Behandlung verstand, war ebenso seltsam. Man verband ihre Hände mit sehr bequemen Fesseln - allerdings, wie Ines feststellte, waren es eben doch Fesseln. Man setzte sie in einen dieser dunklen Vans, die sie nur zu gut aus Filmen und Holo-Novellen und eigener Erfahrung kannte, und die untrennbar mit dem feststehenden Stereotyp der finsteren Machenschaften und Geheimdienste verbunden schien. Düster dachte Ines an die letzte Gelegenheit, bei der man sie in ein solches Gefährt hatte bugsieren wollen - die Erinnerung an die Lee-Krise war so scharf und unmittelbar, dass sie nach Luft schnappte. Zur Hölle mit dieser Gedächtnis-Aufwertung.

Man schnallte sie an, und sowie sie die graue November-Außenwelt zu bedauern ansetzte, zog man ihr eine Art Sichtschutz über, der offenbar zur Verschleierung des Weges dienen sollte. Sie hatte keine Lust, zu murren oder die Männer, die vermutlich nicht einmal wussten, warum sie sie ergreifen sollten, in Gespräche zu verwickeln. Ines wusste, dass sie warten musste, bis sie den Kopf der Schlange zu Gesicht bekam - und das würde sie, soviel stand fest.

Der Kleinbus surrte so leise, dass sie beinahe befürchten musste, dass das Rattern ihres Verstandes ihn übertönen könnte. Doch schon bald begriff sie, dass ihr neues, aufgewertetes Gedächtnis nicht nur die Vergangenheit zu schärfen vermochte. Den Weg mental zu verfolgen, war ein Leichtes für sie. War ihr Orientierungssinn auch zuvor nicht der schlechteste gewesen, so ergaben die beißend lebendigen Bilder ihres Verstandes nun eine Schablone, über die sie die Beschleunigungen und Wendungen des Fahrzeugs mühelos abgleichen konnte. Der Weg vom Stöckener Friedhof über die Nienburger Straße und den Königsworther Platz nachzuvollziehen, brachte sie nicht einmal ins Grübeln.

Als der Wagen stehen blieb und man sie rücksichtsvoll und doch wenig sanft hinauszerrte, wusste sie genau, wo sie war. Allein der Weg über die für sie unsichtbaren Treppen hinunter war fremd und eigenartig. Sie stolperte und wankte, doch starke Arme verhinderten, dass sie stürzte, auch wenn sie zweimal beinahe zu

Boden gegangen wäre. Immer tiefer führten die nach nacktem Beton klingenden Stufen, ehe ein, zwei Türen knarzten und man sie schließlich in einen weichen, grotesk bequemen Sessel verfrachtete, ehe man ihr Augenbinde und Fesseln abnahm.

Ihre Augen gewöhnten sich erst langsam an das neue Licht, das, wie sie erst spät herausfand, von einer stilvollen, sicher teuren Stehlampe stammte, die achtlos in der Ecke des mondän vertäfelten Raumes stand. Zwei der Männer standen breitbeinig an der Tür - kein Zweifel, dass sie Ines nicht hinauslassen würden, selbst wenn sie noch so höflich und mit der Aura der Alten gefragt hätte. Sie war hier allein auf sich gestellt und konnte nur der Dinge harren, die früher oder später passieren würden, dachte sie. Vermutlich würde sich eine Person in den Sessel hinter dem Schreibtisch setzen und ihr erklären, auf welche Weise man sie fertigmachen wollte. Ines ballte die Hände zu Fäusten. Sie war vorbereitet.

»Wissen Sie, wo Sie sich befinden?«, fragte eine Stimme aus dem im Halbdunkel gelegenen Teil des Raumes schließlich. Sie hatte keine Muße, zu erklären, dass sie sich ziemlich sicher war, dass die Katakomben, in denen sie sich befand, beinahe genau unter dem alten Landtag liegen mussten, denn nur so war es zu erklären, dass der Wagen vom Marstall aus plötzlich nach unten gefahren war - sie vermutete eine geheime Tiefgarage oder etwas in der Art. Doch nein - sie wollte wirklich nicht preisgeben, wie viel sie wusste.

Ines reckte den Kopf um die hohe Lehne des Stuhls, doch erst als der Mann aus der Ecke kam und sich in den Sessel hinter dem plötzlich viel zu hoch wirkenden Schreibtisch setzte, erkannte sie Stimme und Gesicht. Zorn flammte in den Augen des Mannes, dessen Gesicht sie allzu gut kannte, und dessen Glätte sie einmal mehr kaum zu ertragen wusste. Klaus-Peter Haßloch blickte ganz und gar enttäuscht und vorwurfsvoll drein, als er das Licht auf eine höhere Stufe stellte und die Hände im Schoß faltete. Ein kleiner Wink und die Männer an der Tür waren verschwunden.

»Hallo, Frau Schultheiß.«

»Klaus-Peter Haßloch.«

»Es grämt mich wirklich sehr, Sie hier an diesem Ort begrüßen zu müssen. Es bedeutet nicht weniger, als dass Sie zu neugierig waren.«

»Das, Herr Haßloch, ist meine Natur«, sagte sie ungerührt.

»Oh ja, ich weiß. Und wir machen uns beide etwas vor, wenn wir so täten, als wären wir Alte jederzeit imstande, unsere … Affekte zu kontrollieren.«

»Wie meinen Sie das bitte?« Hatte er bereits zugegeben, dass es sich verhielt, wie sie vermutete? Leises Kribbeln breitete sich in ihr aus. Der feste Wunsch, genau zuzuhören - und sich daran zu erinnern, was auch passieren mochte - lastete schwer auf ihrer Konzentration. Nervosität vernebelte ihre Wahrnehmung. Erst jetzt bemerkte sie das Pochen des Pulses in ihren Schläfen. Sie musste durchhalten.

»Nun … es ist nicht meine Art, großmütige Vorwürfe zu verteilen … aber man kann nicht eben sagen, dass Sie nicht gewarnt worden wären«, referierte Haßloch.

Ines prüfte ihre Gefühle. War es klug, ihn zu konfrontieren, gar zu provozieren?

»Wie können Sie tatenlos zusehen, wenn Unrecht geschieht?« Beißend, hämmernd, vorwurfsvoll kamen die Worte. Sie schnappte nach Luft. Hatte sie nicht versucht, ruhig und sachlich zu bleiben?

»Sie sagen es, es ist meine Natur. Und jetzt werden Sie mich mundtot machen? Wie wollen Sie das anstellen?«

Haßloch schwebte aus dem schweren Sessel auf und ›ging‹ um den Schreibtisch herum. Sein Antigravgurt war kaum zu sehen, doch diesmal missbilligte sie die arrogante Fortbewegungsart ganz und gar. Seine gesamte Erscheinung war straff, und doch zugleich entrückend entspannt. »Es kränkt mich, dass Sie mir Absicht unterstellen«, sagte er sanft. »Ich habe Sie zuerst hierher bringen lassen, um zu versuchen, es Ihnen verständlich zu machen.«

»Wovon reden Sie?«

»Vom Kontrollrat.«

»Was?"

»In fünfzehn Minuten«, sagte Haßloch, »wird Ihretwegen der Wächterrat von Neu Hamburg zusammenkommen und beschließen, was wegen Ihres … Fehlverhaltens zu unternehmen ist.«

Fragend blickte Ines ihn an. Sie ahnte, was man ›zu unternehmen‹ gedachte, doch sie durfte sich die Blöße nicht geben, ihnen klar zu machen, dass sie mehr als nur über den Mord an

Hieronymus Ballin wusste. Dann nämlich könnte man darauf aufmerksam werden, dass sie durchaus gedachte, ihre Erinnerungen zu behalten. Theatralisch verschränkte sie die Arme vor der Brust.

»Bitte, Klaus-Peter, erhellen Sie meinen beschränkten Verstand. Was genau wirft man mir vor?«

Die direkte Duzanrede verfehlte ihre Wirkung nicht. Drohend baute der Alte sich vor ihr auf.

»Sie sind klüger, als Sie gerne zugeben möchten, Ines Schultheiss«, sagte er. »Geschickt und gelehrig haben Sie herausgefunden, dass Hieronymus Ballin ermordet worden ist. Doch Sie verstehen nicht, wieso das ein Problem ist, dies öffentlich zu machen, denn gewiss haben Sie in ihrer maßlosen Aktionswut genau das vor.«

Ines schnippte mit den Fingern. »Erleuchten Sie mich«, sagte sie spöttisch. Es gab keinen Grund auf der Welt, der es rechtfertigte, Mord zu vertuschen. Niemals.

»Aber nicht doch.« Klaus-Peter Haßloch ging zu einer schmalen, nussbaumfurnierten Kommode herüber, auf der bernsteinfarbene Flüssigkeit stand. Genüsslich nahm er nur sich ein Glas Brandy und blickte mitleidig auf Ines herab. »Hier geht es um so viel mehr.«

Ines rollte mit den Augen. Anscheinend erwartete er, dass sie es ihm aus der Nase zog.

Der Alte nippte an seinem Glas. »Die Stabilität der Gesellschaft, Ines, hängt davon ab, dass unser halbgotthafter Status zu jeder Zeit unangetastet bleibt.«

»Pffft.« Sie spürte den Drang, kräftig auszuspucken, doch es würde genügen, Haßloch klarzumachen, dass sie seine Haltung nicht teilte.

»Rechtschaffenheit ist eine schlechte Angewohnheit, wissen Sie?«, sagte er, noch immer in den Branntwein vernarrt.

So leicht würde sie es ihm nicht machen. »Audiatur et altera pars«,[2] sagte sie.

2

    Lat. »Gehört werde auch der andere Teil.«

»Es sind zwei Seiten derselben Medaille«, erwiderte Haßloch kühl. »Nihil verum, omnia licita.[3]«

»Ex falso quodlibet.[4] Nur weil man die Wahrheit nicht kennt«, sagte Ines, »wird nicht das Gegenteil wahrer. Wovor haben Sie Angst? Dass man uns endlich als das sieht, was wir sind? Voller Fehler. Wie ... Menschen?«

»Angst, Ines, ist das falsche Wort«, erwiderte er. »Angst wäre irrational. Erinnern Sie sich an die Zeugen des Verfalls? Jene selbsternannte Gruppe von Weltverbesserern, die vor kaum neun Jahren plötzlich überall rund um den Globus erschienen, als es so aussah, uns Alten könnte ein jähes Ende drohen?«

Ines bemerkte die Pause, die er machte, doch sie sagte nichts. Sie wusste genau, dass er noch nicht fertig war.

»Jedes winzige Zeichen der Schwäche beförderte deren Mut«, sagte er bedeutungsschwer. »Jeder durch Zufall und Pech umgekommene Alte bestärkte sie in ihrer Haltung, dass wir nur eine vorübergehende Modeerscheinung sind. Sie sind klein und kurzsichtig.«

Ines hob eine Augenbraue. »Wenn sie so sehr Unrecht haben, diese Jungen, warum kränkt ihr Mangel an Weitsicht Sie dann so sehr? Warum nicht einfach die Sache aushalten?«

»Der Auslöser mag ein Fehler sein, eine Schwäche, doch kurz darauf wird die Stimmung alles, sogar Produkte unserer Überlegenheit, als Schwäche auslegen. Wenn wir die Kontrolle über die öffentliche Meinung verlieren, wird irgendjemand bemerken, dass es gar nicht darauf ankommt, tatsächlich die Oberhand zu haben, sondern dass es reicht, daran zu glauben, dass es so wäre.«

Mitleid erfüllte Ines' Brust. Wie konnte es nur geschehen, dass jemand, der wahrhaft nichts zu fürchten hatte, einer so paranoiden Selbsttäuschung erlag?

»Sie haben zu viel Zeit zum Grübeln«, sagte sie sanft. »Nichts davon wird passieren, wenn wir gegenseitigen Respekt lernen. Wir sollten uns ergänzen und nicht hassen.«

3
      Lat. »Nichts ist wahr, alles ist erlaubt.«

4
      Lat. »Aus Falschem folgt Beliebiges.«

»Ich hasse die Jungen nicht«, rief Haßloch ihr entgegen. »Sie tun geradewegs so, als gäbe es einen Weg zurück! Zu sagen: ›Ich will aber nicht mehr unsterblich sein‹. Wenn die Jungen wüssten, dass das einzige, was wir zu verlieren haben, das Leben ist, dann gnade uns Gott.«

»Haben wir denn wirklich noch ein Leben zu verlieren?«, fragte Ines. »Oder ist es nicht vielmehr so, dass das Privileg der Jungen, Fehler machen zu können, uns selbst neidisch macht?«

Sprachlos blickte Haßloch sie an. »Wir können viel mehr Fehler machen. All die sogenannten Laster der Menschheit, Rauchen, Drogen, schlechtes Essen, das alles sind Fehler, die wir machen können, ohne dass wir Konsequenzen zu fürchten haben. Wir sind immun gegen Fehler.«

»Und doch starb Hieronymus Ballin nicht durch Zufall«, sagte Ines.

Haßloch knallte sein Glas hinter sich auf den Schreibtisch. »Genau so muss es aussehen! Alte morden nicht, schon gar nicht ihresgleichen.«

Ines lächelte aus einem Gesicht voll bittersüßem Zynismus heraus. »Sie können es nicht ewig verheimlichen.«

Bitterkeit flackerte über Haßlochs Gesicht, und sie konnte die schwere Bürde sehen, die sie selbst ihm auferlegte.

»Doch, Ines«, sagte er und trank mit hastigem Schluck den Brandy aus. »Ich wollte Ihnen schonend beibringen, was mit Ihnen geschehen wird, doch jetzt muss ich erkennen, dass keine Einsicht zu erwarten ist.«

Ines sagte nichts. Stumm wartete sie, dass er es ihr erklärte. Sie wusste es längst.

»Wir werden Ihre Erinnerungen an all dies löschen«, brachte er hervor und sah so elend aus, wie sie noch niemals einen Alten erblickt hatte.

»Was?«, heuchelte sie Überraschung.

»Es ist der einzige Weg«, sagte Haßloch. »Wenn niemand weiß, was passiert ist, nicht einmal der Täter selbst, dann gibt es auch kein Delikt. Dann gibt es keine Schuld.«

»Das perfekte Verbrechen«, sagte Ines.

»Nein, Ines, nein!«, insistierte Haßloch. »Weder geht es uns darum, Straftaten nicht zu sühnen, denn das würden wir durchaus tun, wenn Alte einfache materielle Straftaten begingen, noch geht es darum, einen Präzedenzfall zu schaffen.«

»Wissen Sie noch?«, fragte Ines ihn, „… wie Sie mich in der Lee-Krise über die Wächter belehrt haben?«

Haßloch schüttelte den Kopf. Ines sah plötzlich, wie ihre Perspektiven sich so diametral entgegenstanden, dass sie einander nicht einmal mehr ansatzweise verstehen konnten.

»Quod custodis ipsos custodes?«[5], fragte sie ihn.

Resigniert schüttelte er den Kopf. »Es gibt kein Schlupfloch. Niemand könnte …«

»Es ist passiert«, schrie sie. »Es ist passiert, doch Sie sind nur daran interessiert, den Fall nicht publik werden zu lassen.«

»Das stimmt doch nicht«, sagte er.

»Doch, es stimmt. Klaus-Peter, erklären Sie mir folgendes: Wenn ein Alter einen Mord verüben kann, dann können es auch weitere. Wie sollte die Obskurität dem entgegenwirken? Nein, im Gegenteil: Nichts ist sicherer, als dass es wieder passieren wird, ob es einen Präzedenzfall gibt oder nicht.«

Haßlochs Stimme bebte, obschon seine Haltung kühl und gerade blieb. Die Etikette war weiter entwickelt, begriff Ines, als die Moral. Wie so oft in der Geschichte. »Um die Präzedenz der Alten sorgen wir uns nicht, Ines. Es geht um die Jungen. Wir können jede einzelne Straftat eines Alten verschleiern, jede einzelne.«

Sie überlegte lange, bevor sie eine Erwiderung fand.

»Es ist falsch«, sagte sie. Dann: »Das ist alles.«

»Vielleicht haben Sie recht«, flüsterte Haßloch. »Doch das werden wir niemals herausfinden.« Er drückte einen Knopf an seinem Revers und sofort erschienen die Sicherheitsmänner wieder in der Tür.

»Sie werden Frau Schultheiss jetzt vor den Wächterrat bringen.«

Die Männer nickten und machten trotz ihrer grimmigen Gesichter eine höfliche Geste, die andeutete, dass man ihr nichts tun würde - wenn sie kooperierte. Ohne Haßloch noch eines Blickes zu würdigen, warf sie sich den finsteren Blicken der Männer entgegen. Sie war froh, dass dieser seltsame Dialog, der niemals zu etwas geführt hätte, endlich zu Ende war.

5

Lat. »Wer aber bewacht die Wächter?«

»Worauf warten wir noch?«, fragte sie die Männer, die offenbar von ihrer scheinbaren Impulsivität überrascht wurden, denn keiner von ihnen sagte ein Wort.

»Ines!«, rief Haßloch hinter ihr her. Sie wehrte sich dagegen, doch sie gab schließlich dem Drang nach und blickte zurück in das Geheimbüro des Alten. Er blickte zu Boden, ehe er ihren Blick suchte.

»Es tut mir leid«, sprach er mehr zu sich als zu ihr. Dann schoben die Männer sie fort.

# # #

Altmodische Leuchtstoffröhren sorgten dafür, dass der Konferenzraum unter der alten Staatskanzlei gespenstisch und konspirativ wirkte - was ein durchaus passendes Ambiente war, fand Ines. Sie saß an der Stirnseite des ausladenden ovalen Tisches, der mit billigem Holzfurnier verkleidet war. Verglichen mit Haßlochs opulentem Büro schien es beinahe, als wäre dieser Raum mehr ein lästiges Anhängsel als eine feste Einrichtung. Die Zeit, ehe es begann, kam ihr wie eine Ewigkeit vor. Schließlich schwebten im traditionellen Weiß der Alten gekleidete Männer und Frauen herein und ließen keinen Zweifel daran, dass sie die ganze Macht der Stadt darstellten. Ines erkannte den stellvertretenden Bürgermeister, den Gouverneur und einige der sogenannten intellektuellen Elite. Schließlich, als einer der letzten, großmütig mit dem Duktus des Histo-Philosophen, der sich alles erlauben konnte, selbst, zu derartigen Treffen zu spät zu erscheinen, Klaus-Peter Haßloch. Insgesamt mochten es vielleicht zwanzig Gestalten sein, die an dem Tisch Platz nahmen.

»Guten Tag, meine Damen und Herren«, sagte ein hagerer Alter, der an der anderen Stirnseite saß. »Wir behandeln heute einen Codex 47, Person: Ines Schultheiss.« Die Stimme des Mannes war klar artikuliert und doch vollkommen monoton und ausdruckslos. Sie konnte sein Gesicht nicht sehen, da er wenigstens fünf Meter weit entfernt sein musste und sie in den Schatten seines vor das Gesicht gehaltenen Pads getaucht keines Blickes würdigte.

Die Wächter quittierten seine Begrüßung mit aufgeregtem Gemurmel. Ines stellte halb belustigt, halb überrascht fest, dass sie trotz allem noch immer eine Art seltsamen Ruf in der Stadt genießen musste. Freilich war nicht klar, was ein ›Codex 47‹ war oder wie oft das vorkam, doch ihre Verwicklung darin war selbst für die hochangesehenen Alten anscheinend eine Besonderheit.

»Das protokollarische Vorgehen lautet: engrammatische Säuberung der fraglichen Erinnerungen«, sagte der Alte, den Ines nun für eine Art obersten Wächter hielt.

»Worum handelt es sich?«, fragte jemand, der näher auf Ines' Seite des Tisches saß.

»Ich darf Sie daran erinnern, dass es weder üblich noch nützlich ist, dem gesamten Rat die genaue Tat zu erläutern«, sagte der oberste Wächter.

»Ich habe gehört, es hat mit dem Fall Ballin zu tun. Und diesem … von Lorenz.«

Gemurmel. Ines verstand nur Wortfetzen und einzelne Empörungsrufe. Zufrieden stellte sie fest, dass dies kein entschlossener Geheimdienst war, der ruchlosen Machterhalt betrieb - zumindest vordergründig nicht.

»Silentium!«, rief der hagere Alte mehrmals in die Runde. »Die Tat vor Ihnen allen auszubreiten, würde unweigerlich bedeuten, dass jeder einzelne das Säuberungsprotokoll durchlaufen müsste, das wissen Sie.«

Eine der zahlenmäßig unterrepräsentierten weiblichen Alten klopfte resolut vor sich auf den Tisch. »Herr Vorsitzender, so wie ich es sehe, wird Ihnen nichts anderes übrigbleiben.«

»Unerhört«, rief ein anderer hinein. »Ich verlange, dass Sie alle sich an das Protokoll halten.«

»Gut«, gab die Frau zurück, »Sie können ja hinausgehen und warten, bis wir fertig sind.«

»Das werde ich sicher nicht tun«, sagte er spitz.

Die Frau lächelte sanft. »Dann wollen Sie es wohl vielleicht auch gern wissen, ja?«

»Ich …« Der Mann stand zu voller Größe auf und gefiel sich offenbar darin, über die anderen Alten zu schweben. »Ich denke, wenn man es so betrachtet wie Sie es implizieren, dann sollte man sehen, dass inzwischen wohl klargeworden ist, dass es sich hier um einen Fall von besonderer Brisanz handelt. Wir können also nicht einfach dem Protokoll folgen. Das bedeutet jedoch nicht, dass wir darauf verzichten sollten, eine Untermenge dieses Rates dafür abzustellen, allein die Säuberungen durchzuführen. Wir dürfen nicht riskieren, dass jemand den Codex kompromittiert.«

Wieder aufgeregtes Gerede.

»Darf ich vielleicht auch einmal was sagen?«, fragte Ines zuckersüß und gerade so laut wie nötig. Zufrieden fühlte sie alle Augen auf sich. »Ich weiß nicht, was Codex 47 ist oder welche Folgen er nach sich zieht. Doch ich weiß einiges über Gerechtigkeit und sogenannte ethnio-soziale Superiorität. Ich habe mittlerweile geschlossen, dass mein Gedächtnis wegen meiner Aufklärungen über den Mord an Hieronymus Ballin, begangen von Constantin von Lorenz, gelöscht werden soll. Und wissen Sie was? Genau das sollten Sie tun. Aus den Augen, aus dem Sinn. Sie alle lassen auch Ihr Gedächtnis löschen, und niemand wird davon erfahren, Problem gelöst. Doch manchmal, ganz selten, wie in diesem Falle, geht etwas schief. Constantin von Lorenz …"

»Wie können Sie es wagen!«

Irritiert blickte Ines auf den Mann, der drei Plätze von ihr entfernt aufgesprungen war. Die Zeit blieb stehen und reorganisierte sich zu einem Fluss, der langsam an ihr hinaufglitt, um dann mit schier unerträglicher Präzision klarzumachen, dass der Mann, der sie anbrüllte, eben jener von Lorenz war.

Mit offenen Mündern standen sie einander gegenüber. Das war also der Grund.

»Ja, es stimmt«, sagte er und Ines spürte seltsame … Zufriedenheit in seinem Ausdruck. Der Mann nahm einen Taschenprojektor von seinem Antigravgürtel und stellte ihn auf. »Herr Vorsitzender, Sie müssen natürlich einsehen, dass ich derartige Vorwürfe nicht unkommentiert stehen lassen kann. Doch ich werde etwas mehr Zeit brauchen, um zu erklären, worum es mir geht.«

Nun stand nicht mehr nur Ines' Mund vor Staunen offen, sondern beinahe alle Alten stierten in Unruhe zwischen ihr und von Lorenz hin und her. Die Spannung war kaum zu fassen. Was meinte er damit, dass ›es‹ stimmte?

Von Lorenz hatte den Projektor aktiviert und richtete ihn zentral an die Wand gegenüber. »Ich halte Sie für so zivilisiert, mich nicht bei meinen Ausführungen zu unterbrechen, dennoch lassen Sie mich dasWwichtigste zuallererst festhalten.«

Er räusperte sich und rang ganz offenbar nach Luft. Es fiel ihm nicht leicht, das war ganz deutlich zu sehen.

»Ja, ich habe Hieronymus Ballin ermordet. Getarnt durch einen ganz und gar untödlichen Unfall an der Rethener Brücke.«

Gierig sog von Lorenz die Blicke der Versammlung auf und setzte sein Geständnis fort. Nicht, indem er Worte machte, wo er nur auf Unverständnis hoffen konnte. Stattdessen erschien an der Wand gegenüber eine hochaufgelöste Darstellung der Rethener Brücke und setzte sich in Bewegung.

Ines' Innerstes wollte erfrieren, als sie begriff, was gleich folgen würde, als die Darstellung der Kamera-Drohne neben von Lorenz zur Seite schwenkte und den Blick auf Hieronymus Ballin freigab.

»Constantin, ich möchte auf Sergej warten«, sagte die lebensechte Abbildung eines Mannes, den Ines schlechterdings nur als geisterhaft beschreiben konnte - wenngleich sie wusste, dass das auch daher kam, dass sie ihn in der Realität nur als Leiche gesehen hatte.

»Jede Sekunde zählt«, erwiderte von Lorenz' Abbild.

Hieronymus Ballin lächelte auf eine so entwaffnend ehrliche Weise, dass es Ines die Gänsehaut beinahe bis ins Gesicht getrieben hätte. Der Tote, dessen Ableben sie gleich sehen würde - dessen war sie sich jedenfalls sicher - musterte seinen Freund und schüttelte den Kopf. »Sekunden haben zuvor nichts gezählt und werden es auch jetzt nicht. Ich werde mich von Sergej verabschieden.«

Von Lorenz schürzte die Lippen. »Wir könnten scheitern.«

Wieder Kopfschütteln. Ballins Ausdruck veränderte sich kaum merklich, als er eine Pistole unter dem weiten weißen Gewand hervorholte.

Verblüfft blickte von Lorenz ihn an. »Was …«

»Sergej wird mich nicht gegen die Brücke fahren lassen.«

»Darum sollten wir es ja auch vorher machen. Hieronymus, es war töricht, ihn zu informieren.«

»Ingens telum necessitas.[6]«

<hr>

6

Lat. »Eine ungeheure Waffe ist die Notwendigkeit.«

Von Lorenz entließ einen kondensierenden Seufzer in die Nacht, doch er sagte nichts weiter.

Es gab einen mehr oder weniger deutlichen Schnitt im Bildmaterial, dann stürmte ein aufgebrachter Junger heran - Altmann.

»Ist es wahr?«, prustete er atemlos hervor, als er die beiden Alten erreicht hatte.

»Alles ist wahr, wenn man daran glaubt«, gab Ballin zurück.

Sergej Altmann verzog das Gesicht. »Das ist ebenso salomonisch wie es Unsinn ist.«

Ines erkannte, wie der Junge mit den Tränen kämpfte.

»Warum?«, brüllte er Ballin entgegen.

Von Lorenz antwortete für ihn. »Eine große Ungerechtigkeit ist in der Welt und es ist die einzige Möglichkeit, etwas daran zu ändern.«

»Was?«

Altmanns Worten verhallten im jähen Aufheulen einer Meeresbrise, doch Ballin hatte seine Sprache wiedergefunden.

»Sergej …«, begann er mit unstetem Duktus. »Weißt du, wie die innere Ordnung unserer Gesellschaft gesichert wird?«

Altmann nickte. »Durch Besitz und Unterdrückung. Es gibt keine einzige bedeutende Sache auf dieser Welt, keinen Rekord und keine Verantwortung, die ein Mensch innehielte, der nicht unsterblich ist. Es ist …« Sein Freund hatte in ein Wespennest gestochen, doch war seine rhetorische Frage anders gemeint gewesen. Er hob beide Hände hoch und wartete geduldig, dass Altmann sich einigermaßen wieder beruhigt hatte.

»So sieht es aus und so soll es aussehen. Doch die Wahrheit ist eine andere.«

»Hieronymus, nicht«, insistierte von Lorenz alarmiert.

»Ich will es so«, entgegnete Ballin schroff und wenig würdevoll. Dann fuhr er fort: »Die Stabilität dieser unserer Gesellschaft beruht auf zweierlei Dingen: Erstens der Unfehlbarkeit der Alten. Und zweitens der unbedingten Fähigkeit, diese Unfehlbarkeit durch Manipulation von Erinnerungen … sicherzustellen.«

»Was?«

Altmann konnte ihm nicht folgen. »Und um der Welt und dir selbst irgendwas zu beweisen, willst du dich umbringen?«

Mit einem bitteren Lächeln kehrte die Aura der Unnahbarkeit zu Hieronymus Ballin zurück. Er verharrte in Regungslosigkeit und deutete ein winziges Nicken an. »Es ist nötig, um dem Wächterrat die Sinnlosigkeit eben dieses Umstands zu beweisen.«

Von Lorenz räusperte sich. »Hieronymus, meinst du wirklich, dass er die ganze …«

»Ja, muss er«, sagte Ballin und wandte sich von Lorenz zu. »Es wird sie von deiner Spur ablenken.«

Perplex blickten von Lorenz und Altmann gleichermaßen Ballin an.

»Ganz recht«, sagte er. »Es ist mir vorhin erst eingefallen, doch es ergibt so viel mehr Sinn.«

»Was?«, fragten beide gleichzeitig.

»Sergej«, sagte Ballin und ließ für einen Moment die Maske der Beherrschung fallen, »es tut mir so leid. Constantin wird mich in wenigen Momenten umbringen.«

»Oh nein … wir hatten besprochen …«, setzte von Lorenz an.

»Ich weiß, Constantin, ich weiß«, entgegnete Ballin. »Und ich würde es dir nicht abverlangen, wenn es nicht absolut unvermeidlich wäre.«

»Nein«, wiederholte von Lorenz und tat unwillkürlich einen Schritt von ihm weg. »Es ist eine Sache, dir beim Selbstmord zu helfen, doch Mord …«

»Mord ist ein so viel stärkeres Fanal für den Rat!«, rief Ballin.

»Auf jeden Fall«, merkte Altmann sarkastisch an. Seine Augen tränennass, die Stimme gebrochen, taxierte er Hieronymus Ballin. »Tu mir das nicht an.«

»Du hast dein Leben noch vor dir«, beschied Ballin ihm. »Vergeude nicht dein Herz an mich.«

»So siehst du das also«, brachte Altmann hervor. Er zitterte am ganzen Körper und konnte sich augenscheinlich kaum auf den Beinen halten.

»Ich liebe dich«, wimmerte er und näherte sich Ballin.

Als er kaum mehr eine Armlänge von ihm entfernt war, sprach der Alte erneut. »Du wirst darüber hinweg kommen«, sagte er und sah doch ein wenig traurig dabei aus.

Altmanns Gesichtsausdruck änderte sich. Das Elend schwang um in Schmerz und kanalisierte sich neu.

»Du hast ihm das eingeredet«, sagte Altmann und wandte sich von Lorenz zu.

Der Alte beantwortete die brüske Anschuldigung mit einer hochgezogenen Augenbraue. »Sergej …«

»Du kannst mich nicht leiden«, fasste Altmann zusammen. »Konntest du noch nie. Und weil du mir Hieronymus nicht wegnehmen kannst, hast du ihm eingeredet, dass er es selbst tun soll.«

»Unsinn«, erwiderte von Lorenz überrumpelt.

»Leugne es nicht!«, schrie Altmann und machte einen Schritt auf ihn zu.

»Was?«, fragte von Lorenz. »Dass ich dich nicht mag? Darauf wollen wir uns jetzt nicht konzentrieren. Wichtig ist doch …«

Altmann hatte genug gehört. Er sprang auf von Lorenz zu und warf ihn zu Boden. Im anschließenden Handgemenge indes zeigte sich die herausragende körperliche Konstitution des Alten - scheinbar mühelos schüttelte er Altmann ab und richtete sich wieder auf. Angewidert musterte er den Jungen, der sogleich zu einem neuerlichen Angriff ansetzte.

Ballin, der bislang teilnahmslos daneben gestanden hatte, rief Altmann zur Ordnung, doch wie im Wahn stürzte dieser sich wieder auf von Lorenz.

Der Alte griff ihn beim Arm und zog ihn aus von Lorenz' Reichweite.

»Sergej, es reicht.«

»Nein«, rief Altmann. »Ich werde …«

»Schluss damit«, beschied Ballin ihm. Ein widerliches Klatschen und Knacken ertönte und dann hatte Ballin Altmann den Arm aus dem Schultergelenk gedreht und hielt ihn im Schwitzkasten.

»Du wirst jetzt aufhören, dich wie ein ungezogenes Kind aufzuführen, oder …«

»Oder was?«, wimmerte Altmann. »Willst du mich auch umbringen?«

»Vorzugsweise nicht«, entgegnete Ballin und stieß ihn von sich weg.

»Ich hoffe wirklich, dass du niemals Frieden finden wirst für das, was du hier tust«, rief Altmann voller Abscheu.

»Du kennst mich schlecht«, sagte Ballin traurig. »Ich war noch niemals zuvor so sehr bei mir selbst.« Daraufhin nahm er die Pistole hervor und hielt sie Altmann hin.

Von Lorenz ächzte. »Hieronymus, bist du verrückt geworden?«

»Im Gegenteil, Constantin«, sagte Ballin und wedelte mit der Waffe in Altmanns Richtung. »Um sich entscheiden zu können, muss man zunächst einmal die Wahl haben.«

Der andere Alte schüttelte den Kopf. »Das ist verrückt.«

»Nicht verrückter als alles andere«, sagte Altmann resigniert und griff nach Ballins Waffe. Während er weinend vor den Alten stand, schien ein kurzer Gedanke an seinen Verstand zu dringen, denn für einen Moment lächelte er, ehe er die Waffe auf seine Brust richtete und wieder zu schluchzen begann. Seine Züge verhärteten sich wieder, als er in den ausdruckslosen Gesichtern der Alten keinerlei Regung zu finden schien.

»Ihr wollt, dass die Alten in Erklärungsnot kommen? Okay. Erklärt ihnen das.«

Das Bild flackerte, ganz so als könnte ein Schuss den hochmodernen Aufnahmesystemen Störungen versetzen. Und dann wurden auch Sergej Altmanns Züge regungslos, denn er hatte abgedrückt.

Wie eine kaputte Marionette sackte der Junge in sich zusammen und sofort bildete sich ein winziges Rinnsal aus Blut um ihn herum.

Ballin stürzte zu ihm, doch Altmann zeigte keinerlei Regung mehr. Scheinbar unaufgeregt nahm der Alte sein Padphone aus der Innentasche des zeremoniellen weißen Umhangs und drückte den automatischen Notrufknopf, der in einer Megacity wie Neu Hannover in wenigen Minuten eine Ambulanz herbeirufen konnte, die die präzise Position des Notfalls kannte.

»Hieronymus, das war töricht«, sagte dann auch von Lorenz, der neben ihn trat.

»Ganz und gar nicht«, sagte Ballin und stand zu ihm auf. »Gibt es uns doch Gelegenheit, unsere Optionen wie unter dem Brennglas zu durchdenken.«

»Hieronymus …«

»Es ist Zeit für ein letztes Lebewohl, alter Freund«, entgegnete Ballin und zeigte nun doch einen Anflug von Sentimentalität.

»Wenn ich noch lebe, wenn der Krankenwagen hier eintrifft, ist es zu spät.«

»Aber …«

Ballin legte den Umhang nebst Antigravgurt ab und stellte sich an die Brüstung. »Dum spiro, spero.[7]«

Constantin von Lorenz nickte finster.

Stumm verfolgte der Wächterrat, wie das Abbild Constantin von Lorenz' auf der Leinwand an Hieronymus Ballin herantrat, seine Hände von hinten um den Hals legte und seine Kehle solange zuschnürte, bis er zu Boden gegangen war. Bis der Alte regungslos neben seinem Liebhaber lag und sein vermeintliches Schicksal teilte.

Atemlos war Ines den Ausführungen gefolgt. Hatte hier und da genickt und die Teile für sich zusammengesetzt. Es passte alles. Vollkommen unmöglich, dass er all die Details wissen konnte, ohne der Täter zu sein. Vollkommen unmöglich, dass die gesamte Aufnahme fabriziert worden war …

Sie erinnerte sich, wie sie gesucht und gesucht hatte. Es war nichts dagewesen, und doch präsentierte von Lorenz Beweise in Form einer heimlich angefertigten Aufnahme.

Das Motiv? Schlüssig.

Die Ausführung? Wohlgeplant.

Konnte die Tat dennoch für jemand anderes verübt worden sein? Altmann? Wie war er gerettet worden? War die Kugel im Brustraum glücklich abgelenkt worden?

Doch ihre Überlegungen wurden durch aufkommendes Gemurmel unterbrochen. Die Alten konnten nicht fassen, was einer aus ihren Reihen sagte und getan hatte.

»Ich wusste natürlich, was passieren würde, nämlich, dass man mich meiner Erinnerungen daran berauben würde. Also traf ich Vorkehrungen.«

Wieder stockte von Lorenz. Ines zitterte am ganzen Körper, denn sie wusste bereits jetzt, was er bald verkünden würde: Dass er sie benutzt hatte. Doch noch immer kannte sie das Motiv nicht.

7

Lat. »Solange ich atme, hoffe ich.«

»Ich habe dafür Sorge getragen, dass ich mich … nun ja, wundern musste. Meine Hausroboter enthalten eine Hintertür, durch die ich meinen Plan nach der engrammatischen Säuberung wiederfinden und, nicht zuletzt, auch verstehen konnte. Obwohl es mich einige Zeit kostete, ehe ich wieder begriff, was passiert war, war es mir doch möglich, meine Erinnerungen durch Beweise und Indizien zu rekonstruieren. So konnte ich schließlich nachweisen, dass, obwohl praktisch alle Aufzeichnungen über die Tat ordnungs- und protokollgemäß vernichtet worden waren, es doch Ungereimtheiten gab. Daraufhin habe ich Sie, Frau Schultheiss, darauf angesetzt. Ich entschuldige mich in aller Form dafür, dass ich Sie in dieses widerwärtige Vabanquespiel hineinziehen musste, doch Ihre Haltung verriet mir so viel Aufrichtigkeit, dass es gut gehen konnte. Und nicht zuletzt machen Sie einmal mehr Ihrem Ruf alle Ehre - Sie haben auch dieses Puzzle geknackt, denn, wie ich ebenfalls zufrieden feststellen musste, meine Erinnerung wurde noch ein zweites Mal gelöscht, als man herausfand, dass ich Sie kontaktiert hatte. Doch dieser Wächterrat fand den Grund dafür nicht, und so lässt sich abschließend sagen, dass das praktizierte Verfahren zur Rechtsprechung an Alten nicht nur ineffizient, sondern voller Lücken steckt.«

Eine der Neonröhren knackte - und das war alles, was man in jenen Momenten vernehmen konnte. Ines hörte ihren Atem und das Blut durch ihre Ohren rauschen und konnte doch nicht fassen, was von Lorenz gerade gesagt hatte.

»Ratsmitglied von Lorenz, Sie gestehen, den Alten Hieronymus Ballin kaltblütig ermordet zu haben, und zwar, um diesem Gremium seine Unzulänglichkeit zu beweisen?«, donnerte der oberste Wächter durch den Saal.

Von Lorenz nickte betrübt. »Sie dürfen mir glauben, dass es mich mehr betrübt als alle anderen, dass so ein Schritt notwendig war.«

Den Ansatz des Unterhaltungsrauschens erstickte der oberste Wächter diesmal im Keim, indem er mit der flachen Hand mehrfach auf den Tisch schlug. Die Geste war so grotesk unpassend für einen Alten, dass er augenblicklich die gesamte Aufmerksamkeit der Versammlung auf sich vereinte.

»Ihre Vernehmung wird nicht weiter nötig sein, Frau Schultheiss«, sagte er, wobei ihr nicht klar war, ob sie Verdruss oder Triumph aus dem Zusatz ziehen sollte, als er sagte: »Wir haben bereits vor Ihrer Rückkehr aus Warschau alle Beweise … gesichert. - Ruhe!«, schickte er sicherheitshalber in die Runde hinterher. »Noch einmal: Es ist absolut nicht nötig, diese Anklage en Detail zu rekapitulieren. Wir alle werden von dem Wissen darum befreit und damit ist die Angelegenheit aus der Welt.«

»Quid etiam custos ipsos custodies?[8]«

Ines traute ihren Ohren kaum. Klaus-Peter Haßloch hatte sich erhoben und den lateinischen Ausspruch beigesteuert, den sie Minuten zuvor noch ihm entgegen geworfen hatte. Offenbar hatte ihre Ansprache die Wirkung doch nicht vollkommen verfehlt.

»Verehrter Kollege Haßloch, ich muss doch bitten«, sagte der noch immer für Ines unbekannte Vorsitzende. »Codex 47 sieht vor, dass alle, die von einer Straftat wissen … gesäubert werden.«

»Darauf zielte meine Bemerkung nicht ab, Herr Vorsitzender«, sagte Haßloch. »Denn Sie müssen zugeben, dass dieser Fall die Frage nach der sicheren Durchführung des Vorganges mehr denn je offen zu Tage bringt. Wie stellen wir sicher, dass niemand, ob durch Bosheit oder Unglück, eine Erinnerung daran behält?«

»Die engrammatische Säuberung ist über die Zeit perfektioniert worden«, sagte ein anderer Mann.

»Woher wissen wir das?«, fragte ein anderer. »Es könnte genauso gut der Fall sein, dass wir diese Diskussion jedes Mal führen.«

Betroffen nickten einige der Anwesenden.

»Bevor wir also darüber debattieren, ob wir darüber debattieren«, sagte schließlich der oberste Wächter, »möchte ich Sie ans Protokoll erinnern: es sollten die direkten Beteiligten den Raum verlassen.«

Ines war nicht überrascht. Ohnehin hatte sie sich gefragt, welchen Sinn ihre Anwesenheit erfüllte. Da man zweifellos beabsichtigte, ihre Erinnerungen zu tilgen, war es auch nicht nötig, ihr ihre persönliche Schuld zu erklären, da man sicher davon

---

8

Lat. »Wer aber bewacht die Wächter?«

ausging, dass eine erneute Tat nicht zu befürchten war. Von Lorenz hingegen hatte die Entwicklung nicht vorhergesehen.

Er schlug mit der Faust auf den Tisch. »Ich bin ein ordentliches Mitglied dieses Gremiums. Und auch … nein, gerade *wenn* über meinen Kopf entschieden wird, verbitte ich mir den Ausschluss.«

Bevor er sich in Rage reden konnte, intervenierte der oberste Wächter erneut.

»Schön, da wir also übereingekommen sind, dass es die beste Lösung ist, werden Frau Schultheiss und Herr von Lorenz nun nach draußen geleitet«, sagte er, ohne das Plenum zu befragen. In Ines' Verstand flackerte ein kurzer Gedanke an die Warschauer Kommune auf, die ihr sagte, dass selbst dort Entscheidungen demokratischer abliefen, doch sie erinnerte sich auch daran, dass Alix und sie sich nicht daran gehalten hatten. ›Am Ende‹, dachte sie, ›gilt immer das Recht des Stärkeren.‹

Doch während sie von Wachpersonal mit von Lorenz aus dem Saal geleitet wurde und sich die Frage stellte, wie man jemals sichergehen konnte, dass auch diese Menschen keine Erinnerungen behielten, schlossen sich die Türen und zurück blieb nur Schweigen. Von Lorenz war zu Tode betrübt, wobei ihr unklar war, ob über die erstaunliche Nachricht, dass seine Tat keineswegs als heldenhafter Angriff auf den Status Quo aufgenommen worden war, oder nur über die Brüskierung durch Ausschluss vor dem Wächterrat. In sich gesunken saß er in einem dreckverschmierten, ganz und gar unwürdevollen Gewand auf dem kalten Betonboden des Ratskellers, wie Ines die Katakomben mittlerweile ironisch nannte. Obschon das Gespräch sehr aufschlussreich gewesen war, zweifelte sie daran, dass sie diese kurze Episode, die sie seit der Landung auf dem Friedhof erlebt hatte, und die engrammatische Säuberung überstehen würde. Immerhin, womöglich würde es reichen, wenn die andere, sicherere Methode funktionierte. Sie hoffte so sehr, dass sie in ihren Gedanken und Erinnerungen nicht nach dem Chip suchen würden, und fürchtete zugleich, dass genau diese Furcht der Schlüssel dazu sein mochte. Allein, es gab nichts, was sie tun konnte. Ines Schultheiss schloss die Augen und wartete wie ein braves Lamm, endlich zur Schlachtbank geführt zu werden.

Sie bewunderte die Disziplin der Wachen, kein einziges Wort zu sprechen. Waren sie androide Roboter, die gegen die Singapur-

Protokolle verstießen, indem sie menschliches Aussehen bekommen hatten? Ines warnte sich, noch mehr Verschwörungen zu konstruieren. Dies war eine Frage für einen anderen Tag.

»Wie lange meinen Sie, dauert es noch?«, fragte sie den hünenhaften Mann direkt neben ihr.

Ruhig legte er den Zeigefinger an den Mund. »Es dauert so lange, wie es dauert«, sagte er und schwieg daraufhin. Ines hatte keine Lust, ihn zu provozieren. Irgendwie hatte sie das Gefühl, dass sie all ihre Willenskraft darauf konzentrieren sollte, nicht an den bio-mnemonischen Chip zu denken. Sie seufzte und ergab sich dem wohlig-finsteren Blubbern ihrer Gedanken.

# # #

Die rostige Tür des Versammlungsraumes öffnete sich schließlich doch irgendwann. Den hinaus strömenden Alten sah man an, dass eine hitzige Diskussion vorangegangen sein musste. Als Ines' Blicke Klaus-Peter Haßloch fanden, schüttelte er kaum wahrnehmbar den Kopf. Seinen Blick voller Enttäuschung, folgte er den anderen den dunklen Korridor hinunter. Als schließlich der oberste Wächter als letzter hinaus kam, bedeutete er Ines und von Lorenz, ihm zu folgen. »Sie auch«, sagte er zu den Wachen gewandt.

Die Wände wurden zunehmend schmutziger, doch als sie die Tür durchschritten, gelangten sie in einen Raum, so voller Technologie, dass selbst manuell aus Lehm gebaute Wände nicht den Eindruck hätten schmälern können, dass dies die wahrhaftige Zukunft war. Ines erblickte etwa vier Dutzend sargartige Betten, aus denen unter der Liegefläche zahlreiche blinkende Kabel austraten.

Unfähig, das Gesehene einzuordnen, murmelte sie nur: »Uff.«

»Bitte«, sagte der oberste Wächter. »Nehmen Sie doch Platz.«

Sie sah, wie auf ein unhörbares Kommando auch die Ratsmitglieder gleichmütig ihre Betten bestiegen, ehe nur noch die Wachmänner übrig waren.

»Starten Sie die Prozedur, sobald alle Deckel versiegelt sind«, sagte der oberste Wächter.

Die Männer nickten finster.

Der Wächter erhob sich noch einmal und blickte sich zufrieden in dem vollgestellten Raum um. Mit Ausnahme von ihm lagen alle auf ihren Plätzen. Sie konnte sehen, wie er schwerfällig einatmete. Auch ihm schien die Aussicht auf Vergessen nicht gerade angenehm, wenngleich notwendig.

»Also dann. Acta est fabula.«[9]

Das servomechanische Rauschen der Plexiglasscheibe, die Ines hermetisch von der Außenwelt abtrennte, erfüllte ihren Verstand ganz und gar. Hatte sie Angst?

Zynisch-resigniert stellte sie fest, dass es nichts zu fürchten gab. Wenn ihr Plan scheiterte, so würde sie sich ohnehin nicht daran erinnern und wäre kaum niedergeschlagen. Und wenn es klappte? Dann fing der Ärger gerade erst an. Etwas zischte, ein letzter Gedanke an die Zukunft entfleuchte wie ein befreiter Dschinn, und dann wurde es dunkel.

9

Lat. »Das Geschehene ist eine Fabel.«

Epilog

Ines Schultheiß schnappte nach Luft. Die Welt um sie herum kondensierte zu etwas, das sich real anfühlte und real schien und doch hin- und her waberte wie frische Welfenspeise. Sie atmete ein. Nochmal. Und nochmal.

Blickte auf den schmalen bio-mnemonischen Chip, den ihre Hand verkrampft festhielt. Atmete aus. Spürte die Luft entweichen, als wäre sie tage-, wenn nicht wochenlang in ihren Lungen gefangen gewesen. Probeweise drehte sie sich um und setzte einen Fuß vor den anderen. Der Schwindel war weg und sie stand, buchstäblich, mit beiden Beinen auf dem Boden. Nachdenklich musterte sie die Bäume der großen Allee des Stöckener Friedhofs und begann, die Dezemberluft zu genießen. Zur Winterkälte gesellte sich die frostige Wucht der Erkenntnis. War das wirklich passiert?

Sie prüfte ihr Gedächtnis. Alles war da. Seitdem Alix ihr das photographische Gedächtnis-Upgrade gemacht hatte, war alles anders. Was hatte sie die letzten drei Wochen gemacht? Alles war da und fühlte sich so falsch an, auch wenn es vermutlich richtig war, denn über allem schwebte diese Erinnerung, die ihr Leben, das ganze Universum durchschnitt wie eine Kreissäge riesige und doch hilflose Baumstämme. Ines schloss die Augen und versuchte, die Chronologie zu ordnen. Sie war also in Warschau gewesen? Vor drei Wochen? Und Hieronymus Ballin war ermordet worden?

Verwirrung umfing sie. Irgendwie begann ihre Erinnerung, auseinander zu diffundieren in zwei unterschiedliche Versionen, die von der gleichen Zeit handelten. Sie war in Warschau gewesen. Doch nicht, um Alix zu besuchen, sondern um die europäischen Winterspiele zu sehen. Seltsam. Langsam gelang es ihr, die heiße Nadel zu sehen, deren Stiche die Erinnerungen zusammenhielten. Sie waren nicht echt, dienten nur dazu, Fakten, die nicht abzustreiten waren, zu rechtfertigen. Wenn sie nachsehen würde, begriff sie, würde sie die Flüge finden, vielleicht sogar ein Hotelzimmer für zwei Nächte, in dem sie nur in einer von zwei Erinnerungen geschlafen hatte.

Sie spürte, wie ihre Hand den seltsamen Chip unwillkürlich noch fester drückte. Immer leichter fiel ihr, zwischen echter und konstruierter Erinnerung zu unterscheiden. War das klug? Wer konnte schon sagen, was echt war? Am Ende entschied sie danach, was sich besser anfühlte. Doch das konnte unmöglich die Antwort sein. Ines Schultheiss blickte in den tiefgrauen Himmel über Neu Hamburg und zweifelte so, wie nur jemand zweifeln konnte, der sein Innerstes gesehen und wieder verloren hatte.

Nein, sie war eine andere Person.

Alles war anders.

Das würde sie nicht vergessen.

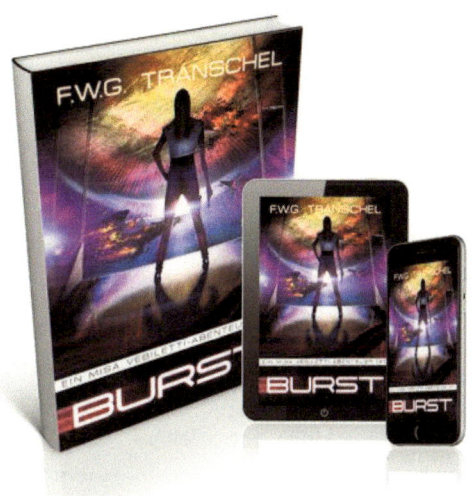

Misa Vebilettis Abenteuer

BURST, Teil I+II

Misa Vebiletti hat ein Problem - hilflos muss die Operatorin der Marsianischen Weltraumorganisation mit ansehen, wie auf dem kleinen Außenposten des Jupitermondes Ganymed ein interplanetarer Sender nach dem anderen ausfällt. Sie beschließt, eine alte Sonde zu beauftragen, Nachforschungen anzustellen, doch macht damit nur alles noch schlimmer. Bald sieht sie sich dem Vorwurf ausgesetzt, selbst hinter der Funkstille zu stecken, doch schon bald wird klar: Ganymed wurde von einem unvorstellbar starken Strahlungsausbruch unbekannten Ursprungs getroffen – über zweitausend Pioniere und Arbeiter sitzen auf einem Eisklumpen Millionen Kilometer von der Zivilisation entfernt fest - und zu allem Überfluss zögert die Marsregierung auch noch, eine Rettungsmission loszuschicken. Fassungslos muss Misa Vebiletti mit ansehen, wie lediglich ein einzelnes Erkundungsschiff auf die Reise geschickt wird - und zwar ohne sie. Als sie sich fast damit abgefunden hat, dass sie das Rätsel aus der Ferne nicht wird lösen können wird, taucht ein mysteriöser Journalist auf, der geheime Informationen hat, und macht ihr ein Angebot, das sie nicht ablehnen kann. Misa zögert. Als die Meldungen und Hilferufe von Ganymed immer verzweifelter werden, trifft sie eine Entscheidung, die ihr Leben für immer verändert …

Der Newsletter

Ich weiß, ich kann unmöglich so schnell schreiben, wie Du liest, aber ich versuche es trotzdem. Auf meinem Blog findest du ein Kontaktformular, mit dem Du ganz schnell ganz persönlich Vorschläge, Anmerkungen und Kritik anbringen kannst.

Ich beantworte jede einzelne Mail meiner Leser. Versprochen!

Außerdem kannst Du Dich unter

www.fwgt.de/newsletter

für den Newsletter anmelden. Du bekommst dann eine Mail, wenn ich etwas auf dem Blog schreibe oder auf Vergünstigungen / Gewinnspiele u. ä. hinweisen möchte. Nichts davon passiert üblicherweise öfter als einmal im Monat – schließlich bin ich meistens damit beschäftigt, zu schreiben!

Ebenfalls von F.W.G. Transchel erschienen

Misa Vebiletti

#1 BURST (Teil I): Das Rätsel um Ganymed
#2 BURST (Teil II): Katastrophe am Jupiter
#3 Das Yang-Kopfgeld
#4 Das Vebiletti-Vermächtnis (in Vorbereitung)

Verfall-Zyklus

#1 Verfall
#2 Vergessen

Procyon-Universum

- Die Procyon-Konspiration
- Protokoll 4190 – Eine Kurzgeschichte vom Procyon

Lyrik

#1 Robotergedichte

*Übrigens: Unter www.fwgt.de/ebooks/ findest Du jederzeit eine
aktuelle Liste meiner Veröffentlichungen.*